KB081123

우리 집에 엄마가 산다

우리 집에 엄마가 산다

초판 1쇄 발행 2019년 12월 20일

지은이 배경희
펴낸이 배선아
펴낸곳 (주)고즈넉이엔티

출판등록 2017년 3월 13일 제2018-000115호
주소 서울시 중구 퇴계로26길 52 1층
대표전화 02-6269-8166 **팩스** 02-6166-9199
이메일 gozknock@naver.com

이 도서의 국립중앙도서관 출판예정도서목록(CIP)은 서지정보유통지원시스템
홈페이지(http://seoji.nl.go.kr)와 국가자료공동목록시스템(http://www.nl.go.kr/kolisnet)에서
이용하실 수 있습니다. (CIP제어번호: CIP2019044913)

우리 집에
엄마가 산다

배경희 장편소설

고즈넉 이엔티

엄마의 이름을 불러본 적 있나요?

수다쟁이 오 대리의 전화를 받는 게 아니었다.

이제는 옛 동료가 되어버린 그녀는 내 후임으로 갓 입사했다는 새내기 팀원을 시작으로 입사 동기, 김 부장, 정 팀장 할 것 없이 가리지 않고 차근차근 순서대로 씹어대는 중이었다. 벌써 한 시간째. 도통 전화를 끊을 기미는 안 보였다.

한때는 회사 내에서 가장 맘이 잘 맞는 동료였던 적도 있었다. 아니, 그보다는 다른 사람들을 함께 씹으며 의기투합한 뒷담화 메이트였던가. 하지만 그것도 어디까지나 3개월 전 내가 회사를 나오기 전까지 일이다.

이제는 그 회사 직원도 아닌데 이런 의미 없는 시간 낭비가 재미있을 리 없었다. 오 대리의 전화가 어서 빨리 끝나기를 바라며 연신 시끄러운 휴대폰을 귀에서 뗐다 붙였다만 반복하고 있었다.

때마침 '밥 먹어!' 소리와 함께 방문이 홱 하니 열렸다. 엄마였다.

평소라면 다 큰 딸이 뭘 하는 줄 알고 노크도 안 하냐며 갖은 성질을 부렸겠지만, 오늘 만큼은 예외였다. 따분한 통화를 끊을 수 있는 더 없이 완벽한 타이밍이라 이렇게 반가울 수가 없었다.

엄마에게 알았다는 눈빛을 보내고, 일부러 '알았어, 가요' 하며 오 대리도 잘 들리도록 최대한 낭랑한 목소리를 날렸다. 그리고 마무리 멘트.

"오 대리, 미안. 엄마가 불러서. 이만 끊어야겠다."

"그래? 아쉽다. 다음에 제대로 통화하자."

한 시간이 넘는 이 통화가 제대로가 아니라면 대체 제대로 된 통화는 무엇일까. 생각만 해도 그 지루하고 재미없는 시간에 몸서리가 쳐진 나는 그녀의 마음이 바뀌기 전에 서둘러 전화를 끊고는 엄마가 차려 놓은 식탁 앞에 앉았다.

"곰국 끓였어?"

가스레인지에 올려진, 세월에 찌들어 거뭇한 큰 솥에서 구수한 뼈 우린 냄새가 진동을 했다.

과장 조금 보태 욕실 세숫대야만 한 그릇에 엄마가 금방이라도 넘쳐흐를 만큼의 뽀얀 국물을 가득 담고는 식탁 위에 내려놓았다.

"늦겨울에 이만한 게 어디 있어. 내일 애들도 먹이고."

"공짜 밥에 무슨 이 비싼 사골이야. 대충해서 먹여. 사서 고생하지 말고."

내 말이 끝나자마자 엄마는 야박한 년이라며 혀를 찼지만 크게 아랑곳하지는 않았다. 엄마는 자강대학교 앞 원룸 형태의 하숙집을 운영하고 있었는데, 많고 많은 이곳 원룸촌에서 유일하게 아침밥을 제공했다. 그것도 무료로.

밥에 김치만 줘도 뭐라 할 사람이 없건만, 엄마는 언제나 딸인 내게 차려주던 그대로 하숙집 사람들을 먹였다. 문제라면 너무 정성껏 차려준다는 게 문제였다.

아침 배가 든든해야 하루가 든든하다며 고기며, 생선, 제철 나물들을 내놓는데, 똑같은 국을 하루 이상 올린 적이 없었다. 엄마는 언제나 식구인 우리가 먹는 것처럼 정성 가득한 밥상을 매일 그들에게 한 푼의 조건 없이 내어주는 인심 좋은 하숙집 주인이었다.

그럴 때마다 엄마가 괜한 고생을 하는 게 싫어 대충하라고 핀잔을 늘어놓았지만, 엄만 그때마다 정 없는 년, 야박한 년이라며 오히려 나를 타박했다.

뭐, 인심이 밥 먹여 주나?

정에 약하고 마음씨가 말랑한 사람들은 언제나 몸이 고생이었다. 삼십 년 동안 엄마의 최측근으로 살면서 누구보다 나는 잘 알고 있었다.

엄마는 그런 사람이었다. 절대 약지 못한 사람. 난 그런 엄마가 때때로 바보 같고 싫었다.

"공부는 잘돼 가?"

하얀 쌀밥을 사골국에 꾹꾹 말아 한 입 넣자 그제야 엄마가 맞은편 의자에 앉으며 물었다.

"그냥 뭐……."

얼버무리며 대충 대답했다.

"그 좋은 회사 때려치우고 공부한다는 년이 그냥 뭐? 이걸 그냥!"

엄마는 한 대 쥐어박을 태세로 손을 높이 치켜 들었지만 가만히 맞고 있을 나도 아니었다.

"때리기만 해. 나 이제 내일 모레면 서른하고도 하나야! 남들은 벌써 시집도 가고 애 엄마라고! 왜 다 큰 딸년을 툭하면 때리고 난리야."

"내 말이 그 말이라고! 얌전히 그 좋은 회사 다니다가 좋은 데 시집가면 얼마나 좋아! 때려치우긴 왜 때려쳐?"

그러게, 왜 때려치웠을까?

그토록 가고 싶었던 회사에서, 그렇게 악착같이 버틴 곳에서 나는 왜 내 발로 걸어 나왔을까? 생각해보면 아마 그날이지 싶다.

그날은 상사인 정 팀장이 던진 서류 뭉치를 얼굴로 받아내며 와장창 깨진 날도, 그렇다고 두 기수나 차이 나는 남자 후배에게 승진 자리를 빼앗겨 울화통이 치민 날도 아니었다. 뭐, 그냥 여느 날과 다를 것 없는 그렇고 그런 날 중의 하나였다.

나른한 오후 시간, 간신히 밀려오는 졸음을 이겨내며 딴 짓을 하고 있었다. 직장인들이라면 누구나 공감하는 소소한 땡땡이 같은 거였다. 평소처럼 시간 때우기용으로 SNS를 둘러보는데, 낯익은 고등학교 동창 이름이 추천에 떠 아무 생각 없이 눌러본 게 화근이었다.

얼른 떠오르지도 않는 그 이름을 나는 한참이나 골똘히 생각한 끝에야 아주 어렴풋이 기억해냈다.

그래, 크게 존재감이 있던 아이는 아니었다. 그러니 내가 기억하는 데도 시간이 걸렸겠지.

뛰어난 외모도, 그렇다고 딱히 공부를 잘하는 것도 아닌 그 아이는 그 당시 집이 좀 잘사는 정도로 기억되었다. 맞다! 그런 애가 있었지. 그 아이는 잘 살고 있나? 어떻게 살고 있나? 그런 호기심에 SNS를 훑어보게 되었다. 그 일이 나를 여기까지 몰고 올 거라고는 꿈에도 생각지 못한 채 말이다.

　처음엔 이름이 같은 사람을 착각했다고 생각했다. 그곳 어디에도 내 기억 속의 아이는 없었다. 애초에 처음부터 그런 사람은 존재하지 않았다는 듯. 온몸을 명품으로 휘감고, 따뜻한 햇볕이 내리쬐는 이국적인 배경 속 노천카페에 앉아 카메라를 보고 환하게 웃고 있는 여자. 여자의 웃음이 너무나 화려해 입고 있는 옷이며 배경 같은 건 눈에 들어오지도 않았다.

　여러 장의 사진도 아니었다. 단 한 장의 사진에 불과했지만, 그것만으로 충분했다. 그 아이와 나의 벌어진 격차를 순간이지만 뼈저리게 느낄 수 있었다.

　도통 웃을 일이 없어 삼류 코미디나 보며 억지로 깔깔거리는 웃음이 아닌, 저절로 피어나는 여유 가득한 미소. 먹고 살기 바쁜 내 삶에서는 눈을 씻고 찾아보려 해도 찾기 어려운 풍요로움 같은 것. 그 사진 속에는 그런 것들이 가득 담겨 있었다.

　온통 나와는 어울리지 않는 것투성이.

　풍족한 돈은 당연히 베이스에 깔려 있는 것이었다.

　보통의 직장인인 나는 연차를 긁어모으고 또 모아야만 겨우 가질 수 있는 일주일. 그나마도 밀린 은행 업무를 처리하거나, 병원 등을 다녀오면 끝나버리는 시간이었다.

　어쩌다 운 좋게 주어진 짧은 시간도 여행은커녕, 겨우 늦잠에서 일어나 배달 음식을 시키고 맥주 한 캔을 마시며 '이런 게 소소한 행복이지' 하며 자기 위안만 삼기 일쑤였다. 그런 나는 꿈도 못 꿀 순간을 그 아이는 일상이라고 말하고 있었다.

　분명 내겐 사치이고 막연한 일들이, 그래서 꿈이자 바람인 것들이 그 아이에게는 몇 백 컷의 일상 중 그저 한 장의 사진이라 느껴지자, 순간 알 수 없는 메스꺼움이 목구멍을 비집고 밀려 나왔다. 가까스로 참아냈지만 속이 불편했다.

곧 토악질이 나올 것만 같았다.

대체 왜? 나보다 얼굴이 예쁜 것도 아닌데, 처음 들어보는 이름의 어느 지방 대학교도 겨우 갔던 그 아이가 어째서 지금은 나와 180도 다른 삶을 살고 있는 것인지 당최 알 수가 없었다. 어릴 적부터 토끼는 절대 거북이를 이길 수 없다고 배워왔다. 열심히 살아온 것 하나만큼은 누구보다 자신 있었다. 그런데 어째서 나보다 그 아이가 행복할 수 있는지 절대 이해할 수 없었다.

그러다 내린 결론은 하나였다. 그래, 아무리 생각해도 그 아이가 나보다 잘난 건 딱 하나.

돈 잘 버는 아버지가 있다는 것! 오로지 그거 하나였다.

학창시절에는 그 아이보다 내가 월등히 앞서 있어서 비교의 대상이 되는 것조차 민망할 정도였다고 생각했지만 10년도 더 흐른 그날, 비로소 깨달았다. 그 아이는 그때 나보다 한참을 앞질러 이미 몇 바퀴 앞서 있었다는 걸. 나 혼자만 그 아이를 저만치 앞질러가고 있었다고 착각했던 것을 말이다.

'나를 찾아서, 여유 가득한 오후'

사진 밑에 달아놓은 코멘트처럼 그 아인 정말 그래 보였다. 고생이라고는 모르는 얼굴로, 나 같은 사람은 절대 흉내 낼 수 없는 풍족함에서 오는 여유가 흔히들 말하는 귀티라는 이름으로 줄줄 흐르고 있었다.

충분히 뭘 가져본 적이 없어 궁핍하고 예민할 대로 예민해진 마음이 내 속엔 아주 오래전부터 있었다. 커가면서 그 마음도 또한 함께 몸집을 불려 나갔는데 나는 스스로 상처 받지 않기 위해 그 마음을 억지로 깊은 곳에 가둬놓았다.

그리고 그것은 열등감이란 이름으로 서서히 증식해나갔다. 그 열등감이라는 것은 아주 예리하고 본능적인 것이라 가진 자를 단번에 구별하고 느낄 수 있는, 능력이라면 능력에 가까운 촉을 만들어냈다.

이번만 봐도 그랬다. 쓸데없이 예민한 그 촉이, 동물적인 본능으로 사진 한 장 가지고도 단박에 그 아이와 내가 처해진 상황을 깨닫게 했으니 말이다.

작은 탁상 거울로 눈길이 갔던 나는 그만 거기 비친 내 얼굴을 보자마자 그대로 책상에 엎드려 어린아이마냥 엉엉 소리 내 울고 말았다.

전액 장학금을 받고 대한민국 세 손가락에 꼽히는 대학교에 입학했을 때도, 4학년 첫 학기 졸업도 하기 전 대기업에 먼저 합격했을 때도, 꾸역꾸역 버티고 올라 동기 중에 가장 먼저 대리가 되었을 때도 울지 않았던 내가, 그 조용하고 적막한 사무실의 분위기를 와장창 깨트리며 어른이 된 처음으로 목 놓아 소리쳐 울었다.

발악에 가까운 울음소리를 듣고 다들 고개를 빼서 황당하고 기막힌 얼굴로 쳐다보았지만, 그런 건 내게 아무 의미도, 소용도 없었다.

살면서 한 번도 가져본 적 없고 아니 가져볼 생각조차 해보지 못한 '여유'라는 것이 거울 속 바삭하게 말라버린 내 얼굴을 마치 조롱하고 있는 것만 같았다.

앞만 보고 아등바등 살아온 내 모습이 아무리 닦아내도 결코 빠지지 않는 김치 국물 자국처럼 내 얼굴에 훤히 남아 있어 그냥 그렇게 그 자리에서 목 놓아 울어버렸다.

'애비 없는 애'라서 '원래 불쌍한 애'가 되지 않으려, 누구도 시킨 적 없건만 발악하며 발버둥 치며 살아온 삼십 년이 불쌍해 하염없이 울었다. 갑갑한 사무실에 인형처럼 생기 없이 앉은 백연화 인생이 너무 가엾어서 내가 나를 위해 그렇게 한참을 울어댔다.

그리고 다음 날, 나는 사직서를 던져놓고는 엄마의 하숙집으로 돌아왔다. 그게 3개월 전의 일이었다.

한동안은 밀린 잠을 잤고, 또 한동안은 그냥 멍하니 시간을 흘려보냈다. 그리고 엄마 전부터는 다시 영어 공부를 시작했다. 아까운 지도 모르고 지나 보낸 시간들을 찾기 위해서는 적어도 나를 얽매기만 했던 이 나라 한국에서는 아니라고 생각했기 때문이다.

막연히 해외에 가서 다시 시작하자고 생각한 나는 어디로 갈지, 어디서부터 시작해야 될지 여전히 몰라 일단 다시 책상 앞에 앉았다. 그게 내가 가장 잘하는 일이기에.

아무튼 살면서 그토록 용기 있었던 날은 딱 그날 하루였다.

그 뒤로는 주로 백수 같은 생활이라 엄마의 잔소리를 받아내는 데 많은 시간을 허비하고 있었다. 지금처럼 말이다.

"엄마한테 한마디 상의도 없이 그 좋은 직장을 그만두고! 이게 뭐야? 다 늙어서 무슨 유학을 간다고. 시집이나 가지. 어휴, 내가 진짜."

뭐 이것도 나름의 노하우는 있다. 아무 말 없이 고개를 푹 숙이고 밥그릇에만 열중하면 얼마 못 가 잔소리도 바람 빠진 풍선마냥 맥없이 사라질 것이다. 그러나 이상하게 오늘은 달랐다. 그냥 그러고 말지 했던 엄마의 잔소리가 그렇게 듣기가 싫었다. 어째서 단 한 번을 내 편에서 생각해주지 않는건지, 갑자기 억울해져 나도 모르게 빽 소리를 질러버렸다.

"엄마가 뭘 알아!"

소리를 지르려고 지른 건 아니었지만 엄마와 나는 언제나 그랬다. 그러려고 그런 건 아니었는데 어쩐지 엄마와는 꼭 그랬다.

"내가 뭘 몰라! 내 배 아파서 낳았는데 내가 모르면 누가 알아! 이 기지배는 픽 하면 엄마가 뭘 아네!"

그래, 물론 오늘도 절대 물러설 엄마가 아니었다. 한 번쯤은 엄마가 뭘 알아! 라고 했을 때, '그랬구나. 우리 딸 힘들었구나' 하고 말해주는 공감을 바란 건데. 엄마와 나는 그게 정말 죽기보다 어려웠다. 자, 이제 엄마 차례다. 하나, 둘, 셋. 큐!

"내가 널 얼마나 힘들게 키웠는데! 내가 너 가졌을 때 스무……"

그렇지, 오늘도 그 레퍼토리가 나와야지.

엄마의 뒷말은 안 들어도 뻔했다. 힘들 때마다 해대는 엄마의 십팔 번.

내가 널 혼자 어떻게 키웠는데. 내가 스무 살에 널 가져 얼마나 갖은 고생을 하며 키웠는데…….

안다, 엄마가 날 어떻게 키웠는지 얼마나 힘들게 살았는지. 그랬기에 그 흔한 사춘기 반항 한 번 없이 이렇게 경주마처럼 앞만 보고 살아온 거다.

더는 그렇게 살고 싶지 않아 내린 결정인데, 엄마는 또 내게 앞만 보고 달리라고 채찍질을 하고 있었다. 나도 더는 듣고 있을 수 없어 숟가락을 있는 힘껏 식탁 위에 내려놓았다.

"그만! 제발 그만 좀 해!"

눈에 힘을 꽉 주고 엄마를 쳐다보았다. 한 마디만 더 하면 더 이상

밥을 먹지 않겠다는 단호한 의사 표현이었다. 나는 서른이었지만 열 살에도, 스물에도 그리고 서른인 지금도 여전히 엄마에게 밥을 먹지 않겠다는 협박만 해대는 철없는 딸이었다. 그건 아마 내가 마흔이 돼도 엄마한테 가장 잘 먹히는, 치졸하지만 확실한 협박의 방법일 것이다.

"내 인생이야. 엄마가 무슨 참견이야!"

마음이 소란한 건지 입이 깔끄러워서인지 도저히 밥을 넘길 수 없어 그렇게 자리를 박차고 방으로 들어와 쿵 소리를 내며 방문을 닫았다.

내 마지막 말에 엄마의 얼굴이 차갑게 굳어가는 걸 봤지만, 엄마를 홀로 두고 그대로 방으로 들어왔다. 미안했지만 어쩐지 충격과 상처를 받은 것 같은 엄마 얼굴에 내내 억울했던 내 시간이 조금은 보상받는 것 같았다. 나빴지만 그래도 순간 내 마음이 그랬다. 그리고 결국 엄마는 이 방문을 열고 내게 와 말할 것이다.

'알았어. 그만 골내고 나와서 밥마저 먹어.'

엄마에겐 내가 밥 먹는 것이 세상에서 제일 중요했으므로.

***

연화가 폭탄 같은 말을 남기고 방으로 들어가 버린 식탁에 멍하니 순희 씨가 앉아 있었다.

입버릇처럼 '내가 널 어떻게 키웠는데', '내가 스무 살에 널 임신해서' 하면 연화 역시 언제나 입버릇처럼 대답했다.

'알아, 내가 잘할게.'

말뿐이라도 딸의 그 말이 그녀에게는 어떤 말보다 위로가 되었다. 오늘도 그저 그 위로를 듣고 싶었는데 연화의 입에서 나온 얼음덩어리 같은 말에 순희 씨는 머리를 한 대 얻어맞은 기분이었다.

'내 인생이야. 엄마가 무슨 참견이야.'

한참을 멍하게 앉아 있던 그녀가 벌떡 일어나 손 타지 않은 밥상을 치우기 시작했다. 여느 날처럼 딸에게 쪼르르 달려가 밥을 먹으라고 달래고 싶지는 않았다. 알 수 없는 괘씸함이 들자 그 자리에 더는 앉아 있을 수 없어 순희 씨는 설거지를 시작했다.

달그락달그락.

집 안에 그릇끼리 부딪치는 소리만 가득했다. 그럴수록 순희 씨는 더 세게 수세미로 그릇들을 문지르기 시작했다.

내 인생이야. 내 인생이야. 내 인생이야.

늦겨울 뼛속까지 시릴 만큼 차가운 물이 그릇에 묻은 거품들은 씻어내지만, 연화가 내뱉은 말은 씻어주지 않았다.

더는 안 되겠는지 그녀가 끼고 있던 고무장갑을 홱 벗어던지고는 제 방으로 성큼성큼 걸어갔다. 잠시 후 방에서 무언가를 챙겨 들고 나온 순희 씨가 이번에는 곧장 연화의 방으로 향했다.

와락, 연화의 방문이 열리더니 순희 씨가 들어왔다.

그녀는 연화가 앉아 있던 책상 위로 손에 쥐었던 걸 던졌다. 하얀 봉투였다.

"이게 뭔데?"

순희 씨는 대답 대신 무표정한 투로 열어보라는 턱짓을 했다.

연화가 꺼내보니 하얀 A4 용지가 세 번 반듯하게 접혀 있었다. 때 아닌 대학입학통지서였다.

"그니까 이게 뭔데?"

"보면 몰라? 한글 못 읽어? 대학입학통지서잖아."

"그러니까 이게 뭐? 어쩌라고?"

연화는 턱짓으로만 말하는 엄마의 고집에 이번에는 찬찬히 읽기 시작했다.

대학입학통지서 밑에 이름이, '강순희'라는 이름이……

강순희? 강순희! 순간 연화는 자신이 잘못 본 줄 알고 눈까지 비비고 다시 봤지만 강순희 세 글자는 잘못 본 게 아니었다.

"엄마…… 대학 가게?"

연화가 놀라 확인 차 물어보자 순희 씨 얼굴에 금세 우쭐함이 스멀스멀 피어올랐다.

연화 성격상 대단하다는 입 바른 소리는 없을지라도 적잖게 놀랄 딸의 얼굴을 상상하니 묘하게 기분이 좋아졌다. 그러나 연화의 다음 말은 순희 씨의 상상과는 한참 빗나갔다.

"엄마 미쳤어? 엄마가 무슨 대학을 가? 그리고 나랑 한마디 상의 없이 무슨 대학 입학이야!"

순간 순희 씨 얼굴이 일그러졌지만 연화는 아랑곳하지 않았다.

이걸 보여주면 엄마는 딸이 자랑스러워하고 응원할 줄 알았던 걸까? 그러나 연화는 그럴 생각이 전혀 없었다. 왜? 이제 겨우 나도 나를 찾아보려 하는데 엄마가 대학을 간다면 그 뒷감당은 제 몫이라는 걸 똑똑한 그녀가 모를 리 없기 때문이다. 다른 집처럼 엄마의 금전적 후원은 바라지 않았다. 그저 엄마가 짐으로 여겨지지 않게만 해주기를 바랄 뿐이었다.

연화가 그런 속마음일랑 애써 감추며 순희 씨에게 다시 한 번 쐐기를 박았다.

"서른 넘어서 공부하는 나도 깜빡깜빡하는데 오십에 무슨 공부야. 이제 편하게 노후 즐기시면 되지, 왜 사서 고생이야. 그냥 여행 다니면서 지금처럼 살아요. 내가 용돈 더 많이 줄게."

얼핏 들으면 엄마를 위한 말 같았지만 그 안의 속뜻은 그것이 아님을, '제발 그냥 가만히 좀 있어'라는 것을 연화도 순희 씨도 모르지 않았다.

연화의 회유를 가장한 협박에도 순희 씨는 그저 묵묵부답이었다. 그리고는 책상 위로 또다시 무언가를 던졌다. 이번에는 좀 전보다 꽤 두툼한 봉투였다.

연화는 뭔지 묻지도 않고 대뜸 봉투를 열어젖혔다. 흰 봉투 안에는 의외로 많은 금액의 돈 뭉치가 들어 있었다.

"이건 또 뭐야? 나 가지라고?"

연화가 귀찮다는 듯 한숨을 푹 쉬며 물었다.

"보증금."

"뭐?"

"보증금 몰라, 이년아? 보증금! 아래 302호 빈 방에 내가 하숙생으로 들어갈 거야."

뭐? 뭘 해? 연화는 도통 엄마의 말을 이해할 수 없었다. 대학 입학으로 부족해 뭘 한다고? 하숙을 해? 기가 막혀 말도 안 나오는 그때, 순희 씨가 일침을 가했다.

"내가 지금까지 너 먹이고 입히고 가르치고 했으니까 이젠 네가 나 뒷바라지해. 대학 4년 동안 네가 내 대신 하숙집 운영하라고."

순희 씨는 딱 잘라 연화에게 하고픈 말만 하고는 방을 나서려다 이내 문득 더 할 말이 생각났는지 그 자리에서 뒤돌아섰다. 그리고 연화에게 정확하게 두 번째 손가락을 펼쳐 내리꽂듯이 말했다.

"그리고 너! 회사 관둘 때 나한테 한 번이라도 상의했어? 넌 안 하는데 왜 나는 해야 돼! 그리고 거부할 생각하지 마! 싫다고만 해 봐. 지금까지 너 키우면서 들어간 돈 다 내용증명해서 보낼 테니까."

순희 씨는 '까불고 있어'라는 뜻이 다분한 고갯짓을 남기고 뒤돌아섰다.

그때였다. 이번에는 연화가 반대로 순희 씨를 불러 세웠다.

"엄마, 왜 이레. 나 이제 겨우 내가 해보고 싶은 거 해보려고 하는데 왜 그러냐고."

순희 씨는 뒤돌아보지도 않았다.

"엄마만이라도 내 편 해주면 안 돼? 그냥 백연화 엄마로 응원해주면 안 되냐고. 꼭 엄마까지 무거운 돌덩이로 내 발목 잡아야 속이 시원해?"

그 말에 순희 씨가 잠시 흔들리는 듯 주춤했지만, 이내 주먹을 꽉 말아 쥐었다. 그리고 연화를 향해 뒤돌아섰다.

"그럼 내 인생은? 강순희 인생은?"

순간 연화의 가슴 한 귀퉁이가 아릿하게 저려왔다. 엄마가 던진 입학증에 써진 이름을 쳐다보며 잠시지만 강순희가 누군가 했다. 강순희보다는 엄마라는 이름으로 살아온 순희 씨에게 미안했지만, 그건 모든 엄마들의 숙명이 아닌가. 아이가 태어난 순간부터 누구의 엄마로 사는 거. 슬프지만 그것 또한 그녀들의 선택을 존중해주는 것 아닌가?

누구의 엄마로 살기로 한 건 누구의 협박도 회유도 아닌 본인들의 선택이었으니까.

그런데 이제 와서 사춘기 소녀 마냥 구는 엄마를 이해할 수 없었다. 연화가 순희 씨의 뒤통수를 향해 소리쳤다.

"엄마! 진짜 왜 이래!"

순희 씨는 방문을 소리 나게 쿵 닫는 걸로 자신의 굳은 의지를 드러냈다.

순간 엄마의 단호하고도 절실한 마음이 느껴져 연화가 작게 한숨을 내쉬었다.

과연 누구의 간절함이 더 무거울까? 청춘을 찾고 싶은 엄마? 아님 현실을 벗어나고 싶은 나?

굳게 닫힌 문이 마치 엄마의 고집 같았고, 곧 그 고집이 자신의 발목을 붙잡아 이곳에 끓어앉힐 것만 같은 불안감이 짓눌러오자 연화는 작게 가슴을 톡톡 두드렸다.

***

순희 씨는 가쁜 숨을 몰아쉬었다. 저도 자신이 무슨 말을 해댔는지 생각이 안 나 기억을 더듬거렸다.

"그래, 엎질러진 물! 까짓것 해보지 뭐."

순희씨가 방문에 기대어 혼잣말을 중얼거렸다.

그녀가 처음부터 대학에 가려고 했던 건 아니었다. 고생하며 키운 하나뿐인 딸 연화가 당당히 대기업에 입사했을 때, 평생을 모은 돈과 대출로 지금 건물에 연화의 이름이 박힌 하숙집 간판을 걸었을 때, 순희 씨는 자신의 고달팠던 인생을 한 번에 보상 받는 기분이었다.

기특한 딸이, 또 내 이름이 적힌 연화하숙의 등기부가 그동안 잘 살아왔다고, 고생했다고 모든 걸 알아주고 다독여주는 듯했다. 그렇게 안정적인 노년의 단꿈을 펼친 지 얼마 안 되었을 때 이상하게 몸이 피곤하기 시작했다.

평생을 일로 단련된 몸이 도통 말을 듣지 않았고, 급기야 왼쪽 겨드랑이 밑에 불룩한 덩어리가 잡히기 시작했다. 그날 등 뒤로 번지던 알싸하고 뻐근한 기분 나쁜 느낌은 지금 생각해도 소름이 끼쳤다. 다음 날 찾아간 병원에서는 그녀에게 암이라고 했다. 유방암 2기.

불행인지 다행인지 전이가 없어 곧바로 수술을 하게 된 순희 씨는 며칠 후 차가운 수술실 침대 위에 누워 생각했다.

'만약 이대로 눈을 뜨지 못한다면……'

불안과 공포로 숨이 막힐 것 같았지만 스스로에게 던진 질문에 의외로 아주 오래된 기억이 선명하게 떠올랐다.

1989년, 그해 겨울은 유난히도 추웠다. 스무 살이 시작되고 얼마 안 된 어느 날, 순희 씨는 대학합격통지서와 4주 된 연화의 초음파 사진을 양 손에 들고 펑펑 울었다. 그날이 불현듯이 떠올랐다.

왜인지는 알 수 없었다. 그냥 그날이 생각났다. 한참을 고민한 끝에 합격통지서를 북북 찢어 휴지통에 버리고 순희 씨는 다짐했다. 더는 울지 않기로.

뱃속의 작은 생명체가 적어도 자신의 나이가 될 때까지 아이를 지키기 위해 절대 울지 않겠다고, 나약해지지 않겠다고 다짐하고 또 다짐했다.

침대 위에서 그날이 떠오르자 희미하게 미소가 입에 걸렸다.

반듯하게 자란 내 자랑스러운 딸 연화를 생각하자 그날의 선택이 너무나 기뻐서, 연화를 포기하지 않은 자신이 기특해서 절로 웃음이 새어나왔다. 그러나 그 순간 마음에 걸리는 게 하나 있었다. 바로 연화 대신 찢어버린 합격통지서였다.

그건 곧 그녀의 눈부신 젊음과 절대 다시 오지 않을, 그래서 누군가의 말처럼 찬란하게 빛나는 청춘이었다. 그녀는 마음속으로 한 가지 다짐을 했다. 만약 살아서 눈을 뜬다면 다시 한 번 대학합격통지서를 손에 들어보겠다고.

그 후 감사하게 완치 확정을 받고, 재발의 위험 때문에 유방절제술을 받았다.

어차피 보여줄 사람도 없는 가슴 한쪽 떼어낸 게 뭐 그리 문제일까 싶었는데, 어쩐지 퇴원 후 움푹 파인 한쪽 가슴을 보자 수치스럽고 공허했다.

누군가 여자로서는 그만 살라고 사망 선고를 내린 기분이었다.

그마저도 연화가 알게 되면 회사 생활에 지장이 될까 모든 걸 숨겼다. 나중에 때가 되면 웃으며 털어놓으리라 마음먹었다. 그렇게 이날 이때까지 배려해줬더니 이 가시나가 난데없이 회사를 그만뒀다고 집에 들어오질 않나! 게다가 오늘은 뭐? 엄마가 뭘 아냐고? 내 인생이라고?

서운함이 물밀 듯 밀려오는 걸 참을 수 없어 딸 앞에 대학입학통지서를 내던진 것이다.

수술실에서 다짐한 후 순희 씨는 어렵게 다시 공부를 시작했고, 올해 가까스로 특별전형으로 자강대학교 사회복지학과 입학통지서를 받았다.

두 번째 받아본 합격통지서에 사실 순희 씨는 이렇다 할 마음이 생기지 않았다. 이 나이에 다시 공부를 할 수 있을까, 하는 막연한 두려움. 이제 와 이걸 배워서 어디다 써먹나, 스스로 고생길을 자초해야 하나 싶었다.

허나, 삼십 년 넘게 저만 보며 키웠더니 이제 와 무슨 상관이냐고 얄밉게 질러대는 딸을 보자 마음속에 울컥한 어떤 것들이 일제히 가득 쏟아져 나왔다.

서운함, 섭섭함, 상실감, 후회 등등 말로 다 할 수 없는 복합적인 마음이 한데 얽혀 쏟아지기 시작하니 걷잡을 수 없게 되었다. 그러고 나니 마침내 마음 저 깊숙이 현실이라는 바위에 가려 보이지 않던 민낯의 낯선 것과 마주했다. 그건 스무 살의 강순희였다.

연화를 지키겠다고, 살아보겠다고 외면하고 묻어두었던 그녀의 젊고 찬란했던 청춘.

그것이 여전히 강순희 마음속에 살고 있었다.

그 시절의 자신과 마주한 후 이제 더는 지체할 필요가 없었던 그녀는 딸의 방문을 벌컥 열고 들어갔다.

이게 뭐냐는 물음에 그녀가 당당하게 말했다.

"나 이제 엄마 안 해! 하숙집 아줌마 안 해. 여자 강순희. 아니, 그냥 사람 강순희로 살 거야."

얼이 빠졌다가 깨어난 연화가 목청껏 자신을 불러댔지만 뒤돌아보지 않았다.

어쩐지 분에 차 씩씩거리는 딸을 보니 묵은 체증이 쑥 내려가는 기분이었다. 순희 씨의 얼굴에 슬금슬금 미소가 걸렸다.

'인생 육십부터라는데 난 이제 겨우 반백 살이다, 이거야! 엄마,

하숙집 아줌마 말고 강순희라 불러다오!'

순희 씨는 그렇게 자신의 연화하숙 302호의 하숙생이 되었다.

1

우리는
연화하숙에 산다

달그락달그락.

어쩌면 이놈의 설거지는 하면 할수록 하기 싫어질까! 연화하숙 사람들이 먹고 간 그릇들을 닦으며 연화는 생각했다. 주말 빼고 주 5일. 매일 아침밥을 준비하고 다 먹은 그릇들을 닦는 게 일상이 된 지도 벌써 3개월째.

다른 건 하는 만큼 손에 익는데, 다 먹고 남은 이 그릇들을 치우고 설거지 하는 일은 도통 익숙해지질 않았다. 얼마나 지났을까? 겨우 설거지를 마친 연화가 물에 퉁퉁 불은 손을 쳐다보며 푹, 한숨을 쉬었다.

팔자에도 없는 남의 집 사람들 뒷바라지를 하게 될 줄은 정말 꿈에도 몰랐다. 이 모든 건 다 그날로부터 시작되었다. 엄마가 독립을 선언한 그날. 대학 가는 걸로도 모자라 하숙생이 되겠다고 선언한 그날 말이다.

그때부터 울며 겨자 먹기로 시작한 하숙집 아줌마의 숙명은 너무나 고달팠다. 그녀의 일과는 새벽 5시 30분에 시작되었다. 떠지지도 않는 눈을, 감은 것도 그렇다고 뜬 것도 아닌 게슴츠레 뜨고는 하얀 쌀을 벅벅 문질러 씻는다.

어찌된 게 쌀을 씻을 때 나오는 쌀뜨물이라는 건 씻어도, 씻어도 부옇게 나오는지. 분명 엄마는 그 물이 나오지 않을 때까지 쌀을 씻으라고 했지만 3개월이 지난 지금도 연화에게는 미스터리한 일이었다. 연화는 그냥 세 번 정도 대충 획획 씻어 어느 정도 맑은 물이 나온다 싶으면 전기밥솥에 앉혔다.

그 다음으로는 국을 끓여야 했다. 물론 순희 씨처럼 연화 역시 매일 다른 국을 끓여 상 위에 놓았다. 맑은 콩나물국, 얼큰 콩나물국, 김치 콩나물국, 된장 콩나물국을 순번대로 바꿔가며 끓였다. 모두 다른 국이라고 하기엔 민망했지만, 어쨌든 순희 씨 하던 때처럼 구색은 맞추니 상관없었다.

국을 끓였다면 다음은 반찬.

연화 하숙집의 시그니처인 3첩! 이게 여간 까다로운 게 아니었다. 순희 씨야 철마다 나오는 나물이며, 고기, 멸치, 소시지 등 손 많이 가는 온갖 볶음 요리를 올렸지만, 연화는 아니다. 엄마가 김장철에 만들어놓은 3종 김치인 배추김치, 깍두기, 동치미를 그릇에 예쁘게 담아 차려냈다.

이것 또한 엄연히 세 가지 맞췄으니 순희 씨 때와 얼추 비슷한 모양새였다.

순희 씨가 운영할 때와 다른 점이 있다면 뭐 이 정도?

아, 한 가지 더! 금요일 하루는 미국식으로 바뀐 점! 글로벌 시대에 맞춰 아메리칸 스타일 아침 식단이 추가되었다.

사실 말이 미국식이지 테이블 위에 식빵과 잼만 덩그러니 놓는 초간단식이었다.

그래도 아침 밥상에 불만을 늘어놓는 사람은 없었다. 어차피 공짜 밥이었으니까. 주는 것만으로도 감지덕지해야 했다.

사실 말이 나와서 하는 말이지, 처음부터 이게 맞았다. 순희 씨의 밥상은 말이 안 됐다. 공짜가 왜 공짜인가? 그 값을 하니까 공짜인데. 끼니 때마다 고깃국에, 고기반찬이라니.

연화는 자신이 하숙 주인이 되고서야 제대로 연화하숙이 돌아간다고 생각하며 나름 뿌듯해했다.

다만 유일하게 순희 씨만 연화가 차린 아침밥에 불만이 많았는데, 주로 국이 짜다, 싱겁다, 반찬은 더 없냐는 식의 타박이었다. 듣기 싫은 잔소리에도 연화는 크게 신경 쓰지 않았다. 오히려 그런 엄마의 반응이 반갑기까지 했다.

'절이 싫으면 중이 떠나야지! 하숙집이 싫으면 하숙생이 떠나시던가.'

어쩌면 엄마가 제 풀에 지쳐 하루 빨리 하숙생이 아닌 하숙집 주인 아줌마로 돌아오기를, 그래서 자신도 이 지긋지긋한 하숙집에서 벗어나 훨훨 자유로워지기를 손꼽아 기다리기 때문이었다.

그러나 어찌된 일인지 시간이 지날수록 엄마는 불편해하기보다 점점 적응해가는 양상이었다. 인간은 적응의 동물이라는데, 엄마도 예외는 아니었다. 급기야 순희 씨는 아예 직접 만든 반찬들을 날라오기 시작했다.

그리고 나서야 하숙 사람들 얼굴에도 화색이 돌았다. 그동안 연화 눈치를 보느라 꺼내지 못한 비교불가의 맛이 돌아온 것이다. 세상에서 가장 무섭다는 먹어본 맛. 그렇기에 더 군침 도는 익숙하고도 잊을 수 없는 맛을 되찾자 기쁨에 겨워했다.

대체 그 좁은 원룸에서 저 반찬들은 어떻게 언제 만들었는지. 그런 엄마의 행동이 연화는 여간 거슬리는 게 아니었다.

오늘 아침만 해도 그랬다. 아침 컨디션이 안 좋아 국이 조금, 많이도 아니고 조금 짰다고, 힘들게 끓인 국을 한 입 먹더니 휙 밀고는 찬 물에 밥을 꾹꾹 말았다. 거기다 자신이 가져온 깻잎장아찌며, 멸치볶음, 콩자반을 얹어 먹는 게 아닌가.

게다가 하숙집 사람들은 어떻고. 모두 일제히 엄마를 따라 밥에 물을 붓고는 엄마의 반찬으로 대동단결 하다니.

연화하숙 사람들과 엄마가 한데 똘똘 뭉쳐 그들만의 세상에 살고 있다는 생각이 들자, 아침부터 연화는 속이 말이 아니었다. 연화하숙에 정작 연화인 자신만 빼고 모두 다 한통속이라는 생각에 서럽기까지 했다.

아침 일이 생각나자 괜히 울컥한 연화가 끼지도 않았던 고무장갑을 냅다 집어던지고 쿵쿵 있는 힘껏 발을 굴러 제 방으로 향했다.

어라? 저 낯익은 뒷모습은 뭐지?

도둑고양이처럼 살금살금 연화의 방으로 향하는 사람은 엄마 순희 씨였다.

순희 씨는 뭐 훔쳐가려는 사람처럼 연화 방으로 들어가 화장대를 요리조리 살피고 있었다.

"이제는 하다하다 도둑질까지 하려고?"

순희 씨가 화들짝 놀라 뒤돌아봤다.

"아씨, 깜짝이야! 넌 왜 기척도 없이 다니고 난리야?"

"누가? 내가? 이보세요, 하숙생님. 여기 제 집이거든요! 하숙생이 막 이렇게 주인집 돌아다녀도 되나? 302호 하숙생님!"

아침에 얄밉다 못해 야속했던 엄마가 생각나 연화가 부러 하숙생을 강조하며 대놓고 비꼬았다.

"어휴, 저 주둥이를 그냥 확!"

아침부터 툴툴대는 연화를 보자 순희 씨도 언짢기는 마찬가지였다. 연화는 오히려 '뭐?' 하며 샐쭉 토라져서는 순희 씨를 지나 침대에 대자로 엎드려 뻗었다.

새벽부터 일어나 분주했더니 피곤이 일시에 쏟아져 내렸다. 연화가 고개를 침대에 묻은 채 순희 씨에게 말했다.

"꼭 아침부터 유난을 떨어야 해? 주는 대로 먹으면 어디가 덧나냐고."

서운함이 잔뜩 묻어 있었다. 순희 씨는 '그것 때문에 아침부터 골이 나셨구만!' 생각하면서도 퉁명스레 대꾸했다.

"맛없는 걸 어떡하라고? 그리고 넌 뭐 내가 주는 대로 먹었어? 맨날 반찬이 어쩌고저쩌고."

"아, 진짜! 엄마 왜 그래! 나한테 무슨 억하심정 있어? 왜 그러냐고 정말!"

한마디도 져주지 않는 엄마가 야속해 침대에서 벌떡 일어나 앉아 소리 질렀다.

"뭐! 하숙비 낸다 이거야? 그래서 나한테 지금 갑! 을! 이런 거 하자고 이러냐고!"

말할수록 연화가 약이 올라 씩씩거리며 내질렀다.

독립을 선언한 그날부터 엄마의 행동은 이해하려 해도 당최 그래지지가 않았다. '금쪽같은 내 딸', '내 전부'로 자기 하나만 보고 살아온 엄마였다. 때로는 그 눈빛이, 그 마음이 숨 막힌 적도 있었지만 그렇다고 지금처럼 자신을 하대하는 엄마를 바란 것은 아니었다.

302호 하숙생이 되면서 엄마는 정말 연화에게 돈을 지불하고 대가를 바라는 사람처럼 굴었다. 생전 집에 올라오지도 않을 뿐더러, 정말 하숙 일과 집안일에서 손을 떼고 단 한 번을 도와주지 않았다.

처음에는 난생처음 느껴보는 자유에 들떠 그러는 거라 이해하려 했지만, 시간이 갈수록 점점 딩연히 여기는 엄마를 연화는 징말 이해할 수 없었다. 자신이 뭘 그렇게까지 잘못했다고! 그런 생각이 들자 야속하고 언짢기까지 했다.

가만히 듣고만 있던 순희 씨가 한참이나 딸을 쳐다보았다.

연화는 씩씩거리다 급기야 울먹거리기 시작했다. 어릴 때부터 자존심이 강해 스스로 분하면 소리 없이 눈물만 떨구던 딸이었다. 서른이 돼도 여전한 딸을 보며 순희 씨가 크게 숨을 들이마시고는 천천히 내뱉었다. 그 한숨에서 꽤나 묵직한 무게가 느껴졌다.

"억울해? 뭐가 그렇게 억울해? 너 나한테 하숙비 받았잖아."

"엄마!"

"백연화! 난 그걸 아무런 조건 없이 삼십 년을 했어. 네가 내 새끼라는 이유로 너 나한테 태어난 그 순간부터 갑이었어. 그런데 나는 하나도 안 억울해. 왜? 엄마니까. 그러니 적어도 내가 너한테 돈 주면서 사는 그날까지는 억울해하지 마. 그래야 조금은 공평하지 않겠어?"

평정심을 잃고 흔들리는 연화 앞에서도 순희 씨는 일체의 동요도 없어 보였다. 그래서 더욱 순희 씨 말이, 그녀의 눈빛이 연화의 마음을 후려치고 말았다.

엄마가 나간 방에 홀로 남은 연화는 넋이 나간 사람 같았다.

방금 전까지 엄마에게 퍼붓던 그녀는 엄마가 내뱉은 카운트펀치 같은 말에 속수무책으로 K.O 당해 쓰러진 링 위의 선수 같았다. 그리고 머릿속에 연화 자신에게는 다름없던 어떤 날들이, 그러나 엄마에게는 상처였을 법한 날들이 아주 오래된 필름 마냥 되감아지고 있었다.

전날 밤 술에 취해 자신이 휙 벗어놓은 속치마가 어디 있냐며 엄마를 채근했던 날. 블라우스를 다려놓지 않았다고 짜증을 퍼붓고 집을 나서던 날. 엄마가 차려놓은 밥상을 쓱 훑고는 당기는 게 없다며 그냥 라면이나 끓여달라고 했던 날. 정작 알람을 못 들은 건 자신이면서 엄마에게 늦게 깨웠다며 소리를 지르던 날.

철없는 딸의 짜증을 묵묵히 받아내면서도 엄마는 항상 국에 만 밥을 들고 그녀의 뒤를 졸졸 쫓고 있었다. 출근하는 딸 빈속으로 보낼 수 없어 한 입이라도 더 먹이기 위해.

엄마의 말대로 삼십 년 동안 엄마는 자신의 세월과 감정을 딸에게 모두 바치고 있었다는 생각이 들자 연화의 코끝이 시리고 아릿해졌다. 그 말이 틀리지 않았다. 엄마란 이유로 엄마는 언제나 을이었다.

그 마음을 모르는 게 아닌데 왜 자꾸만 마음과 달리 말이 엇나가는지 연화는 답답해 애꿎은 침대 매트리스에 발만 동동 굴렀다. 엄마가 서성이던 화장대에는 언제 산 건지도 모를 뽀얀 먼지가 쌓인 향수병 하나가 덩그러니 놓여 있었다. 뚜껑이 열린 채였다.

***

화장대에서 가장 비싼 향수를 골라 4층 계단을 터덜터덜 내려오던 연화는 301호 앞에 쌓인 박스더미를 힐끗 쳐다보았다.

엄마가 하숙집 주인으로 있을 때 계약한 사람이라는데, 두 달 넘게 박스째로 문 앞에 놓여 있었다.

세입자란 사람은 정작 한 번도 못 보고 오르락내리락하며 박스하고만 인사를 나눈 터라 이제는 네모난 그것들과 정이 다 들려고 했다.

"뭐 하는 사람인데 아직까지 짐도 안 풀어! 아무튼 뭐 하나 남에 드는 게 없어 여긴."

연화가 맨 밑의 상자를 발로 툭 차며 옆 방 문을 두어 번 노크했다. 엄마가 살고 있는 순희 씨의 새로운 보금자리 302호였다.

"네, 나가압니다!"

잠시 후 순희 씨가 잔뜩 들떴을 때 나오는 특유의 코맹맹이 소리가 문 너머에서 들렸다.

'뭐가 저렇게 신나? 아침부터 딸내미 속은 다 뒤집어놓고!'

연화는 엄마의 들뜬 목소리마저 마음에 들지 않았다.

달칵.

문이 열리자 머리에 핫 핑크 롤을 잔뜩 만 순희 씨가 보였다.

누가 봐도 브로콜리 같은 머리인데 엄마들은 이상하게 저 머리를 다들 참 좋아하는 것 같았다.

순희 씨는 열린 문 사이로 연화의 얼굴을 보자 흥얼거리던 콧소리를 멈췄다.

"뭐? 또 뭔 지랄을 하려고!"

아직 마음이 덜 풀린 순희 씨를 향해 연화가 향수를 내밀었다.

"향수 좀 빌려달라고 말하면 되지. 뭘 도둑고양이 마냥 훔쳐가, 훔쳐가길."

"이게 엄마한테 도둑고양이가 뭐야!"

"참나, 남들 하는 건 다 하고 싶어? 생전 안 뿌리던 향수를 뿌린다고, 참나."

연화는 거울을 보며 '이왕 대학가는 거 잘하고 와' 하고 연습까지 하고 내려왔건만, 엄마의 얼굴을 보니 불쑥 뾰로퉁한 마음이 튀어나가는 걸 어쩔 수 없었다.

"늙은 냄새 날까 봐 그런다, 이년아!"

순희 씨도 곱게 대답이 나가질 않았다. 연화가 내민 향수를 낚아채듯 빼앗아 들자마자 머리를 한 대 쥐어박고는 쿵, 현관문을 닫았다.

"아, 진짜! 엄마!"

연화의 목소리가 쩌렁쩌렁 복도를 울렸지만 순희 씨는 신경 쓰지 않았다. 향수를 칙칙 몸에 뿌리더니 그걸로는 성에 안 차는지 아예 분사된 향수 속으로 들어가 빙그르르 돌았다. 비싼 건지 냄새가 처음 맡았던 싸구려 향수와 질적으로 달랐다.

어쩐지 감출 길 없이 설레는 마음에도 비싼 향수의 고급향이 스며드는 것 같아 자신감을 얻은 순희 씨가 다시 콧노래를 부르며 머리에 말아놓은 핑크롤을 하나씩 빼기 시작했다.

오늘따라 일명 머리 뽕도 봉긋하니 이만하면 꽤 괜찮은 것 같았다.

흡족한 표정을 지으며 마무리 점검을 마치고 원룸을 나섰다. 전기와 가스 스위치를 내리는 것도 잊지 않았다. 알뜰한 주부의 몸에 밴 버릇이었다.

먼지 하나 없이 깔끔한 바닥. 침대 대신 화려한 꽃무늬 침구. 원룸의 반을 차지하지만 순희 씨가 가장 아끼는, 연화가 첫 월급으로 사준 7년 된 안마의자. 일명 엄마들의 잇템(item), 한방으로 만든 스킨, 로션이 놓인 단출한 화장대. 효자손과 발바닥 마사지에 주로 쓰는 말린 호두 두 알과 돋보기안경이 담긴 소쿠리. 그 옆으로 밥상인 듯, 성경책과 여러 권의 노트가 놓인 작은 책상.

하숙생의 원룸이라기보다는 어딘가 촌스러운 엄마의 방인 순희 씨 원룸에도 잠시 후 고요한 정적이 내려앉았다. 오늘은 이 방의 주인 순희 씨가 그토록 기다리고 기다리던 입학 첫날이있다.

**

연화하숙 옥상 널찍한 평상 위로 하숙생들이 삼삼오오 모여 있었다.

아까부터 쉬지 않고 고기를 구워대느라 옥상은 뿌연 연기로 가득했다.

그 안에서 연화는 정신없이 집게로 고기를 굽고, 노릇노릇 구워지면 테이블 접시마다 옮겨 담았다. 그녀만 3월 제법 쌀쌀한 날씨 속에서도 홀로 땀을 흘렸다.

순희 씨 입학 기념으로, 삼겹살이 아닌 소고기에 시원한 맥주까지 더해지자 다들 즐거워 보였다. 연화만 빼고.

"순간 딱 정적이더니, 다들 나한테 일제히 꾸벅 인사하는 거야! 아이고, 나 진짜 지금 생각해도 너무 웃겨 미치겠다."

순희 씨가 작고 딴딴한 청양고추 하나를 베어 물며 낮에 겪은 해프닝을 숨이 넘어가라 떠들고 있었다.

첫 전공 수업을 듣기 위해 순희 씨가 설렘 반 긴장 반으로 강의실 문을 열자 삼삼오오 모여 소란스럽던 무리들이 일제히 고요해졌단다.

잠깐의 침묵이 지나고 너나 할 것 없이 소리 높여 순희 씨에게 고개를 숙이며 인사를 했다고.

"교수님, 안녕하세요!"

순희 씨를 아마도 전공 교수로 본 듯싶었다.

순희 씨는 그 상황을 웃어야 할지 울어야 할지 몰라 어색한 표정만 짓고 있는데, 마침 담당 교수가 뒤따라 들어왔다. 그 순간 혼란에 빠진 아이들의 모습을, 그 후 어색하고 부끄러웠던 강의실의 공기를, 무용담처럼 하숙생들에게 늘어놓기 시작했다.

한 귀로 흘려듣던 연화의 미간이 저절로 찡그려졌다.

'그게 뭐 자랑이라고 혼자 신났어?'

"어머! 순희 씨 진짜? 너무 웃긴다. 그래서? 그 다음에는?"

"그 다음에? 뭐 교수님 나가고 애들 싹 데리고 가서 자판기에서 음료수 하나씩 돌렸지. 잘 부탁한다고. 애들은 애들이야. 700원짜리 캔 음료수에 좋다고 까르르 웃어대는데, 단풍잎만 굴러가도 웃는 나이라 그런가, 암튼 귀엽더라."

'단풍잎 아니고 낙엽.'

말마다 꼭 한 단어씩 잘못 말하는 엄마의 잘못을 콕 집어주고 싶었지만 연화는 사람들이 많아 속으로만 중얼거렸다.

"잘했네. 원래 나이 들수록 입은 다물고 지갑은 열라고 했어. 우리 순희 씨 멋지다. 자, 짠!"

민희가 순희 씨 말에 맞장구치며 잔을 내밀자, 두 사람이 잔에 가득 담긴 맥주를 시원하게 꿀떡꿀떡 남김없이 마셨다.

이 하숙집에서 유일하게 엄마를 '순희 씨'라며 이름 불러주는 사람. 201호에 사는 민희다.

민희는 단숨에 비운 잔을 내려놓으며 옆에 앉은 현중을 툭툭 쳤다.

"야, 월요일 그 옆에 소금 좀 줘봐."

예의 바른 걸로 치면 둘째가라면 서러워할 현중이 민희에게 두 손으로 공손하게 소금을 바치며 그 와중에도 꾸벅 고개를 숙였다.

민희는 그 모양새가 흡족한지 현중이의 머리를 두 번 쓰다듬어주고는, 잘 익은 고기를 소금에 퐁당 빠트려 범벅을 해서 입 속으로 직행했다.

보기만 해도 입안이 소태 같은데, 민희는 아랑곳 않고 소금 범벅인 고기를 오물오물 씹으며 음미했다. 살찐다고 저염식만 고집하는 그녀가 유독 짜게 먹는 걸 보니 진상 손님을 만난 게 분명했다.

민희는 노래방 도우미였다. 밤새 탬버린을 흔들고 손님들 노래에 코러스를 넣어주는 일. 그게 그녀의 노동이었다.

곱지 않은 시선을 의식해서인지, 그녀는 가수 백댄서나 코러스, 그것과 자기 일이 다르지 않다며 입버릇처럼 말하곤 했다. 굳이 다른 점을 꼽자면 마이크를 잡은 사람들이 프로와 아마추어의 차이라나 뭐라나 하며, 대수롭지 않게 여겼다.

물론 민희의 일은 딱 거기까지였다. 아마추어의 춤과 노래를 그럴싸하게 더 흥이 나게 만드는 일. 딱 거기까지. 그러나 그곳 손님들은 그렇게 생각하지 않았다.

그녀의 몸이 마치 제 집 마누라 몸이라도 되는 마냥 주물러대기 일쑤였고, 싫은 내색이라도 할라치면 만 원짜리 몇 장을 옷과 몸 사이 어디쯤에 찔러 넣었다. 그런 진상 손님을 만난 날이면 그녀는 보상이라도 받으려는 듯 저렇게 짜게 먹어댔다.

자강대 잘나가는 실용음악과였던 민희는 가수를 시켜준다는 사기꾼에 속아 모아둔 등록금을 날린 건 물론, 사채 빚까지 졌다고 했다. 그게 벌써 10년 전 일이었다. 그 당시 겨우 24살이었던 그녀가 선택할 수 있는 돈벌이의 폭은 그리 넓지 않았을 거라고, 연화하숙생들 모두 암묵적으로 이해할 뿐이었다.

아! 현중이는 왜 월요일이 되었을까?

민희뿐만 아니라 연화 하숙생들 모두가 그렇게 부르는데, 그 이유는 현중이를 월요일 아침 밥상에서만 만날 수 있기 때문이다.

현중이 살고 있는 원룸 101호에는 지방에서 올라온 자강대학생 다섯 명이 함께 살고 있었다. 이름 하여 '원룸 쉐어.'

처음에는 분명 현중 혼자 살고 있었는데 한 명, 한 명 늘어나더니 무려 다섯 명이나 되었다. 아마 다른 원룸 주인이었다면 처음 계약 조건과 다르다며 다 내쫓았겠지만, 이곳에서는 전혀 문제가 되지 않았다. 왜? 여기는 인심 좋기로 소문난 자강대학교 앞 연화하숙이니까.

연화하숙 순희 씨는 이 사실을 알고도 모른 척 눈감아주었다.

19.35제곱미터 원룸을 나눠 쓰는 이 기괴한 아이들은 그래도 양심은 있는지 무료로 제공되는 아침식사를 자신들끼리 순번을 정해 먹었다.

자칭 자강대학교 토목과 독수리 오형제는 '현중이와 아이들'을 거쳐 월요일, 화요일, 수요일, 목요일 그리고 금요일로 불리게 되었다.

"오호, 야! 이거 잘 익었다."

월요일 아니, 현중이는 제 옆에 앉은 기호, 화요일에게 아직 피가

뚝뚝 떨어지는 소고기를 잘 익었다며 뭉텅이로 집어 올려주었다.

그 고기를 화요일은 또 옆에 앉은 수요일, 재영에게 그리고 수요일은 목요일, 영준에게 금요일, 재석까지 한 점씩 나눠 들고는 뭐가 그리 좋은지 함박웃음을 짓는, 독수리 오형제였다.

"우리 독수리 오형제 오랜만에 한 식탁에서 보네. 많이들 먹어라."

순희 씨는 연화하숙만의 자랑인, 옥상에서 열리는 '한 달에 한 번 무제한 고기 파티'에 오랜만에 보는 완전체의 등짝을 쓸어주었다. 서로 챙기며 한데 들러붙어 있는 파릇파릇한 에너지가 순희 씨는 늘 기특해 보였다.

"네, 잘 먹겠습니다."

독수리 오형제는 서로 통하는 텔레파시라도 주고받는지 한 소리로 잘도 대답했다. 어떤 방향이든 단합이 잘 되는 놈들이었다. 아마 오늘이 월요일 저녁이니 내일 아침에는 화요일 기호를 제외한 나머지 네 명의 독수리들은 아침 밥상에서 볼 수 없을 것이다.

그나마 다행인 건 이 다섯 명 아이들이 모두 한결같이 예의바르고 착하다는 것이었다. 그래서 그런지 그들이 부리는 민폐가 밉기보다는 어딘가 귀엽고 또 그래서 그들의 궁핍한 젊음이 짠하게 느껴질 때도 있었다.

"거 술만 들지 말고 고기 좀 잡수라니까. 오늘은 특별히 내가 소고기 쏘는 건데."

순희 씨는 오형제 맞은편에서 연신 소주잔만 비워내는 102호 박씨 아저씨에게 고기 접시를 내밀었다.

"많이 먹었어요."

박씨 아저씨는 성의를 무시할 수 없었는지 개중 작은 고기 조각을 집으며 대답했다.

박씨 아저씨는 50대 초반으로, 순희 씨와 동년배였다. 순희 씨는 친구처럼 그에게 종종 말을 놓았지만 아저씨는 반대로 단 한 번도 순희 씨에게 말을 놓은 적이 없었다. 말끝을 흐리며 반말인지 존댓말인지 모르게 하는 그런 것조차 없었다.

박씨 아저씨는 2교대 일을 했는데, 오늘은 아침 출근이라 시간이 맞아 함께 저녁을 먹었지만, 평소엔 하숙 사람들과 마주치는 일이 드물었다. 그나마도 함께 아침을 먹을 때면 먹기보다는 마시는 쪽에 가까웠다.

아저씨는 새로 도로를 깔거나 보수하는 일을 했는데, 일이 고달파서인지 언제나 밥보다 술이었다. 그런 아저씨를 잘 알기에 순희 씨는 한 번 더 고기 접시를 그 앞으로 밀어주었다.

"전 아줌마랑 같이 학교 다녀서 너무 좋아요."

애교 넘치는 목소리로 순희 씨 팔짱을 끼고 다정하게 구는 사람은 202호에 사는 가은이었다.

가은이는 순희 씨와 같은 자강대학교 사회복지학과 1학년이었다.

한 달 전 연화하숙의 가족이 된 가은은 예쁘장하고 차가워 보이는 인상과 달리 붙임성도 좋고 싹싹해 첫 날부터 순희씨의 사랑을 한몸에 받았다. 입학하는 오늘도 두 손 꼭 잡고 가는 순희 씨와 가은의 모습이 모녀지간처럼 잘 어울렸다.

가은은 오리엔테이션부터 순희 씨의 대학 생활을 챙겼는데 함께 전공 책을 사러가기도 하고, 수강신청도 하며 엄마의 든든한 친구가 되어주었다. 무뚝뚝한 연화만 보던 순희 씨에게 가은은 정말 딸 같은 딸처럼 굴었다.

"어쩜 얼굴도 예쁜 것이 말도 이렇게 예쁘게 할까."

순희씨는 마치 잘 빚어 놓은 조각이라도 보는 양 눈을 반짝였다.

가은도 질세라 '우리 이렇게 다니면 자매로 알겠다. 그쵸?' 하며 누가 들어도 거짓말이지만 듣는 사람만은 행복할 맞장구를 치며 웃어댔다.

둘을 지켜보는 연화의 눈에는 질투 비슷한 감정이 서려 있었지만, 두 사람은 연화의 시기 따위는 안중에도 없었다.

"자자, 아무튼 오늘은 옥상 파티 겸 개강 파티 그리고 우리 연화 하숙의 쌩! 순희 씨의 입학 파티니까 짠할까?"

배도 부르겠다, 어느 정도 술도 올랐겠다, 하숙 사람들의 기분이 최고조에 오르자 민희가 건배 제의를 했다.

"좋습니다!"

이번에도 한 목소리로 대답하는 독수리 오형제.

"축하드려요."

애교 섞인 축하는 당연 가은이었다.

"고생했어요."

엄마가 대학을 가기 위해 어린아이들보다 몇 배로 고군분투했을 그날들을 담백하게 위로해준 건 박씨 아저씨였다.

"그러지 말고 순희 씨, 한 마디 해."

민희는 순희 씨를 일으켜 세우며 말했다.

순희 씨는 시선이 쏠리자 잠시 부끄러워하는 것 같았지만 이내 '그래 까짓것 오늘 아니면 언제 해봐' 하며 자리에서 일어났다. 삐거덕 소리를 내는 무릎을 붙잡고 에고고 하는 곡소리도 함께였지만.

순희 씨는 '흠흠' 두 번의 쑥스러운 헛기침 뒤에 말을 이었다.

"내가 학교 갈 수 있었던 건 다 여러분들 덕분이에요. 우리 독수리 오형제 내가 모르는 문제 물어볼 때마다 잘 알려줘서 고맙고, 우리 박씨, 나 수능 날 엿 사줘서 고맙고. 아니 발음이 좀 그러네. 여엿 사줘서 고맙고."

엄마의 우스꽝스러운 발음에 다들 깔깔깔 웃어댔다.

"그리고 우리 민희. 항상 아줌마 말고 순희 씨라 불러주면서 내 이름 까먹지 않게 해줘서 고맙고, 뭐 여기 우리 가은이는 지금 대학 생활 너무 많이 도와줘서 고맙고. 다 고마워요. 앞으로도 나 깡! 순희 대학 졸업장 딸 때까지 잘 좀 부탁드립니다."

한 사람 한 사람 호명하며 진심 가득한 건배사가 끝나자 일제히 크고 밝은 격려의 환호성이 터져 나왔다. 그리고는 모두 한마음 한 뜻으로 옥상 하늘 속으로 높이 잔을 치켜 올렸다.

연화만이 그 무리 속에 유일하게 낄 수 없었다. 감사의 마음을 전하는 엄마의 말 속에 어찌하여 유일한 혈육이자 친딸인 제 이름만 없는 것인지 연화는 눈만 깜빡여댔다.

그런 연화와 눈이 마주친 순희 씨가 빼끔 입을 열었다.

뭔가를 말하려고 벌어지는 엄마의 입을 보며 연화는 생각했다.

'그치! 딸인 내가 빠질 리가 없지.'

엄마를 위해 하숙집을 도맡았는데, 자신을 빠트릴 리 없다며 잔뜩 기대에 부푼 연화는 잠시 뒤, 엄마의 입에서 나온 말에 경악을 금치 못했다.

"야, 가서 쌈장이랑 고기 더 가지고 와."

"아니, 저 아줌마 진짜 왜 저래? 내가 무슨 잘못을 그렇게 했다고! 엄연히 말해서 내가 하숙집 맡아주니까 대학 가서 공부할 수 있는 거 아니야? 아니, 대체 왜 나한테만 저러냐고! 나한테만. 뭐 계모 코스프레야, 뭐야."

연화는 연신 구시렁거리며 내려오는 계단에서 화풀이하듯 발을 굴렀다.

이 와중에 연화를 더욱 짜증나게 만드는 건 야박한 엄마보다 하숙집 아줌마의 숙명으로 쌈장과 고기를 가져다 바쳐야 하는 현실이었다.

"뭐, 나한테 수능 본다고 했으면 내가 공부 안 봐줘? 아, 그깟 엿 하나 안 사다가 바쳤겠냐고. 순희 씨? 참나! 내가 순희 씨라고 불렀으면 싸가지 없는 년이라고 몇 대 쥐어박았을 거면서. 웃겨, 흥!"

연화는 분이 풀리지 않는지 슬리퍼를 있는 대로 탁탁 끌며 내려갔다. 그러다 문득 만약 자신이 엄마가 수능을 본다는 사실을 알았더라면, 하는 질문이 뇌리에 박혔다.

무조건 'NO' 하며 반대를 외쳤을 것이란 걸 연화는 누구보다 제일 잘 알고 있었지만 애써 그런 생각을 지우며 한 계단 한 계단 야속한 엄마를 디딤돌 삼아 내려갔다.

현관문을 벌컥 열고 안으로 쿵쿵거리며 들어왔다. 그리고는 엄마가 주문한 쌈장과 고기를 찾는데, 주방 옆에서 바스락거리는 소리가 들렸다.

소리는 주방의 다용도실에서 새어나왔다.

"뭐야?"

연화가 무심코 다가가 다용도실 안을 들여다보자 생전 처음 보는 낯선 사내가 주춤거리며 서 있었다. 사내의 손에는 연화의 하얀 팬티가 들려 있었다.

그 낯설고 기묘하고 불쾌한 조합에 소름이 끼친 연화는 일순 그 자리에 얼어붙었다.

분명 내 집이 맞건만 낯선 남자의 존재로 마치 자신이 침입자가 된 것 같은 착각에 빠졌다.

순간이었지만 많은 생각들이 지나갔다. 무서웠다. 혼란스러웠다.

'뭐지? 도둑놈인가? 변태새끼인가? 소리를 질러? 아니, 그러다가 당황해서 칼이라도 들고 찌르면?'

수만 가지 생각이 들 동안 다행인 건 저 변태새끼가 연화를 보고도 멀뚱멀뚱 쳐다보고만 있다는 것이었다. 그러나 이내 연화 쪽으로 얼굴을 들이밀며 한 발 한 발 다가오는 것이 아닌가!

"뭐, 뭐, 뭐야? 오, 오지 마! 오지 말라고! 소리친다! 진짜 소리칠 거야!"

연화는 다가서는 낯선 남자의 그림자가 제 몸을 가까이 덮쳐오자 뒷걸음질 치며 소리쳤다.

"아니, 그게 아니라……."

남자는 두 손을 공중에 붕붕 흔들며 점점 더 연화를 향해 다가왔다. 그럴 때마다 남자의 손에서 연화의 팬티가 깃발 마냥 펄럭펄럭 휘날렸다.

"오, 오지 마! 오지 말라고!"

연화가 두 눈을 질끈 감으며 손에 잡히는 것을 휘둘렀다.

나중에 안 사실이지만 엄마가 작년 홈쇼핑에서 산 주물 프라이팬이었다. 천만다행으로 변태가 맞지는 않는데, 맞았다면 최소 어디가 터지거나 부러졌을 아주 살벌한 무기였다. 어라? 분명 허공에 휘두른 프라이팬에는 어떤 것과도 닿은 느낌이 없었는데 '콰당탕' 요란한 소리를 내며 남자가 앞으로 고꾸라졌다.

　남자는 앓는 신음소리만 낼 뿐 바닥에 엎어져 일어나질 못했다.

　하늘이 준 기회다 싶어 재빨리 넘어진 남자의 등에 올라타 드라마 속 형사처럼 확 팔을 잡아 꺾었다. 생각보다 쉽게 제압하자 어릴 때 봤던 '경찰청 사람들'의 여형사로 빙의라도 한 기분에 연화가 남자의 팔을 더 세게 움켜쥐었다.

　"아아, 왜 이래요! 아, 아파요!"

　"아프냐? 나도 아프다, 이 새끼야! 너 여기가 어딘 줄 알고 기어들어와서 변태 짓이야? 여기 깡 하나로 죽고 사는 강순희 집이야. 내가 그 집 딸년이다, 이 자식아!"

　연화는 남자의 비명소리에 흥분한 나머지 가차 없이 팔을 꺾어댔다.

　"변태라니! 나 여기 하숙생이에요! 이것 좀 놓고 말하라니까요?"

　"하숙생 좋아하네! 근데 이 자식이!"

　연화는 기세가 완전 자신 쪽으로 기운 걸 확신하고 이번에는 남자의 뒷머리를 잡아 끌어 올렸다. 그 바람에 남자의 얼굴이 들어 올려졌다. 그때였다. 민희가 현관문을 열고 들어왔다.

　"자기, 순희 씨가 김치도……. 어? 자기, 거기서 뭐해?"

　민희가 연화가 올라탄 남자를 보고 놀란 토끼 눈으로 물었다.

　"언니! 잘 왔어요. 빨리 경찰에 신고해요! 위에 남자들도 내려오라 하고. 이 새끼 집에 무단침입해서 남의 팬티 훔치려는 거 내가 잡은……."

연화는 순간 이토록 흉악한 놈을 직접 맨손으로 때려잡은 게 스스로도 기특해 흥분해 있었다.

"어머, 오빠? 거기서 뭐 해요?"

"오빠? 언니 이 변태 알아요?"

"우리 노래방 단골손님."

"하? 노래방!"

연화는 민희의 말에 기가 찼다. 민희가 알아볼 정도면 대체 얼마나 노래방을 들락날락한 걸까? 평상시 행동만 봐도 이놈이 지독한 악질이라는 걸 알 것 같았다. 연화의 손끝에 정의의 힘이 불타올라 더욱 세게 남자의 손목을 움켜쥐었다.

'너 이 새끼, 오늘 아주 잘 걸렸다!'

마침 연화의 소란을 듣고 옥상에서 달려온 하숙 사람들이 현관문 앞으로 들이닥쳤다.

연화는 천군마마를 얻은 듯 더욱 기세가 등등해졌다. 그 순간, 엄마의 짤막한 외침이 고막을 관통해 달팽이관을 두드렸다.

"최 교수!"

"최 교수? 누가? 이 변태사이코 새끼가?"

그 뒤로 최 교수라 불리는 남자 등에서 어떻게 끌려 내려왔는지는 기억이 나지 않았다.

엄마의 외침을 시작으로 하숙집 사람들이 득달같이 달려들어 연화 밑에 깔려 신음만 내는 최 교수를 마치 구출 작전하듯 데리고 나갔다.

연화는 바닥에 아무렇게나 내동댕이쳐져 있었다.

그렇게 연화하숙의 마지막 하숙생 301호 최 교수. 자강대학교 생명공학과 부교수 최제혁까지 모두가 한곳에 모였다.

세상에 다시없을 스펙터클한 환영 인사를 받은 제혁은 꺾였던 손이 풀리자 연화를 노려보았다.

우린 그렇게 모두가 연화하숙에 살게 되었다.

2

연화하숙의 봄,
우리는

순희 씨가 내민 냉수를 벌컥벌컥 들이켠 제혁은 언짢은 마음을 노골적으로 드러내듯 탁 소리 나게 컵을 내려놓았다.

"그러게 왜 볼 것도 없는 저년 팬티는 들고 있어, 사람 오해하게."

연화를 노려보며 어떻게든 제혁을 달래려는 순희 씨의 노력도 영통하지 않아 보였다.

"팬티인지 알았나요. 제가 남의 팬티나 들고 다닐 사람으로 보이세요? 언제든 편하게 수건 가져다 쓰라길래 수건 찾다가 뭔지도 모르고 들고 있었던 거예요."

제혁은 들숨을 연신 식식거리며 억울한 티를 드러냈다.

"참나, 뭐 심봉사야? 수건인지 팬티인지 구별도 못 한다는 게 말이 돼?"

이에 질세라 연화도 눈에 힘을 주고는 또박또박 맞받아쳤다.

연화의 말도 일리가 있었다. 다용도실 가장 잘 보이는 선반에 수

북이 쌓아놓은 수건더미를 못 찾고 빨래 통을 뒤지긴 왜 뒤지냐, 그 말이었다.

이게 다 매일 쓰는 수건만 빨아줘도 하숙생들이 편할 거라며 스스로 고생길을 자초한 순희 씨 때문이었다. 가뜩이나 다른 집보다 일거리가 많아 매일 죽어나는 연화에게 순진무구한 척 수건 탓을 하는 제혁의 태도는 괘씸하기 그지없었다.

수십 장의 수건을 빨아, 또 말려 그리고 접어, 휴.

정성과 은혜로 편의를 베풀었건만!

'뭐, 수건 탓을 해?'

끓는 냄비 뚜껑처럼 연화가 엉덩이를 들썩거리자 순희 씨가 그녀의 허벅지를 있는 힘껏 누르며 진정시켰다.

"최 교수 그럴 사람 아니란 거 내가 잘 알지. 그런데 상황이 상황인지라 말이야. 얘가 나한테만 미친 개마냥 달려들지 다른 사람한테는 예의바른 앤데, 제 딴에도 놀래서."

얼핏 들으면 말끝마다 연화를 흉보는 것 같지만 순희 씨는 에둘러 딸을 감싸고 있었다. 팔은 안으로 굽는 것처럼.

계속되는 입씨름에 도저히 안 되겠는지 제혁이 그 자리에서 벌떡 일어나 성큼성큼 걸었다.

제혁이 향한 곳은 다용도실이었다.

그는 좀 전처럼 빨래통 속으로 쑥 손을 넣어 이리저리 헤치기 시작했다.

그 바람에 연화의 티셔츠며 다른 속옷들, 스타킹까지 줄줄이 쏟아져 나왔다.

연화는 제 살갗과 가장 가까운 곳에 닿아 있던 그래서 은밀하고 비밀스러운 것들이 난생 처음 본 남자의 손에 쏟아져 나오자 입에 거품을 물고 소리를 질러댔다.

"야! 이 미친 새끼, 너 지금 뭐 하는 거야!"

그때였다. 제혁이 땅 속 유물을 발견한 고고학자 마냥 빨래 더미 속에서 무언가를 조심스레 들어 올렸다. 그리고는 후, 입으로 불고는 제 얼굴에 가져다 댔다. 안경이었다.

살기를 담아 당장 몸을 날리려던 연화는 그 자리에 굳어버렸다.

"이거요! 이거 찾으려고 했어요. 눈이 나빠서!"

아, 안경! 그거였구나!

연화는 그제야 끔찍했던 상황이 이해되기 시작했다.

다 들켜놓고도 당황하기는커녕 멀뚱멀뚱 자신을 쳐다보던 제혁.

보이지 않는다는 듯 얼굴을 들이밀며 성큼성큼 다가서던 제혁.

급기야 제 팬티를 이리저리 흔들던 제혁.

그건 모두 제혁이 정말로! 보이지 않았기 때문이었다.

앞에 서 있는 여자가 누군지도, 손에 들린 천 조각도.

모든 게 퍼즐조각처럼 맞춰지자 민망한 나머지 연화의 고개가 저절로 숙여졌다.

상황을 다 이해한 순희 씨의 손이 곧장 연화의 등짝으로 향했다.

짝!

"으이구! 이것아. 오해할 게 따로 있지."

"아파! 난 뭐 알고 그랬어? 그리고 민희 언니가 그랬단 말이야. 저 사람이 노래방 단골이라고!"

연화도 억울한지 등짝을 어루만지며 최후 변론을 했다.

"요 앞 노래방 간 거? 그거 내가 가라고 한 건데?"

현관문 앞에서 들려오는 낯익은 목소리에 세 사람의 고개가 일제히 돌아갔다. 한 교수가 서 있었다.

자강대학교 생명공학과 교수 한석화.

제혁에게 연화하숙을 추천해준 사람이자 순희 씨의 아주 오래된 친구.

연화에게는 늘 아버지 같은 존재인 석화라는 증인 등장에 상황은 연화에게 더 불리하게 기울고 있었다.

※ ※ ※

"노래방? 그거 내가 가라고 한 거야. 교수 단합 장기자랑에서 내가 무조건 나가서 상금 타오라고 했거든."

그랬다. 제혁의 사수인 석화의 말은 그에게 곧 법이었다.

생명공학 정기 포럼이 끝나고 각 대학별 교수들 단합 모임 장기자랑은 그 해 포럼의 꽃이었다. 상금도 꽤 두둑한 터라 학생들 연구비라도 보태려고 한 교수가 제혁에게 권유 반, 협박 반으로 노래자랑에 참가시킨 것이다.

한 교수는 가까운 노래방에 미리 금액까지 지불해놓고는, 상금 못 타면 다들 기피하는 남미학회에 보내버린다고 엄포까지 내려놓았다. 그 바람에 제혁은 시간 날 때면 그곳에 들러 홀로 긴긴 밤 노래 연습을 해야만 했다.

제혁은 한 교수에게 상금을 턱 안겨준 덕분에 비행기를 세 번이나 갈아타야 하는 남미 출장 대신 가까운 일본학회로 떠나게 되었고, 오늘에야 돌아온 것이다. 여기 연화하숙에.

샤워 준비를 하려던 참에 연화와 마주쳐 봉변을 당하게 된 것이고.

계약은 순희 씨가 주인일 때 했던 일이라 오늘 연화와는 초면이었다. 덧붙이자면 낮게 달린 다용도실 선반에 제혁이 얼굴을 부딪치며 안경을 떨궜다. 그걸 찾으려 여기저기 들쑤셨던 것이다.

"너 뭐해? 빨리 최 교수한테 사과 안 하고!"

순희 씨가 고개만 푹 숙인 연화에게 쏘아붙였다.

"내가 너 언젠가 이럴 줄 알았어. 성격 좀 죽여, 이것아!"

혀를 쯧쯧 차며 몰아붙여도 연화는 코가 쏙 빠진 얼굴로 아무 말이 없었다.

"너도 그만해. 연화 혼자 얼마나 놀랐겠어. 연화야, 넌 괜찮아?"

석화가 서둘러 중재에 나섰다. 마른하늘의 날벼락은 제혁이 맞았지만 연화 또한 적잖게 놀랐을 것이 걱정된 것이다.

"놀래? 누가? 얘가? 최 교수 어디 하나 안 부러진 게 다행이지."

"연화는 제 집에 생판 모르는 남자가 들어와 있다는 것만으로도 공포였을 거야."

평소 아버지처럼 따르는 석화의 말이 먹혔는지 제혁도 그제야 잔뜩 성나 있던 어깨에 힘을 풀었다.

"밥도 못 먹었지? 우리 위에서 고기 먹던 참이야. 같이 가서 들어요."

순희 씨가 길게 한숨을 내쉬고는 두 교수를 챙겨 식탁에서 일어났다.

"뭐해? 너도 빨리 올라와서 밥마저 먹어."

여전히 고개를 박고 꼼짝도 않는 연화를 내려 보며 순희 씨가 채근했다.

그러나 연화는 바닥에 널브러진 속옷들을 후다닥 챙겨 방으로 뛰어 들어갔다. 쿵, 소리가 집 안에 가득 울렸다.

"야! 저게 뭘 잘했다고! 너 밥 안 먹을 거야? 하여튼 저 성격 누굴 닮았는지!"

"닮긴 누굴 닮아. 딱 너야. 그만해. 애 좀 쉬게."

문 너머로 순희 씨와 석화의 대화가 웅성이다 조용해지자, 그제야 연화는 웅크린 다리 사이로 머리를 밀어 넣고 훌쩍이기 시작했다.

아까는 눈물이 그렁그렁한 모습을 들키고 싶지 않아 연신 고개만 숙이고 있었다. 아무도 없다는 생각이 들자 그제야 억지로 참고 있던 눈물이 서럽게 터져 나왔다.

생전 처음 보는 남자에게 치부를 들킨 것 같은 부끄러움. 그보다 는 뭔가 납득할 수 없는 억울함.

그런 와중에 저를 챙겨주는 한 교수의 다정함에서 오는 안도감에 눈물이 차올랐다. 그리고 이 와중에도 딸보다 하숙생을 두둔하며 저에게 면박을 준 엄마 순희 씨에 대한 섭섭함과 미움이 뭉쳐져 결국 꾸역꾸역 눈물이 밀고 나온 것이다.

"아, 씨! 쪽팔려. 쪽팔려 미치겠어!"

조용해진 복도에 울분에 찬 연화의 목소리만 메아리쳤다.

***

연화가 지갑만 챙겨 현관문을 나섰다. 그녀가 향한 곳은 집 앞 편의점이었다.

양손에 맥주를 들고 편의점 앞 파라솔에 걸쳐 앉더니, 단숨에 맥주 한 캔을 비우고 연달아 다른 캔도 비워냈다.

트림이 목구멍을 비집고 나오려 했지만 그마저도 아까운지 그녀가 참아내며 숨을 밀어 넣었다. 갈증에 이만한 게 없었다.

그제야 한숨 돌린 연화 눈에 민희가 들어왔다.

잘 켜지지 않는 라이터 불을 흔들어 대며 담배에 불을 붙이려는 민희도 연화를 보았다.

"여기서 웬 혼술? 청승맞게."

올해로 연화하숙에 6년째 상주하는 민희는 외동인 연화에게 때로는 언니 같은 존재였다. 평소 같았으면 그 사태로 엄마에 대한 서운함을 주저리주저리 일러바쳤을 것이다. 오늘은 그마저도 귀찮았다.

"이게 다 언니 때문이잖아요. 언니가 괜한 소리 해가지고……."

자신에게로 튄 애꿎은 불똥에 민희는 '내가 뭘?' 하며 되물었다.

"언니가 아까 301호 그 사람보고 노래방 단골 어쩌고저쩌고해서 괜한 오해했잖아요."

상황도 상황이었지만 민희의 그 한 마디가 실은 결정적이었다.

연화 맞은편에 앉아 건들건들 꼬고 앉은 다리를 흔들던 그녀가 순간 멈칫했다. 그리고는 한눈에 봐도 언짢은 표정으로 연화에게 쏘아댔다.

"자기 말 이상하게 한다? 노래방 단골인 게 뭐 어때서? 노래방 자주 다니면 뭐 그렇고 그런 사람이야? 내가 노래방 도우미니까 나랑 안면 있는 사람은 다 그렇고 그런 사람이니? 자기 그동안 나 그렇게 생각했구나!"

연화는 아차, 싶었지만 이미 마음이 상할 대로 상한 민희는 자리를 뜨고 없었다.

당사자는 도우미 일을 아무렇지 않게 말한다 해도, 자신은 좀 더 조심했어야 했는데.

그녀의 속마음이 어떤지 헤아리지 못했다는 자책감에 연화도 덩달아 속이 상했다.

민희가 일하는 시간이 끝난 뒤 함께 한 남자들과 절대 노래방 문을 넘지 않는다는 것을 연화는 누구보다도 잘 알았다. 6년을 넘게 옆에서 지켜봐놓고서도 결국 실수를 하고 만 것이다.

그건 은연중에 민희를 어떻게 생각하는지 알려주는 신호였다. 어쩌면 연화도 마음 한편에서는 '노래방 도우미나 하는 사람'으로 그녀를 과소평가하고 있었는지도 몰랐다.

연화는 그게 처음 보는 남자에게 팬티를 들킨 것보다 더욱 수치스럽고 부끄러웠다. 하루의 끝이 너무 길었다. 어디까지 쪽팔려야 이 긴 하루가 끝날까! 연화가 폐부 깊숙이 끌어올린 한숨을 길게 내쉬었다.

＊＊＊

301호로 돌아온 제혁은 박스째 쌓아놓은 짐을 정리하기 시작했다.

박스를 풀 때마다 연화의 우악스러운 손아귀 힘에 빨갛게 쓸린 팔목이 욱신거려 짜증이 스쳤다.

"무슨 여자가 힘이 그렇게 세!"

변태 취급을 하던 여자의 모습이 떠오르면서 다시 억울함과 짜증이 일어나려는데 누가 문을 두드렸다.

제혁이 현관문을 열자 순희 씨가 서 있었다.

"정리 많이 했어?"

순희 씨는 열린 문 사이로 하얀 수건과 쑥떡 한 접시를 내밀었다.

제혁은 감사합니다, 고개를 넙죽 숙이며 받아들었다.

"고맙긴, 내가 미안하지. 출출할 때 먹어. 내가 엊그제 캔 걸로 만든건데 맛있어. 이건 진짜배기야."

모락모락 따뜻한 김과 쌉싸름하고도 구수한 쑥 향기가 한데 몰려오자 제혁의 허기진 뱃속이 요동쳤다.

"그런데 저기, 아까 말이야."

순희 씨가 돌아서려다 조심스레 말을 꺼냈다. 제혁은 아까 그 일 때문인가 싶어 얼른 손사래를 쳤다.

"괜찮습니다. 너무 미안해하지 마세요."

"아니 그게 아니라…… 한 교수한테 대충 얘기 들었겠지만, 내가 사정이 생겼어. 이제 하숙집 주인 아니고 나도 하숙생이야. 우리 최 교수 옆 집."

순희 씨가 손가락을 들어 302호를 콕콕 찌르며 말했다.

제혁이 알고 있다는 듯 고개를 끄덕였다.

"뭐 나야 괜찮은데, 다 큰 딸년 혼자 집에 있으니 신경 쓰이네. 수건이나 필요한 건 저녁 7시 전에 가져다 썼으면 해서."

"아, 네……."

순희 씨가 얼른 덧붙였다.

"그게 보기는 그렇게 우악스러워도 겁도 많고 마음도 여려. 우리 최 교수가 이상하고 못 믿어서 그런 건 절대 아니고."

펄쩍 뛰듯 두 손을 절레절레 흔들어대는 순희 씨를 보자 제혁은 저도 모르게 작게 웃음이 튀어나왔다. 손목시계를 보니 10시 가까운 시간이었다.

"네, 무슨 말씀인지 알겠습니다. 그렇게 할게요. 걱정 마세요."

순희 씨는 순순히 대답해주는 제혁이 예뻐 크게 웃었다.

"고마워. 얼른 짐 풀고 필요한 거 있으면 나 불러요."

닫힌 문 너머로 제혁이 양손에 들린 수건과 떡 접시를 번갈아 쳐다보았다.

분명 딸을 구박하는 것처럼 보였지만 속은 정반대였다. 딸이 걱정돼 이 늦은 밤 자신을 찾아온 순희 씨의 마음만큼이나 들린 떡 접시가 따뜻했다. 한 교수가 왜 이곳을 자신에게 추천했는지 조금은 알 것 같았다.

*　*　*

"누나, 잘 먹었습니다."

마지막으로 식사를 끝낸 101호 목요일 영준이 다가와 개수대에 그릇을 올려놓았다. 독수리 오형제 중 가장 인물이 훤했다.

설거지를 마치고 마지막 행주로 싱크대 물기를 닦아낸 연화가 향한 곳은 다용도실이었다.

하숙생들이 가져다놓은 수건들이 산더미처럼 쌓여 있었다. 한꺼번에 세탁기에 집어넣으려다 이내 처음 본 티셔츠 하나를 발견했다. 자강대학교 생명공학과 티셔츠였다.

하숙집에서 이걸 입을 만한 사람은 딱 한 명, 301호 제혁뿐이었다. 아마 그가 내놓은 수건 더미에 딸려 왔을 것이다.

티셔츠를 골라 따로 빼놓으려다 그냥 세탁기 속으로 집어넣었다.

62

세제를 넣고 문을 닫자 곧 투명한 물이 금세 차올랐다.

세탁기가 돌아가는 동안 연화는 어제 널어놓은 수건들을 가지러 옥상으로 올라갔다.

이른 봄 햇볕에 바싹 마른 수건을 한아름 안고 내려와 소파에 던져놓고 하나씩 모서리를 맞춰 예쁘게 접었다.

그 후로도 집 청소며, 하숙집 건물 계단을 쓸고 택배 아저씨가 놓고 간 택배를 각 호수에 맞게 문 앞에 정리한 후에야 연화의 오전 일과가 끝났다.

손을 탁탁 털고 나서 연화는 일부러 '에구구' 곡소리를 내며 믹스커피를 타 식탁 의자에 앉았다.

회사 다닐 땐 아메리카노만 마셨는데, 하숙집 일을 도맡은 후로는 달달한 믹스커피 한 잔을 습관처럼 마셨다.

한 모금을 식도로 넘기자 곤한 몸에 바짝 생기가 도는 것만 같았다.

설탕이 몸에 얼마나 안 좋은 줄 아냐며 순희 씨를 타박했던 게 떠올라 공연히 미안한 마음이 들었다.

때마침 순희 씨에게 톡이 왔다. 안 그래도 엄마 생각 하던 참인데.

연화는 오랜만에 생긴 애틋한 마음으로 휴대폰을 들어 톡을 확인했다가, 이내 와장창 무너지는 기분으로 추락했다.

나 오늘 과 모임 있어서 늦어. 그리고 갈치 택배 시킨 거 까먹지 말고 냉장고에 넣어놔. 저번처럼 깜빡해서 다 상해서 버리면 월세에서 갈치값 까고 줄 거야.

겨우 갈치라니!

엄마의 고된 일상에 공감하던 연화는 뜻밖의 갈치 공격에 허무해졌다.

뒤이어 연화의 휴대폰이 한 번 더 울렸다.

순희 씨가 보낸 톡에는 귀여운 곰 캐릭터가 앙칼지게 연화를 노려보고 있었다. 이모티콘이었다.

"헐, 대학 가더니 별걸 다해."

***

가은과 한참 휴대폰을 들여다보던 순희 씨는 처음으로 이모티콘을 연화에게 전송하고는 떨듯이 기뻤다.

"맞아요, 이렇게 하시면 돼요. 아줌마 짱!"

"가은이 네가 쉽게 가르쳐주니까 금방 하겠다. 연화 그건 뭐만 가르쳐 달라고 하면 승질을 부려가지고."

비록 독수리타법에다 돋보기까지 걸치고 써야 했지만 작고 귀여운 캐릭터에 제 마음을 함축해 보낼 수 있다니 순희 씨는 마냥 신기하고 놀라웠다. 무엇보다 요즘 애들 문화에 한 발 다가간 것만 같아 기분이 좋아졌다.

기꺼이 단짝이 돼 어려운 학교생활을 도와주고 살뜰히 챙겨주는 가은을 보자니 순희 씨는 새삼 이런 복덩이가 어디서 왔나 싶었다.

"가자. 아줌마가 밥 사줄게."

그녀가 고마운 가은에게 해줄 수 있는 거라고는 4500원짜리 학식을 사주는 일뿐이었다.

20대보다 50대가 좋은 것 중 하나, 4500원은 그리 큰돈이 아니라는 것. 순희 씨는 가은에게 고마운 마음을 늘 이렇게 점심으로 보답하곤 했다. 다행인 건 가은이 거절하지 않고 맛있게도 먹어준다는 것이었다.

"그럼 제가 이따 자판기 커피 쏠게요."

가은이 순희 씨의 팔짱을 끼며 말했다. 마음까지 참 예쁜 아이였다.

분명 톡을 읽었는데도 답장 하나 없는, 싸가지 딸년과는 여러모로 다른 참 예쁜 단짝 친구와 구내식당으로 향했다.

도중에 만난 같은 과 아이들도 모두 데리고 갔다.

점심 한 끼로 아이들의 신임을 얻은 순희 씨 옆으로 아이들이 찰싹 붙어 나른한 봄날의 대학 캠퍼스를 거닐었다.

봄이 온 캠퍼스에는 삼삼오오 모여 소란을 떠는 또래 학생들로 가득했다. 그들 청춘의 한 페이지에 순희 씨가 함께 동참하고 있다는 사실이 숨 가쁘게 두근거렸다.

그녀는 바람에 넘실넘실 실려 오는 푸른 웃음 속에서 생각했다.

'용기 내기를 잘했다고, 살아있기를 정말 잘했다고.'

***

소파에 누워 TV를 보다가, 깜빡 잠이 든 모양이었다. 시계를 보니 밤 11시가 훌쩍 넘었다.

연화는 혹시나 하는 마음에 302호 방문을 두드렸지만 인기척이 없었다.

4층 집과 똑같은 비밀번호를 누르고 들어갔으나 역시나 텅 비어 있었다.

늦는다는 문자 하나 남겨놓고는 이 시간까지 들어오지 않다니!

여러 번 전화를 걸었지만 돌아오는 건 기계음뿐이었다.

"이 아줌마가 진짜!"

답답한 마음에 집 앞까지 나와 골목을 서성였다.

저 멀리 발소리가 들려오자 연화가 '엄마야?' 하고 말했다.

"자기? 순희 씨 아직 안 왔어?"

민희였다. 노래를 많이 부른 건지 피곤한 건지 목소리가 평상시와 달리 기계에 갈리는 쇠 마냥 쩍쩍 갈라졌다.

"네, 아직⋯⋯."

"오늘 과 모임이라더니 재밌나 보네."

인사치레로 주고받은 몇 마디 뒤로 한동안 둘은 말이 없었다.

그날 민희가 그렇게 자리를 뜨고 나서 처음으로 마주하는 거였다. 내심 불편했는지 민희는 그 뒤로 아침밥을 먹으러 올라오지도 않았다. 그게 또 불편했던 연화도 어떤 말을 더 해야 할지 몰라 애꿎은 바닥만 슬리퍼로 턱턱 칠 뿐이었다.

"언니."

"자기야."

동시에 서로를 불러놓고는 또 어색하게 웃었다. 말하지 않아도 마음을 눈치챈 것이다.

"자기야, 우리 순희 씨 같이 기다릴 겸 캔 맥주 한 잔씩 할까?"

민희가 하숙집 앞 편의점을 턱으로 가리켰다.

"제가 살게요."

연화가 대답하고는 먼저 걸음을 옮겼다.

짠, 소리를 내며 두 사람이 캔을 부딪쳤다.

민희는 꽤 갈증이 났는지 한참이나 들이켰다. 연화는 살짝 입만 축였다.

"언니, 그날은 내가 미안했어요. 그런 뜻으로 말한 거 아닌데……."

"내가 예민했지 뭐. 내가 미안해."

일부러 얼른 말을 끊으며 민희가 빈 캔을 구겨 탁자에 내려놓았다.

"그나저나 우리 순희 씨 잘 버티네? 며칠 다니다 백기 들고 그만둘 줄 알았더니. 재밌나 보다. 이 시간까지 안 오고."

손목시계를 들여다보니 자정이 가까워지고 있었다.

"내가 요즘 우리 엄마 때문에 미쳐요. 진짜 대학생이냐고. 애들 노는 데 껴서 이 시간까지 노는 게 말이 돼요?"

연화의 투정 어린 목소리가 한 톤 올라갔다.

"나는 요즘 순희 씨 보기 좋던데? 자기는 딸이 돼서 왜 그렇게 엄마한테 야박해?"

민희가 새로 딴 맥주를 한 모금 마시며 물었다.

"우리 엄마 보고도 그런 말이 나와요? 가는 말이 고와야 오는 말도 곱지. 맨날 뭐만 하면 무슨 년 무슨 년 하는데 좋을 리가 있냐고."

민희가 깔깔거리며 웃었다. 이럴 때 보면 꼭 닮은 모녀라는 생각이 절로 들었다.

"우리 순희 씨가 좀 터프하잖아? 그래도 있을 때 잘해. 나처럼 후회하지 말고."

재작년 민희 어머니가 돌아가셨을 때 순희 씨와 함께 빈소를 찾았던 게 떠올라 연화는 얼른 입을 다물었다.

"그래도 우리 순희 씨 요즘 좋아 보여. 원래도 씩씩한 캐릭터지만 뭐랄까, 생기 있어 보인다고 할까, 파릇파릇해 보인다고 해야 할까."

연화가 이해할 수 없다는 표정으로 진지하게 대꾸했다.

"파릇파릇? 두 번 더 파릇파릇해졌다간 내 등짝 남아나질 않아요. 시간이 몇 신데 아직도 안 들어오냐 말이야."

연화도 속이 타는지 캔 맥주를 움켜쥐더니 이번에는 벌컥벌컥 마셨다.

"걱정돼서 이렇게까지 나와놓고는."

"허! 걱정은 무슨. 그냥 잠이 안 와서 바람 쐴 겸 나온 거예요."

발끈하는 연화가 귀여워 민희가 풉, 작게 웃으며 말했다.

"난 그래도 순희 씨 부러워. 나는 이루지 못해 보고만 있는 꿈. 우리 순희 씨는 멋지게 이뤘잖아."

"꿈이요?"

연화는 너무 오랜만인 단어가 낯설어 저도 모르게 되물었다.

"응, 꿈 말이야. 꿈. 드림. 자긴 내가 왜 10년 넘도록 여기 자강대학교 앞을 못 벗어나는 줄 알아? 누가 반긴다고 이 꼴을 하고서도 학교 앞을 배회하는지."

대답을 바라며 묻는 게 아니었기에 연화는 가만히 다음 말을 기다렸다.

"학교 앞이 월세가 싸서? 땡. 미련이 남아서? 그것도 땡. 남들은 미련이네 뭐네 하지만 그거 꿈이야. 다시 노래하고 싶다는 꿈. 어디 지하 빛도 안 들어오는 쾌쾌한 노래방 도우미 말고, 내 이름 석 자 양민희로 노래하고 싶어서 이 꼴을 하고도 구질구질하게 여기 이렇게라도 빌붙어 있는 거야."

민희는 어둠 속에서도 작은 불빛들로 반짝이는 자강대학교를 가리키며 말했다.

한때는 잘나가던 과 탑에서 이제는 노래방 도우미 일로 하루하루 먹고 사는 민희. 그녀는 여전히 꿈을 꾼다 했다. 저 자강대학교를 보면서 꿈을 꾸고 있다고.

그렇다면 엄마에게도 저곳은 꿈이었을까?

내게 꿈은 연화 너 하나라며 입버릇처럼 말하던 엄마에게도 사실은 연화 자신 말고 정말 다른 꿈이 있었을까?

현실은 하숙집 아줌마지만, 언젠가는 나도 저기서 펼쳐보지 못한 꿈을 활짝까지는 아니더라도 접힌 곳만큼은 주름 없이 펴보고 싶다는 꿈을 꿨을까? 갑작스레 가슴이 턱하니 답답해져왔다.

"자기는 꿈 있어? 꿈이 뭐야?"

문득 민희의 기습 질문을 받고 연화는 가슴이 알싸하게 저리기 시작했다.

'꿈이라……'

그런 걸 꿔본 적이 언제였는지 생각이 안 나 연화가 멍 하니 자강대학교 쪽을 쳐다보았다.

어릴 때는 불쌍한 애라는 타이틀을 벗기 위해 어른이 되고 싶었고, 어른이 되었을 때는 좋은 회사에 취직하는 것이 꿈이었다.

그 다음엔?

글쎄…… 한 달에 한 번씩 들어왔다 사라지는 월급 통장에 한 1억 정도 있는 게 소원이었나? 아님 설레는 얼굴을 하고 한 손에는 청첩장과 다른 손에는 사직서를 들고 마지막 출근을 하는 그녀들처럼 미련일랑 잊고 쿨하게 퇴사하는 것이 꿈이었을까?

연화는 이렇다 할 대답이 떠오르지 않아 그저 멍하니 앉아 있었다.

잠시 후 민희는 자신이 던진 질문 속에서 골똘히 고민 중인 연화를 툭툭 두드리며 어둠 속 희미하게 흔들리는 그림자를 가리켰다.

"저기 우리 단골 오빠 오시네. 꿈은 나중에 찾고 얼른 잘 풀어. 한집 사는 사람들끼리 얼굴 붉혀서 좋을 게 뭐 있어. 나 피곤해서 먼저 들어간다. 잘 마셨어."

민희는 뒤도 돌아보지 않고 손을 흔들며 하숙집으로 들어갔다.

요란하게 사라지는 그녀 넋에 제혁과 연화는 서로에게 눈길을 주지 않을 수 없는 상황이었다.

시선을 먼저 피한 건 제혁이었다. 순간 연화는 입술 한쪽이 바르르 떨리며 치켜 올라갔다.

'쪼잔한 새끼.'

남자의 치사하고도 옹졸함 같은 게 느껴져 연화도 고개를 홱 돌리고는 캔 맥주 하나를 따 벌컥벌컥 마셨다. 그 옆을 제혁이 모른 척 스쳐 지나쳤다.

제혁은 왜 자신도 모르게 눈을 피했는지 모를 일이었다. 생각지도 못한 곳에서 연화를 보고는 순간적으로 고개를 돌린 것이다.

그때 연화가 대뜸 자신을 불렀다. 제혁에게 있어 그녀는 절대 먼저 말을 걸 사람이 아니었다.

"이봐요."

"저요?"

놀란 제혁이 뒤돌아보며 물었다.

"그럼 여기 그쪽 301호 말고 누가 또 있어요?"

무뚝뚝한 표정에 뚱한 목소리. 자신이 부러 눈을 피했다고 생각하는 게 틀림없었다.

"왜요?"

굳이 그건 오해다, 해명까지 해야 하나 싶어 건조하게 대답했다.

"무슨 호텔 세탁 서비스도 아니고, 자기 옷은 자기가 빨아 입죠? 얼렁뚱땅 남의 세탁기에 무임승차하지 말고."

대놓고 무시하는 것 같은 제혁의 눈빛에 트집 잡을 게 없던 연화는 아침 수건에 딸려온 그의 과 티셔츠를 생각해냈다. 제혁은 무슨 말인가 몰라 못마땅한 표정으로 연화를 쳐다보았다.

"내가 여기 이렇게 하숙집이나 돌보니까 우습게 보나 본데, 나 막 그쪽이 빨래나 시킬 만큼 그렇게 무시할 만한 사람 아니거든요."

"제가 언제 그쪽 무시했습니까? 사람 변태로 몰고 오늘은 이해도 안 가는 말로 당황하게 만드는 건 그쪽 아닙니까?"

다 안다. 안 되는 억지를 쓰며 싸움을 거는 건 자신이라는 걸 연화는 잘 알았다. 하지만 일부러 못 볼 거라도 본 듯 쌩 하니 피하는 제혁을 보자니 속에서 알 수 없는 화가 치밀어 오른 것이다.

"됐고요. 그쪽 옷이 우리 집 빨래통에 있으니까 가져가서 직접 빨아 입으세요."

제혁의 멀뚱한 표정을 보니 저 남자는 자신의 옷이 딸려 들어간 줄도 모르는 게 분명했다.

"무슨 옷……."

제혁이 연화에게 더 물어보려 할 때였다.

"엄마!"

길 끝에 비틀비틀 술에 취해 몸을 가누기도 힘들어 보이는 순희 씨가 나타났다.

가로등 불빛 아래까지 오자 순희 씨 꼴은 더 가관이었다.

풀린 눈동자에 꼬부라진 혀. 입 주변으로 벌겋게 번진 립스틱까지. 연화는 그런 순희 씨를 향해 달려갔다.

***

왕성한 혈기로 부어라 마셔라 하는 아이들이 경험에서 우러나온 순희 씨의 노련함을 이길 수는 없었다. 순희 씨의 주량에 다들 엄지를 치켜 올리며 하나둘 나가 떨어졌다.

1차가 끝나고 헤어지기 아쉬워하는 마음을 눈치챈 순희 씨가 아이들을 데리고 근처 호프집으로 가 2차를 쏘았다. 그때부터 순희 씨를 '왕언니', '왕누님' 하며 치켜세웠고, 곧 과대 선출에 그녀를 지목했다.

들뜬 분위기에서 마시느라 순희 씨도 시간 가는 줄 몰랐다.

연신 가방에서 진동이 울리는지도 알지 못했다. 문제는 그 다음, 체력이었다. 일일 저녁 드라마가 끝나고 잠에 들어야 할 시간이 지나가자 급격히 떨어지는 체력에 순희 씨도 점점 취기가 올랐다.

어느 정신으로 여기까지 왔는지 몰랐다. 순희 씨가 만취 상태로 하숙집을 향해 비틀비틀 올라오고 있었다.

"진짜 미쳤어! 미쳤어! 동네 창피해서 못살아 내가!"

연화가 순희 씨를 부축하며 말했다.

"어라, 이게 누구야? 강순희의 하나밖에 없는 딸년 우리 백연화 아니야?"

순희씨의 꼬부라진 혀가 가관도 아니었다.

"엄마가 진짜 스무 살이라도 된 줄 알아? 대체 술을 얼마나 퍼 마신 거야! 전화는 왜 안 받아!"

연화는 자꾸만 다리에 힘이 풀려 주저앉으려는 순희 씨를 간신히 부축하며 다그쳤다.

"기지배, 잔소리는! 넌 뭐 술 처마실 때 내 전화 꼬박꼬박 받았냐? 픽 하면 새벽녘에 기어 들어온 게!"

순희 씨는 자신을 부축하는 연화의 손을 뿌리치며 말했다.

"그래서! 복수라도 하려고 엄마도 뭐, 똑같이 한다 이거야? 진짜 왜 이래? 사춘기야 뭐야!"

연화가 소리를 빽 지르자 순희 씨가 연화의 머리통을 한 대 쥐어 박았다.

"근데 이건 왜 이렇게 싸가지가 없지? 어디 엄마한테! 너 내가 그렇게 키웠어?"

"아씨! 왜 때려!"

연화가 눈에 불을 켜고 째려보자 순희 씨가 이번에는 연화의 등짝을 한 대 때렸다. 짝, 하는 소리가 조용한 골목길에 울렸다.

"아씨? 씨? 그런데 이게! 눈 안 깔아?"

본디 좋은 성격은 아니라고 생각했다. 엄마에게조차 따박따박 말대꾸하는 연화를 보며 제혁은 자신의 눈이 틀리지 않았음을 직감했다. 정말 정이 가지 않는 여자였다. 제혁은 고개를 설레설레 흔들었다.

말은 뾰족하게 해도 순희 씨가 비틀대며 벽에 쿵쿵 받히자 연화가 끌어다 부축했다.

순희 씨는 술에 취해서인지 평소보다 힘이 더 세진 것 같았다. 순희 씨가 몸을 못 가누며 삐끗해 연화까지 바닥에 넘어지려는 순간 제혁이 달려와 두 모녀를 잡아 세웠다.

제혁이 아니었다면 모녀가 뒤엉켜 콘크리트 바닥에 고꾸라질 뻔했다.

"어머, 이게 누구야! 301호 우리 옆집 총각 교수님이네."

용케도 그 와중에 제혁을 알아본 순희 씨가 아는 척을 했다.

"들어가세요. 제가 잡아 드릴게요."

제혁은 꾸벅 인사하고는 연화의 반대편에서 순희 씨를 부축했다. 건장한 남자가 거들어주니 한결 수월했다.

"야, 엄마 반장 됐다!"

순희 씨는 자랑하듯 말의 뒤꼬리를 잔뜩 늘리며 말했다.

"아우, 술 냄새. 대체 얼마나 먹은 거야."

연화가 코앞으로 손을 휘적거리자 순희 씨가 마음에 안 드는지 연화의 옆구리를 꼬집었다.

"이게 진짜. 엄마 반장 됐다고!"

"악! 그만 좀 때려! 그리고 뭐 초딩이야? 반장이 뭐야, 과대겠지!"

연화가 못 참고 순희 씨를 밀쳐냈다. 다행히 제혁이 단단히 잡고 있어 괜찮았다.

"풉! 맞다, 맞다! 과대표, 과대. 애들이 나 좋다고 과대 시켜줬어. 자강대학교 사회복지학과 1학년 과대표. 강! 순! 희!"

순희 씨는 자신의 이름을 한 글자씩 힘주어 불렀다.

"좀 조용히 좀 해. 술 취했다고 동네방네 광고해?"

고개를 번쩍 든 순희 씨 눈에 연화하숙이 들어왔다.

그녀는 건물 앞 연화하숙이라 걸린 간판 앞에 걸음을 멈추고는 한 글자씩 또박또박 읽어 내려갔다.

"연. 화. 하. 숙."

후, 얕은 언덕이라도 술 취한 사람을 부축해서 온 게 힘이 드는지 연화가 가쁜 숨을 몰아쉬었다. 연화는 아랑곳없이 순희 씨가 제혁을 돌아보며 물었다.

"최 교수, 내가 왜 우리 집 연화하숙이라고 이름 지었게?"

"글쎄요."

제혁이 잘 모르겠다는 표정으로 대답했다.

"요년 이름이야. 내 딸 이름. 백연화. 그래서 연화하숙."

'저 여자 이름이 연화였구만? 성격이랑 달리 이름은 뭐 예쁘네.'

제혁은 굳이 입 밖으로 속마음을 내놓지는 않았다.

"따님분을 많이 아끼시나 봐요."

제혁이 구부정한 순희 씨를 바르게 일으켜 세우며 입바른 소리로 맞장구쳐주었다. 그리고 순간 연화와 눈이 마주쳤다.

연화는 '지금 날 보고도 그런 소리가 나와요?' 하는 눈빛으로 제혁을 어이없다는 듯이 쏘아보았다.

"각별하지. 내가 이것 때문에 내 인생, 내 젊음 다 포기했거든. 아, 그거 아나? 내가 얘 스무 살에 가져가지고, 대학도 포기하고 나 고생 엄청 많이 했다?"

"엄마!"

술에 취해 옛날 얘기를 늘어놓으려는 엄마가 연화 눈에 고울 리 없었다. 엄마가 저런 말들을 할 때마다 연화는 엄마의 인생을 꼬여 버리게 만든 장본인 같았다. 달리던 엄마를 주저앉힌 돌부리 같다는 생각이 들었다. 연화가 발끈했다.

"그래서 지금 엄마 인생 불행했다고 저 사람한테 고해성사라도 하는 거야? 쪽팔리게 왜 이래 정말."

투덕거리는 모녀 사이에 껴 이러지도 저러지도 못하는 제혁만 어쩔 줄 몰라 할 때였다.

"나처럼 살지 말라고. 나처럼 이름도 없이 엄마, 아줌마로 살지 말라고. 너는 그냥 여자, 아니, 사람 백연화로 살라고, 그래서 네 이름 갖다 쓴 거야. 적어도 우리 하숙 이름 부를 때는 네 이름 석 자 불러주니까."

순희 씨의 조용한 외침이 가뜩이나 조용했던 골목길에 쩌렁쩌렁 울렸다. 순희 씨는 취중진담을 멈출 생각이 없어 보였다.

"나처럼 살지 말라고 그랬어, 이년아. 그러면 적어도 세상에 빛 보기 전에 애비에게 버림받은 불쌍한 년도 아니고, 팔자 한 번 더러운 강순희 딸도 아닌 그냥 백연화가 될까 해서. 그래서! 그래서 그래……."

순희 씨는 마지막 당부를 남기고 비장한 최후를 맞은 장수마냥 하고 싶은 말을 다 하고선 그 자리에 고꾸라져 잠이 들었다. 아까부터 다행인 건 제혁이 순희 씨를 잘 잡아주고 있었다는 것이다.

연화는 어느새 엄마를 제혁에게 온전히 맡긴 채 멍하니 연화하숙 간판을 올려다보았다.

매일 여길 지나다녔지만 단 한 번도 생각해본 적 없는 하숙집의 이름. 그리고 그 안에 저릿하게도 녹아 있던 엄마의 마음.

술김에 뱉어버린 엄마의 취중진담이 연화를 또 한 번 시리게 만들었다.

제혁은 연화를 말없이 지켜보다가 순희 씨를 들쳐업고는 조용히 한 층 한 층 계단을 올랐고, 연화도 말없이 그 뒤를 따랐다.

3

모녀의 마음에
봄바람이 불 때

안방에 순희 씨를 눕히고 제혁이 방문을 조심스레 닫았다.

"잘 눕혀 드렸어요. 그럼 이만."

"저기요."

연화는 고맙다는 말을 해야 할지, 모른 척해달라는 말을 해야 하는 건지 선뜻 결심이 서지 않아 주춤했다.

"저기, 그러니까 아까 들은 얘기는 모른 척해주세요. 괜한 상상하며 오해하지 말고요."

그녀의 선택은 일단 후자였다.

제혁과 껄끄러운 사이라는 것도 한몫했지만 그보다는 경험을 통해 습득한 반응이었다. 그동안 무시하거나 불쌍하게 여기는 사람들 반응으로.

제혁도 다르지 않을 거라는 걸 알기에 애써 사과나 고맙다는 말은 하고 싶지 않았다. 그런 건 애초에 마음 낭비일 뿐이었다.

그러나 짐작이 무색하리만큼 제혁의 반응은 생각 이상으로 아무렇지 않았다. 정말 아무렇지 않았다.

"뭘 오해합니까? 그까짓 게 뭐라고. 그리고 걱정 마요. 그렇게 입 놀릴 만큼 한가하지도 가볍지도 않으니까."

제혁은 별거 아니라는 듯 어깨를 으쓱해 보이고는 아무렇지 않게 그녀를 지나쳐 현관문을 나서려 했다.

'그까짓 것?'

지금 저 남자가 그까짓 거라고 한 거야?

놀라지 않는 건 그렇다 쳐도, 어설픈 위로도 없이 연화의 치명적인 아킬레스건을 그까짓 것으로 치부해버리는 태도. 연화는 자신이 잘못 들었나 싶었다.

철저하게 빗나갔다. 이상한 건 그뿐만이 아니었다.

왜인지 그 순간 제혁의 말과 대수롭지 않은 몸짓이 제게 '괜찮아. 그런 건 별거 아니야'라고 자신을 위로해준 것처럼 느껴졌다면 너무 앞서나간 것일까?

툭 뱉은 것 같았지만 그 말은 무거웠다. 그 무게에 숨이 턱 하니 막혀왔다.

그런 무신경한 말투에 제 마음이 금방이라도 따뜻해지려 하자 연화는 흠칫 놀라 아득해지려는 정신을 붙잡았다.

급하게 들이켠 맥주 한 캔에 취한 걸까?

그것도 아니라면 '날 이렇게 대한 건 네가 처음이야' 뭐, 이런 거야 뭐야?

연화는 새삼 자신이 이토록 쉬운 캐릭터였나 싶어 혀를 내둘렀다.

속마음이야 어찌됐든 티 나지 않게 아무렇지 않은 듯 말하고 행동해주는 제혁이 고맙고 그 마음이 예쁘기까지 했다. 뾰족하게 세웠던 등에서 힘이 쭉 빠지는 것 같았다. 일순간에 편안해졌다.

그리고 결국 꽁꽁 얼어 있던 그녀의 마음을 예고 없이 단번에 풀어헤쳐버렸다.

"미안해요."

자신을 일부러 피하는 것 같던 남자의 치졸한 눈빛을 보고 절대로 먼저 사과 같은 건 하지 않겠다던 연화의 다짐이 속절없이 무너졌다.

생각지도 못한 사과에 제혁 역시 발걸음을 돌렸다.

"그날, 오해해서 미안했다고요. 그리고 고마워요. 오늘 엄마 도와줘서."

제혁을 변태로 오해했던 그날부터 오늘까지 왜 자꾸만 이 남자와 엮이게 되는지 연화는 내심 답답했지만 더 늦기 전에 진심으로 사과하고 싶었다.

"옆집 사는 이웃사촌끼리 이정도야 뭐. 저도 잘한 거 없죠. 그쪽 속……. 뭐, 아무튼 미안했어요, 나도."

무심결에 속옷이라는 말이 나올 뻔했다가 얼른 말을 돌렸다. 순희 씨 실수로 연화의 비밀 아닌 비밀을 알게 된 지금, 굳이 그날의 실수까지 더해 그녀를 난처하게 만들고 싶지는 않았기 때문이다.

그런 제혁의 배려를 알아채서였을까?

"저기……."

연화가 나지막이 그를 불렀다.

***

제혁은 내려갔던 계단을 굳이 올라 4층 현관문이 잘 닫혔는지 확인한 후, 그제야 안심이라는 얼굴로 계단을 내려갔다.

"그런데 저 여자는 밥을 먹으라는 거야 말라는 거야."

제혁은 좀 전에 연화가 한 말을 곱씹으며 혼잣말로 중얼거렸다.

연화는 잘 자라는 제혁의 인사에 그를 붙잡아 곧 숨넘어가는 사람마냥 다다닥 제 할 말만 읊조리고는 방으로 줄행랑을 쳐버렸다.

뒤도 안 보고 들어가 버려서, 현관문이 잘 닫혔나 걱정되어 계단을 다시 오른 것이었다.

'8시부터 아침이에요. 음식 맛은 보장 못 하는데 그래도 안 먹는 것보다야 괜찮으니까 먹으려면 4층으로 올라오라고요. 물론 돈은 안 받아요. 공짜예요. 돈 받을 정도의 맛도 아니고. 아무튼 늦지 말고 오라고요. 뭐 싫으면 말고.'

마지막 '싫으면'이 조금 걸렸지만 지금껏 봐온 여자의 성향으로 보아 아침밥을 권유한 쪽으로 제혁은 무게를 실었다.

그의 얼굴에 피식 웃음이 걸렸다.

제혁이 나간 후 연화는 조용히 잠든 엄마가 있는 방으로 향했다.

순희 씨는 작은 뒤척임도 없이 편안하게 잘도 자고 있었다.

순희 씨의 독립선언 이후 줄곧 비워져 있던 방도 오랜만에 제 주인이 반가운지 평소보다 훈훈한 공기가 감도는 것 같았다. 연화는 잠든 순희 씨 옆으로 쪼그려 앉아 곤히 자는 엄마의 얼굴을 한동안 내려다보았다.

순희 씨를 기다리다 소파에서 깜빡 잠이 든 거며, 걱정되어 몇 번이나 전화를 하다 결국 집 앞까지 마중을 나갔던 자신이 어이가 없어 맥 빠진 웃음이 나왔다.

기다리게 할 때는 몰랐던 마음이 누군가를 기다려보니 조금은 알 것 같았다.

역지사지라는 말이 이토록 공감이 될 줄이야.

다 큰 년이 세상 무서운 줄 모른다며 언제 들어올 거냐, 시간마다 울려대던 엄마의 전화가.

자신이 들어오기 전까지 켜진 TV 앞 소파에서 꾸벅꾸벅 졸면서 몰려오는 잠을 억지로 이겨내던 엄마의 뒷모습이.

때때로 자신을 마중 나왔던 골목길 모퉁이, 길게 걸려 있던 엄마 그림자의 의미를 그제야 알 것도 같았다.

누군가를 사랑하는 마음은 작은 일에도 걱정을 만들었고, 그 걱정은 자연스레 조바심을 낳았다. 그 염려되는 마음이 귀찮고 간섭이라고 생각하는 순간, 잔소리라 여기며 하찮게 치부했다.

연화는 매일 같이 자신을 괴롭히던 잔소리 또한 순희 씨의 마음이었다는 걸 참으로 일찍도 깨달은 자신이 한심해 작게 코웃음을 쳤다.

이따금씩 잠든 제 얼굴 위로 하염없이 느껴졌던 시선 역시 아마 같은 마음이었으리라.

"그래서 백연화 엄마 아니고 강순희로 사니까 행복해?"

술에 취해 뻗은 순희 씨가 그 말을 들었을 리 없지만 연화는 묻고 싶었다.

정말 순희 씨가 행복한지. 자신은 겨울이 가는 건지 봄이 오는 건지도 모를 이곳에 묶어놓고 홀로 꽃피는 봄날 속에서 정말로 행복한지, 궁금했다.

만약 그렇다면 당분간은 이 하숙집 주인 노릇을 조금은 덜 억울해 하면서 해볼까 하는 마음 같은 것도 들었다.

순희 씨는 연화에게 대답 대신 작게 미소 지었다. 아마도 좋은 꿈을 꾸고 있는 것 같았다. 연화는 순희 씨가 걷어 찬 이불을 목까지 꼼꼼하게 덮어주고는 방을 나왔다.

***

평소보다 30분 일찍 맞춰 놓은 알람 소리에도 연화는 힘든 내색 없이 단번에 일어났다.

알람을 끄고 자연스럽게 주방으로 향했다. 식재료를 열심히 썰고 볶고 하는 모습이 처음 연화 하숙을 맡았을 때보다 능숙해 보였다.

요리를 하는 틈틈이 연화는 휴대폰을 들여다보았다. 북엇국을 끓이는 법을 검색해 따라하는 중이었다.

말라비틀어진 북어를 참기름에 달달 볶다 따로 끓인 육수를 넣고 끓이니 신기하게도 촉촉하게 북어 살이 올라오기 시작했다. 덩달아 고소한 냄새가 집 안에 가득 찼다.

충분히 끓여내자 뽀얀 것이 먹음직스러워 보였다. 계란말이에 콩나물까지 무쳤더니 시간이 금세 지나갔다.

식사를 하러 제일 먼저 올라온 건 101호 독수리 오형제 금요일 재석이었다.

주방에 들어선 재석은 코를 킁킁거리더니 두 눈을 동그랗게 치켜 떴다. 적잖이 놀란 모습이었다.

"누나, 오늘 금요일 아니에요?"

재석은 일부러 휴대폰을 들어 달력까지 확인했다. 틀림없는 금요일.

"맞는데! 오늘 금요일인데 왜 빵이 아니고?"

연화가 하숙집을 맡고나서 금요일마다 재석은 데우지도 않은 퍽퍽한 식빵에 딸기잼만 먹어 왔다. 평소와 다른 차림상을 보자, 요일을 착각했나 싶었던 것이다.

"싫으면 먹지 말고 내려가. 먹을 거면 숟가락 좀 놔."

재석은 '싫긴요' 너스레를 떨며 식탁 차림을 거들었다. 차례차례 하숙집 사람들이 올라와 자리에 앉았다. 평소와 다른 밥상에 한 번씩들 놀랐지만, 이내 맛있게 먹었다.

인기척에 순희 씨도 눈을 떴다. 과음을 한 탓인지 입은 바짝 말랐고 머리는 깨질 듯 아팠다. 속은 또 어떤지, 쓰리고 느글느글한 것이 시원한 해장국이 절실히 필요했다.

코를 자극하는 냄새에 이끌려 식탁에 앉자, 연화는 따뜻한 국을 한 번 더 뜨끈하게 데워 순희 씨 앞에 가져다 놓았다.

순희씨는 북엇국과 연화를 멀뚱멀뚱 쳐다보았다. 금요일에 밥이 나온 것도 이상했지만, 손이 많이 가는 북엇국이라니.

진탕 취해서 들어왔다고 딸년에게 된통 구박이나 받을 줄 알았는데, 절 위해 해장국을 끓인 연화가 기특해 순희 씨는 한참이나 빤히 딸을 쳐다보았다.

민망한 연화가 '얼굴에 구멍 뚫려' 하는 입모양으로 마음을 애써 숨겼지만, 그것마저 좋아 보였다.

하여튼 속내를 들킬까 봐 퉁명스럽게 대하는 건 사춘기 때나 지금이나 똑같다고 생각하며 한 술 뜨는데, 의외로 맛있었다. 날이 갈수록 연화의 음식 솜씨도 나아지는 중이었다.

순희 씨의 수저질을 곁눈질로 보던 연화도 그제야 맞은편에 앉았다. 그런데 시선이 자꾸만 현관문으로 들락날락거렸다. 도통 식사에 집중을 못했다.

누가 오기를 기다리는 건지, 내내 산만한 연화를 보다 못해 순희 씨가 숟가락을 앞에다 두어 번 내리쳤다.

"똥 마려? 왜 뭐 마려운 강아지마냥 안절부절이야."

"아, 진짜 더럽게."

필터 없는 노골적인 표현에 연화가 얼굴을 구기는데, 현관문이 열리더니 제혁이 들어왔다.

어색한지 쭈뼛대며 현관을 서성이던 제혁이 식탁으로 다가오자 연화가 재빨리 일어나 가스레인지로 향했다.

어딘가 들뜬 연화의 뒷모습을 순희 씨가 물끄러미 쳐다보았다. 아무래도 똥 마려운 강아지 마냥 안절부절못한 이유가 제혁 때문인 것 같았다.

어쩌면 평소와 다른 아침밥 지분의 반은 옆에 앉은 제혁의 몫이란 생각이 들자 순희 씨가 한껏 묘한 미소를 비추었다.

'오호? 요것 봐라!'

연화 자신도 아직 미처 알아채지 못한 마음을 가장 먼저 눈치챈 건 순희 씨였다.

누구의 엄마가 아닌 그저 강순희로 살겠다며 큰소리 뻥뻥 쳤지만 순희 씨는 여전히 연화의 엄마였다. 세상에서 내 자식을 가장 잘 아는 사람.

그건 뱃속에 아이를 품어 안은 그 날부터 온 신경이 모두 내 새끼에게 닿아 있어 작은 변화도 단번에 알아차릴 수 있게 몸에 밴 습관 같은 것이었다.

연화의 감정이 파르르 떨리고 있다고 순희 씨의 오래된 습관이 알려주고 있었다. 그걸 그녀가 놓칠 리 없었다.

어찌됐든 이 세상에서 연화를 가장 잘 아는 건 이 세상에 순희 씨 하나였다. 전에도 지금도 앞으로도 그것만은 확실했다.

***

끝으로 식사를 마친 제혁이 싹 비운 그릇을 개수대에 가져다 놓으며 식탁을 치우는 연화에게 인사했다.

"잘 먹었어요."

"잠시만요."

연화는 치우던 손길을 멈추고는 후다닥 방으로 달려갔다.

방에서 들고 나온 건 제혁이 모르고 벗어놓았던 티셔츠였다. 연화가 곧게 접혀 있는 티셔츠를 내밀었다.

"그쪽 거 맞죠?"

어제만 해도 찾아가라고 길길이 날뛰며 면박을 줬던 티셔츠가 오늘은 수줍게 느껴졌다.

"수건에 딸려 들어와서 나도 모르게 빤 거니까 오해하지 마요."

연화에게 건네받은 티셔츠는 보송보송했다. 연화하숙 수건에서 나는 섬유유연제와 같은 향이 그의 티셔츠에 배여 있었다. 제혁에게 면박을 주기 전에 이미 티셔츠를 빨았을 거라 생각하니 제혁은 슬그머니 웃음이 났다.

연화가 제발 저린 도둑처럼 후다닥 변명 아닌 변명을 했다.

"이봐요, 왜 웃어요? 아니라니까. 정말 모르고 뺀 거라니까 왜 오해를 하고 그래요?"

"알아요. 왜 자꾸 나만 보면 오해하지 말래? 오해는 백연화 씨가 항상 하면서. 오해 안 해요. 우연히, 어쩌다가 그렇게 된 거라는 거 다 안다고요."

횡설수설하는 연화와 그녀의 속마음을 빤히 꿰뚫어보던 제혁의 눈이 마주쳤다.

저 눈빛이었다. 남자의 저 눈빛. 어제와 같은 저 눈빛이 또 다시 자꾸만 연화를 이해한다고 말하고 있었다.

아무리 긴 말을 변명처럼 늘어놓아도 '알아요'라는 한 마디로 모든 상황을 깔끔히 정리하는 알 수 없는 힘이 분명 그에게 있었다.

그 힘이 별안간 그녀가 잔뜩 안고 있던 긴장의 매듭을 자꾸만 풀어 헤치려 했다. 별 뜻 없다며 넘기려 해도 남자의 말이 자꾸만 자신을 향한 위로처럼 들렸다.

차라리 당신이 좋아요, 첫눈에 반했어요, 하는 고백이면 좋았을 것을. 그까짓 것, 알아요, 하는 무심한 일상의 말에 가슴이 두근두근 뛰니 미치고 팔짝 뛸 노릇이었다.

어릴 때야 이런 마음이 들면 사랑이라며 달려들었지만 지금은 곤란했다. 철부지 어린애도 아니고 자고로 어른이라 호기심과 호감을 구별할 줄 알아야 했다.

그런데 당최 남자의 눈빛과 저 막연한 말투 앞에만 서면 애초에 호기심인지 호감인지 모르겠고 심장만 뛰어대니 연화는 어떻게 해야 할지 몰랐다.

막연한 이 감정들을 무턱대고 제혁을 좋아한다고 단정 지을 수는 없었다.

그때였다.

"최제혁이에요. 이봐요. 그쪽. 301호. 이런 거 말고 최제혁이라고요, 백연화 씨."

제혁이 가뜩이나 속 시끄러운 연화의 마음 위로 기어이 작은 조약돌을 던져버렸다.

자신은 뭘 던졌는지도 모를 테지만.

하여튼 다들 별거 아니라고 생각한 작은 것에 당하며 산다.

거인 골리앗을 쓰러트린 것도 다윗의 작은 조약돌이었고, 신에게 남은 고작 12척의 배가 수백 척의 배를 함몰시켰으며, 절대 무너지지 않을 것 같던 견고한 성벽은 때론 난쟁이가 쏘아 올린 작은 공하나에 맥없이 우르르 무너져 내렸다.

방심했고 찰나에 선공이 성공할 때, 그걸 운명 내지 타이밍이라 부른다.

던진 제혁이야 연화의 가슴이 출렁이거나 휘청거리거나 '알게 뭐?'였다. 다윗은 뭐 골리앗 이마에 관통할 줄 알고 던졌겠는가. 맞은 사람만 고달팠다.

에라, 다 모르겠다 싶은 연화는 제혁의 조약돌이 만들어낸 폭풍 속에서 정신을 차리지 못하고 어지러울 뿐이었다.

연화에게도 서서히 타이밍의 바람이 부는 것 같았지만, 그쪽으로는 영 둔한 그녀가 일찍 알아챌 턱이 없었다.

***

같은 시간 순희 씨 역시 절묘한 타이밍에 질척이고 있었다. 1교시 수업에 늦지 않으려 걸음을 재촉하던 그때, 누가 어깨에 손을 둘렀다.

"깜짝이야!"

갑작스러운 기척에 놀라 돌아보자 석화가 '좋은 아침' 인사를 건넸다.

"야, 좋은 아침 맞이하기 전에 놀라 자빠져 요단강 건너겠다."

"놀랬어? 미안. 날씨 좋다."

석화는 여전히 순희 씨 어깨에 팔을 두른 채 그녀와 보폭을 맞추며 걸음을 떼었다.

둘 사이는 평소 같았지만, 순희 씨는 괜스레 어깨에 얹힌 팔이며, 걸으면서 스치는 석화의 옆구리가 의식되었다.

이게 다 며칠 전 그의 난데없는 고백 때문이었다.

소꿉친구 같던 석화가 진지한 얼굴로 고백 아닌 고백을 한 순간부터 평생을 봐온 50년 지기가 자꾸만 불편하게 느껴졌던 것이다.

연신 움찔거리는 순희 씨를 보고 그가 물었다.

"어디 아파? 열은 없는데?"

석화가 이마에 손을 턱 얹으며 물어오자, 그녀가 까무러치듯 놀라며 탁 쳐냈다. 안 그래도 이런 스킨십이 부담스러운데, 난데없이 이마에 손이 웬 말인지.

"괜찮아. 늦겠다, 가자."

순희 씨는 앞장서서 강의실로 달리듯 걸어갔다.

뒤에서 지켜보던 석화가 고개를 걱정스레 갸우뚱 흔들었다. 순희 씨 병을 아는 사람은 석화뿐이었다. 혹시나 또 아픈 건 아닌지 걱정이 될 수밖에 없었다.

공교롭게도 1교시는 석화의 수업이었다.

그래도 친구가 편하지 않을까 싶어 선택한 교양이었는데, 아무래도 잘못된 선택 같았다.

순희 씨는 한참이나 어린 학생들과 위화감 없이 수업을 진행하는 석화를 빤히 쳐다보았다.

학교에 와서 느낀 거지만 예전에 알던 코찔찔이 촌놈 석화는 어디에도 없었다. 눈앞엔 젠틀하고 스마트한 자강대학교 교수 한석화만 보였다.

그의 얼굴을 찬찬히 뜯어보던 순희 씨는 며칠 전 그가 했던 말이 불현듯 떠올랐다.

'순희야, 우리도 CC 그거 한 번 해보자.'

CC의 정확한 뜻을 몰라서 가은에게 물어보고는 경악을 금치 못했다. 캠퍼스 커플(Campus Couple). 학교에서 연애를 하는 사람들을 말한다며, 누가 벌써 CC가 된 거냐며 가은은 호들갑을 떨었다.

대체 무슨 생각인지, 순희 씨는 몹시 당혹스러웠다. 농담이라고 치부해도 순희 씨는 그 말이 그날 이후로 머릿속을 빙빙 돌며 떠나지 않았다.

오랜 시간 가장 가까운 곳에서 자신과 연화를 묵묵히 지켜준 석화의 마음을 그녀 또한 모르지 않았다. 누가 나를 좋아하는지 싫어하는지는 단번에 알 수 있다. 네 편 내 편이 다 그런 마음에서 오는 것들이 아닌가.

그러나 사는 게 고달파 그런 마음을 들여다볼 틈이 없다는 핑계로 애써 모른 척하기 바빴다. 그러기를 삼십 년.

한창 아빠가 필요한 시기에 석화 같은 좋은 아빠가 있었다면 어땠을까?

홀로 애 키우는 여자라는 편견이 마치 불에 덴 자국처럼 화끈거리던 날들 속에서 석화 같은 남편이 있었으면 어땠을까?

순희씨 역시 고민하고 고심하지 않았다면 거짓말일 것이다.

그러나 그때도 지금도 순희 씨는 석화와 지금의 이 간격을 당길 생각은 추호도 없었다.

수술대 위해서 너덜해진 반쪽 지리 기슴을 안고 서른 넘은 다 큰 딸년을 데리고 잘나가는 싱글 교수 석화를 언감생심 욕심낸다는 건 있을 수 없는 일이라며 애써 마음을 다잡았다.

물론 그런 이유만이 아니더라도 순희 씨에게 석화는 안 되는 존재였다. 마음을 알아채서도, 알아챈 마음을 받아들여서도 절대로 안 되는 일이었다. 둘의 시계는 이미 오래전에 멈추었다. 멈춘 시계의 건전지를 바꾸지 않은 건 순희 씨였다.

문득 그날이 떠올라 순희 씨는 뜨거워지는 눈을 비비며 눈물을 훔쳤다.

이게 모두 괜히 목소리 깔고 이상한 소리를 해서 사람을 심란하게 만든 석화 때문이라 생각하니, 속도 모르고 학생들과 웃고 있는 그가 미워져 저도 모르게 노려보았다.

그때였다.

필기를 위해 뒤돌던 석화가 눈이 마주치자 한쪽 눈을 찡긋해 보였다. 찰나였지만 분명 순희 씨를 향한 윙크였다. 평소 듬직한 교수의 은밀한 일탈을 목격한 사람은 강의실에서 단 한 명, 불행인지 다행인지 순희 씨뿐이었다.

그녀는 그 뒤로 한 시간의 수업이 어떻게 흘렀는지 몰랐다.

수업이 끝난 것도, 넋 놓고 있던 그녀의 책상을 석화가 두드리고 나가서야 알았다. 죽마고우에게 느끼는 새삼스러운 감정에 순희 씨는 오전 내내 멍했다.

그 뒤로도 한참이나 주책맞게 뛰어대는 심장을 쓸어내리며 생각했다.

'수술한 가슴이 또 망가졌나? 아니야, 날이 좋아서 그래. 쓸데없이 날이 너무 좋아서.'

어느 때보다 긴 오전을 보낸 순희 씨가 옹기종기 모인 같은 과 학생들을 발견하고 반갑게 다가갔다.

가은과 아이들이 인사하는데, 어쩐지 평소와는 분위기가 달라 보였다.

"무슨 일 있어?"

순희 씨가 묻자 옆자리를 비워주며 가은이 말했다.

"다인이 남자친구가 잠수 탔대요."

순희 씨 반대쪽, 두 손을 얼굴에 묻은 채 흐느끼는 여학생이 아마도 다인이지 싶었다.

"잠수? 남자친구가 어디 배 타러 나간 거야?"

순희 씨는 남자친구가 요즘 젊은이답지 않게 참 성실하다고 생각했다.

"아, 그게 진짜 배가 아니라 연락이 안 되는 거예요. 전화도 안 받고, 톡도 씹고."

순희 씨는 '잠수'라는 신박한 표현에 놀라며 고개를 끄덕였다.

"흑, 우리 오빠 혹시 무슨 일 생긴 거 아닐까? 사고라도……."

다인은 자신이 말하고도 방정 떨었다 느꼈는지 손바닥으로 입을 턱 가리고는 급기야 오열하기 시작했다. 그런 다인을 달래느라 친구들이 정신이 없었다.

순희 씨만 대체 이게 울 일인가 싶었다.

"다인이라 그랬나? 너 아줌마 말 잘 들어. 남자는 말이야, 자기가 좋잖아? 그럼 뭐든 하는 동물이야. 아, 그러니까 어떻게 설명해줘야 쉽게 알아들을까?"

순희 씨는 최대한 아이들 눈높이에서 이야기하려 고민했다.

"아, 이게 좋겠네. 남자가 연락이 안 온다? 그건 딱 세 가지야. 전쟁, 감방, 뒈진 거."

아이들 입이 순간 헉, 하고 벌어져 다물어질 생각을 못 했다. 날것 그대로의 표현에 스무 살 어린 영혼들의 눈동자들이 갈피를 못 잡고 정처 없이 흔들렸다.

순희 씨는 자신의 스무 살을 돌이켜보며 그럴 수 있다 생각했다. 담담히 다음 이야기를 이어 나갔다.

"얘들아, 전쟁둥이란 말이 있어요. 총알 슉슉 막 날아들고 폭탄 팡팡 터져도, 다 사랑은 한다 이거야. 그런데 요즘 같이 휴대폰 하나만 있으면 지구 반대편에서도 연락하는 시대에 연락이 안 온다? 자, 그런데 이 세 가지도 포함이 안 돼? 그럼 뭐겠어?"

큰 눈동자를 데굴데굴 굴리며 고민하는 아이들 중 가장 똘똘한 가은이 손을 번쩍 들었다.

"마음이 없다는 거?"

"그렇지. 정답! 그거지. 연락할 마음이 없다."

쐐기를 박는 순희 씨의 확인 사살에 다인은 쳐들었던 고개를 다시 파묻고는 좀 전보다 더 크게 엉엉, 울기 시작했다.

"으앙, 나쁜 놈!"

어어, 이게 아닌데. 더 크게 울려버리고 나니, 순희 씨는 입장이 난처해졌다. 그녀는 얼른 다음 말을 이어가야만 했다.

"자, 그럼 여기서 또 문제! 왜 연락할 마음이 없는지 그 이유가 중요한 거지."

다시금 아이들의 눈빛이 그녀를 향했다. 그치지 않을 것 같던 울음도 금세 잦아들었다.

"다인이 너에게 마음이 완전 떴는지, 아니면 뭐 혼자 있고 싶은 건지를 알아야 해. 원래 남자란 애들이 막 혼자 있고 싶어 할 때가 있어. 세상만사 다 귀찮은 거지. 흔히들 우리 또래는 어디 기어들어 간다고 하는데."

"저희는 동굴로 들어간다고 그래요."

다인 옆에서 연신 위로하던 한 여학생이 말했다.

"어머, 그 표현 너무 좋다."

순희 씨 칭찬에 여학생은 상장이라도 받은 사람마냥 뿌듯해했다.

"암튼 너네들 표현대로 동굴로 들어갔다, 그러면 무조건 내버려 둬야 해. 절대 먼저 들쑤시면 안 된다고. 벌집 쑤셔봤자 돌아오는 건 된장 발린 얼굴뿐이야."

순희 씨 말이 이해가 가는지 아이들은 다들 고개를 끄덕였다. 인생 선배의 경험에서 나온 조언으로 받아들여서 수긍하는 건지는 몰랐다.

"그러다가 영영 안 돌아오면요?"

다인은 아직도 그 말을 믿을 수 없어서 물었다.

"안 오면 끝이지 뭐. 세상에 남자가 걔 하나니? 세상의 반이 남자다. 뭘 그런 놈한테 쩔쩔매. 돌아올 놈이면 다 돌아오게 돼 있다."

순희 씨의 단호한 대답에도 다인은 더 이상 울지 않았다. 왠지 그녀의 말이 설득력 있어 보였다.

"기분 꿀꿀할 땐 막걸리가 최고야. 가자, 아줌마가 쏜다."

순희 씨가 자리에서 툴툴 털고 일어나자 일동 그녀를 따라 자리에서 일어났다. 마침 오후 수업도 없고, 울면서 보내기엔 날이 너무나 좋았다.

석화 때문에 뒤숭숭한 마음에 괴로웠던 순희 씨도 잘 됐다 싶었다. 이런 날은 시원한 막걸리가 제격이었다.

순희 씨가 쏜다는 말에 숨넘어갈 듯 울어대던 다인도, 다인을 위로하던 아이들도 얼굴에 금방 웃음꽃이 폈다. 애들은 애들이다. 이 깜찍하고도 쿨한 반응이 순희 씨는 내심 부러웠다.

'아줌마도 너희처럼 빨리빨리 잊어버렸으면 좋겠다.'

학교 앞 전집에 모인 아이들은 내내 순희 씨에게 연애 상담을 해 왔다. 재잘재잘 떠들며 고민하는 아이들을 보자니 순희 씨 마음도 덩달아 그 시절로 돌아가는 것 같았다.

해가 뉘엿뉘엿 넘어가는 초저녁이지만 순희 씨는 이미 기분 좋게 취해 있었다.

연화가 대학 생활의 묘미는 낮술이라 해서 미친년이라 했는데, 그게 이해가 가는 순간이었다.

타박타박 기분 좋게 층계를 올라가는데, 301호 앞으로 사람들이 어수선하게 있었다.

순희 씨를 제일 먼저 알아본 건 제혁이었다.

제혁이 꾸벅 고개를 숙이며 인사했다.

"우리 최 교수 여기서 뭐해?"

301호 열린 문 사이로 102호 박씨 모습도 오랜만에 보였다.

순희 씨가 다가오자 구석의 연화가 그제야 코를 킁킁거리며 얼굴을 들이댔다.

"또 술 마셨어?"

"뭐야? 너도 여기 있었어?"

순희 씨는 잔소리 들을라, 얼른 손으로 입을 막으며 말했다.

대학 생활 이후 가장 무서운 게 요 시어머니보다 더한 딸년이었다. 어째 역할이 바뀌어 그런가 연화는 잔소리만 늘어갔고, 반대로 순희 씨는 그런 진소리에 질색을 했다.

"또 술 마셨냐고."

연화가 대놓고 몰아붙이자, 제혁 옆으로 몸을 숨기며 말했다.

"네가 대학 생활의 묘미는 낮술이라며."

"엄마가 스무 살이야? 대체!"

요새 들어 당최 이해할 수 없는 엄마라, 한소리 하려던 그때 박씨 아저씨가 장갑을 툭툭 치며 화장실을 나왔다.

"안 되겠는데. 업자 불러야겠어."

박씨 아저씨는 당분간 화장실을 쓰면 안 되겠다고 덧붙였다.

아저씨 말에 난감해진 연화가 되물었다.

"그럼 얼마나 걸릴까요?"

"못 해도 일주일? 뭐가 문제인지를 모르니까, 다 뜯어내야 돼."

방 주인인 제혁 또한 난감했다. 며칠 전부터 화장실 수압이 영 시원치 않더니 결국 오늘 수도관이 터져 물난리가 난 것이다.

"어쩌죠?"

연화도 하숙집을 맡고 처음 겪어보는 일이라 오히려 제혁에게 묻고 있었다.

제혁이라고 뾰족한 수가 있는 게 아니라 머리를 긁적이는데, 그때였다.

"뭘 어째! 화장실만 위에서 쓰면 되지."

순희 씨였다. 그녀는 박씨 아저씨를 쳐다보며 말을 이었다.

"낮에 사람 없을 때 공사하고 화장실만 안 쓰면 되잖아, 그죠?"

"뭐, 보통 그렇게 작업하죠. 낮에 최 교수 없을 때 사람들 작업하고, 밤에는 어차피 그분들도 쉬어야 되니까."

박씨 아저씨가 고개를 끄덕이며 수긍했다.

"그래, 최 교수 불편하겠지만 당분간 화장실만 그렇게 쓰면 안 될까? 내가 다음 달 월세 깎아줄게."

순희 씨가 사글사글한 웃음을 지으며 말하자 제혁도 그냥 사람 좋은 웃음을 따라 지을 뿐이었다.

"엄마, 사람 불편하게 무슨. 그냥 가까운데 방 잡아드려."

오히려 난색을 하는 건 연화였다.

가뜩이나 불쑥불쑥 말을 듣지 않는 마음이 올라와 그와 부딪치고 싶지 않은데, 화장실을 같이 쓰라니. 그것도 일주일씩이나? 고개를 절레절레 흔들었다.

"애는! 학기 중에 방을 어디서 구해. 원래 이러면 주인집 쓰고 그러는 거야."

"엄마 방 비워주면 되잖아. 엄마가 위에 올라오면 되지."

"미쳤냐. 나 시험공부해야 돼. 네 뒤치다꺼리 할 시간 없다고."

"뒤치다꺼리는 무슨, 좀!"

연화가 이를 살짝 물고 엄마에게만 들릴 듯 말 듯한 목소리로 말했다.

"허? 픽이나! 그 돼지우리 같은 방이나 좀 치워."

분명 연화는 소곤거리듯 말했건만, 순희 씨는 집이 떠나가라 큰소리를 쳐댔다. 연화가 결국 낯 부끄러워 고개를 숙여버렸다.

돼지우리라니, 하필 저 사람 앞에서 그렇게 소리칠 건 뭐람.

순희 씨는 입이 한 발 나온 연화를 흘겨보고는 속으로 피식피식 웃어댔다.

평소 같으면 방방 뛰며 대들었어도 열두 번은 더 대들었을 딸년이 제혁 앞에서 붉어진 얼굴에 손부채질 하는 게 귀엽기까지 했다.

스무 살 첫사랑에 빠진 딸의 일기장을 우연히 발견한 엄마의 마음이 이럴까 싶었다.

과 아이들에게 연애 상담을 해주며 순희 씨는 자연스레 연화를 떠올렸다. 사는 게 바빠, 먹고 사는 게 힘이 들어 딸이 누굴 사랑하는지 관심조차 없었다. 어느덧 연화도 서른하나.

딸에게도 분명 서툰 사랑과 그로 인한 애달픈 시간들이 있었을 것이다. 결결이 부서지는 아픔에 눈물도 훔쳤을 것이다. 그 마음을 들여다볼 겨를 없이 그동안 홀로 둔 것만 같아 마음 한편이 뻐근해졌다.

쇠뿔도 단김에 빼랬다고! 딸의 마음이야 알았으니, 제혁의 마음도 알아봐야겠다고 순희 씨는 생각했다.

석화가 보낸 사람이니 이보다 믿을 만한 청년이 또 어디 있겠는가.

순희 씨는 멍청하게 허허거리는 제혁을 훑어보며 자꾸만 입꼬리가 올라가려는 걸 애써 참았다.

제혁과 함께 계단을 오르는 연화는 여간 불편한 게 아니었다. 제 방 옆에 화장실로 그를 안내해 이것저것 설명해주었다.

"최대한 빨리 고쳐드릴게요. 미안해요."

연화 잘못은 아니었지만 본의 아니게 불편하게 만들었으니 사과는 당연했다.

"괜찮아요. 나도 7시 이후엔 최대한 화장실 사용 자제할게요. 너무 신경 쓰지 말아요."

제혁은 순희 씨가 전에 찾아와 7시 이후에는 조심해달라는 당부가 생각나 말했다.

치부를 들켜버렸다고 생각한 그날 밤, 그러나 별것 아니라고 말해주던 그날 밤부터 연화는 충분히 제혁을 신경 쓰고 있었다. 아니, 그에게 온 신경을 집중하고 있었다.

제혁은 알 리 없었지만, 자신의 영역에 한 발짝 들어왔다고 생각하는 이 순간도 연화는 모든 신경이 곤두서 있는 것만 같아 난감했다.

그런 마음을 알 리 없는 제혁은 '그럼 쉬세요' 하고는 현관문을 나섰다.

"하!"

제혁이 나가자 연화가 한참을 참았던 숨을 몰아쉬었다.

어째 너무나 긴 일주일이 될 것만 같았다.

연화가 일그러진 얼굴로 침대에서 벌떡 일어났다.

시계를 보니 얼추 일어나야 할 시간이었다.

꿈을 꾸었다. 언제나 비가 내렸고, 네다섯 살쯤 된 연화는 그 빗속에 혼자 서 있었다. 가엾고 처량해 고통스럽게 지켜보다 잠에서 깨곤 했다.

"비는 왜 오고 난리야."

꿈속이지만, 비라도 내리지 않으면 덜 가여울까?

연화는 고개를 절레절레 흔들며 화장실로 가 마른입을 헹구어냈다.

제혁과의 화장실 공유는 생각보다 불편하지 않았다. 혼자 쓸 때와 다를 게 없었다. 제혁은 약속했던 것처럼 7시 이후에는 일절 올라오지 않았다. 아침식사 후 잠깐 들러 간단하게 씻는 게 고작이었다.

이후엔 4층에 올라오는 법이 없었다. 불편하지 않으니 다행이긴 한데, 한편으로는 왜 자꾸 서운한 마음이 비집고 올라오는지.

연화는 샤워기에 물을 틀었다.

그리곤 한동안 따뜻한 물에 몸을 담갔다. 샤워를 하고 나오는데, 눈앞에 거짓말처럼 제혁이 서 있었다. 욕실에 가득 찼던 수증기에 가려 마치 그가 다른 세계의 사람 같았다.

멍하니 있던 그녀가 손에 쥔 속옷을 내려 보고는 후다닥 등 뒤로 감추었다.

연화는 자신의 마음까지 들킨 것만 같아 괜히 가슴이 조마조마했다.

'이럴 줄 알았으면 새로 산 속옷 입는 건데. 왜 하필 늘어난 팬티냐고, 아이 씨.'

이런 와중에도 별걸 다 신경 쓰고 있는 것 같아 머리가 지끈 아파 왔다.

"아!"

짧게 탄식만 하고 자리에 멀뚱히 서 있자, 제혁이 조심스레 말을 건넸다. 그 역시 연화가 후다닥 감추는 속옷에 정신이 아찔해졌다.

"오늘 아침 일찍 회의가 있어서……."

"아……."

연화는 여전히 멍한 채로 서 있을 뿐이었다.

"일찍 씻고 나가려고요."

"아……."

계속 '아, 아'만 하는 연화가 이상했지만 주저리 변명을 하는 자신도 다를 바 없이 이상해 보일 것 같았다.

제혁이 고개를 기울이며 안으로 들어가겠다고 하니 그제야 연화가 비켜섰다.

그러다 이내 얼른 그를 잡아 세웠다.

"저기…… 방금 씻고 나와서 수증기가 많아요. 커피 한 잔 먼저 하실래요?"

***

제혁에게 따뜻한 커피를 내려주고 연화는 서둘러 아침 식사 준비를 했다.

일사천리로 쌀을 씻고, 쌀뜨물을 모아 국을 끓이고 나서 어제 걷어온 수건을 거실 바닥에 앉아 개키기 시작했다. 이제는 제법 능숙한 솜씨였다.

식탁에 앉아 말없이 지켜보던 제혁이 어느새 따라 내려와 맞은편에 앉았다. 그러고는 그녀를 따라 수건을 단정히 포개기 시작했다.

연화가 고개를 들어 제혁을 쳐다보았다가, 얼른 다시 수건 개키는 일에 집중했다.

"안 도와주셔도 되는데."

"놀면 뭐해요. 커피 값은 해야지. 그런데 생각보다 일이 많네요?"

제혁이 손을 바삐 놀리며 물었다.

"살림이랑 똑같죠 뭐. 하면 티도 안 나는데, 안 하면 안 되는 그런 거?"

"픞."

연화가 손을 멈추고 물었다.

"왜 웃어요?"

연화는 뜬금없이 새어나온 제혁의 웃음소리가 궁금했다.

"미안해요. 그냥 뭔가 안 어울려서."

"뭐가요?"

"예쁘장한 아가씨가 말투는 꼭 오십대 주부 같아서요. 그래도 적성에 잘 맞나 봐요?"

"적성에 맞아서 하나요. 어쩔 수 없이 하는 거죠."

부르르르, 마침 가스레인지에서 끓던 국이 넘치는 소리가 나자 연화가 재빨리 주방으로 달려갔다. 얼른 화력을 줄이고 행주로 넘친 국을 닦아냈다.

'예쁘장한, 예쁘장한, 예쁘장한……'

연화의 머릿속은 온통 제혁이 내뱉은 그 말뿐이었다. 하숙 일을 하면서 아줌마처럼 변해버린 것 같아 창피하고 속이 상했다. 그가 한심하다고 생각할까 봐, 별 볼일 없는 여자라 여길까 봐 화가 날 정도로 속상했다.

그러나 당장 연화를 더욱 혼란스럽게 만드는 건 그 와중에도 예쁘장하다는 말에 설레 어쩔 줄 모르는 자신이었다. 남자 앞에서 여자이고 싶다고 아우성치는 이 마음을 조만간 들키고도 남을 거란 생각에 한숨이 밀려 나왔다.

분명한 건 저 남자가 좋아지기 시작한 것 같았다. 아니 틀림없이 좋아하고 있었다.

제혁이 앉았던 자리에는 말끔히 접힌 수건만 덩그러니 놓여 있었다.

그 빈자리에도 숨이 가쁜 걸 보니 더는 자신의 마음을 모른 척할 수 없을 것 같았다.

***

다음 수업까지 시간이 남자 1학년 과 아이들이 우르르 순희 씨에게로 달려들었다. 아이들 연애 상담을 해준 게 입소문을 탄 것이다.

다인은 오늘 아침 캔 커피를 내밀며 수줍게 '왕언니 말대로 그냥 내버려뒀더니 어제 저녁에 오빠한테 먼저 연락 왔어요' 하며 얼굴을 붉혔다.

왕언니라는 호칭은 어색했지만, 둘이 잘 해결되었다니 순희 씨도 뿌듯한 마음이었다.

다인처럼 연락이 안 되는 남자친구부터 짝사랑하는 선배, 군대 가

는 데 여자친구가 기다려줄까요, 하는 질문까지 아이들 고민은 제각
각이었다.

물론 오십 년 인생 순희 씨 눈에는 그것도 고민인가 싶었지만, 그
들에겐 당장에 풀어야 할 어려운 숙제라는 생각이 들자 최선을 다
해 들어주고, 성심껏 대답해주었다.

그럴 때마다 아이들은 우리 엄마아빠도 왕언니 같았으면 좋겠다
고 호들갑을 떨었다.

실은 나도 집에서는 서른 넘은 딸년이랑 매일 치고 박고 싸운다
고 말하고 싶었지만, 입을 다물었다.

너희들을 이해하는 척, 여느 어른과 다르다는 척 연기를 해야 했
다. 그게 꼰대가 아닌 왕언니로 살아남을 수 있는 방법이었기 때문
이다.

호들갑을 떠는 아이들이 좋았다. 잘 버무려진 깍두기 마냥 아이
들 속에 쏙쏙 잘 스며든 양념 같은 자신이 좋았다.

돌아오지 않는다는 걸 몰라 허무하게 흘려버린 스무 살의 계절이
어렵게 다시 제게로 왔다.

선물처럼 찾아온 두 번째의 스무 살, 이 계절을 훗날 애처롭게 느
끼지 않도록 이 아이들 속에서 잘 버티고 싶다고 그녀는 생각했다.

4

보통이 넘는 두 여자에게
대처하는 법

고기가 노릇노릇 구워지자, 순희 씨가 '잠깐!' 외치며 연화 곁으로 뛰어왔다. 순희 씨는 대뜸 휴대폰을 들이밀어 이리저리 각도를 바꿔가며 불판을 찍어댔다.

내심 대신 고기를 구워주려나, 싶었던 연화는 어이가 없어 순희 씨를 올려다보며 '뭐해?' 하고 물었다.

"에스 엔 에 뭐시긴가 그거 하려고."

"설마 SNS는 아니지?"

"어, 그거 맞아. 거기다 올리려고. 애들이 그러는데 음식 사진을 사람들이 그렇게 좋아한다며?"

연화가 대놓고 툴툴거렸다.

"별걸 다한다."

"표정 풀어, 이것아. 내가 내 휴대폰으로 사진 찍겠다는데 네가 뭔 상관이야."

순희 씨는 몇 컷 더 찍고서야 만족해서 평상으로 돌아갔다.

연화는 엄마 뒷모습을 보다 고개를 절레절레 저으며 다시 고기 불판에 집중했다. 고기를 비워내는 속도를 따라 잡으려면 정신을 바짝 차려야 했다.

오늘 옥상 고기 파티에 처음 참석하는 제혁의 앞 접시에다 순희 씨가 알맞게 구워진 고기를 얹어주었다. 제혁이 꾸벅 고개를 숙였다가 고기를 입에 쏙 넣었다. 맛있었다.

자연스레 그의 눈이 고기와 씨름 중인 연화에게 향했다.

선선한 봄바람에도 연화는 불판 열기 때문인지 연신 이마에 송골송골 맺힌 땀을 닦아냈다. 제혁은 오물오물 고기를 씹으며 생각했다.

'저 여자는 아침부터 쉬지도 않나?'

한눈에 봐도 연화의 안색이 피곤해 보였다.

하숙집 사람들이 같이 먹자고 불러도 연화는 속이 좋지 않다며 고기만 구워댔고, 마지막 뒷정리까지 마치고 내려갔다. 샤워를 하고 나서 곧장 침대 위로 뻗었다.

오전부터 이곳저곳 쑤시기 시작하더니 이제는 한쪽 팔도 들어 올릴 힘이 없었다. 다행인 건 토요일인 내일은 하숙 일을 쉴 수 있다는 거였다.

잠이 들긴 이른 시간이었지만, 곧 스르르 단잠에 빠졌다.

***

식은땀으로 범벅이 된 연화가 번쩍 눈을 떴다.

안도감이 밀려왔다. 다행히 그녀의 방이었다.

가끔 꾸던 꿈인데, 요즘 따라 연속으로 꿔대니 아픈 몸이 더 난리였다.

연화는 땀에 젖은 앞머리를 툴툴 털며 침대에서 일어났다. 이렇게 깬 날은 더 잘 수가 없었다. 이것도 연화를 괴롭히는 고질병 중 하나였다.

긴 밤은 여전히 남아 있고, 잠은 다 잤으니 유일한 밤 친구를 냉장고에서 꺼내 들었다.

시원하게 한 잔 하려는데, 현관 도어록 소리가 나더니 제혁이 들어왔다.

흠뻑 젖은 제혁이 연화를 발견하고는 흠칫 놀랐다. 물에 빠진 생쥐 꼴을 한 제혁을 보고 연화도 놀랐다.

"어디 물놀이라도 했어요?"

제혁은 멋쩍은지 손가락을 들어 창문을 가리켰다. 그새 하늘은 먹구름이 가득했고 쏟아지는 비가 제법 굵었다.

순희 씨 당부도 있었지만, 여자 혼자라 들락날락하기 부담스러워 제혁은 그동안 저녁엔 집 앞 공중목욕탕을 이용했다. 오늘은 '금일 휴업' 팻말에 발길을 돌려야 했다. 집에 오는 길에 느닷없이 퍼붓는 비에 쫄딱 맞은 거였다.

"맥주 흐르네요. 빨리 씻고 갈게요."

제혁이 연화의 손을 가리켰다.

그제야 연화는 마시다 만 맥주 거품이 손에 흐르고 있는 걸 알았다.

말끔히 씻고 나온 제혁이 자연스레 식탁 앞에 마주 앉자 연화가 시원한 캔 맥주를 건넸다.

"아까 보니까 몸 안 좋아 보이던데, 술 마셔도 돼요?"

제혁이 조심스레 물었다. 자신을 보고 있었다는 말에 연화는 얼굴이 달아오르는 것만 같았다.

"자다 깼는데 다시 자고 싶지는 않고, 그럴 때는 보통 이런 걸 마셔요."

연화가 캔을 흔들어 보였다.

"왜 자다 깼는데요?"

"그냥, 뭐 기분 나쁜 꿈을 꿔서요. 보통 사람들 꾸는 악몽."

"무슨 꿈이요? 그 보통은 좀 빼고 말하죠. 난 보통 말고 백연화 씨 답이 궁금한 거니까."

또, 또 시작이다. 저 아무렇지 않다는 말투.

그 말투에 무장해제된 연화는 무심결에 이야기를 꺼냈다. 이젠 뭐가 부끄러운지 아닌지 그 경계조차 모르겠다 싶었다.

"버려지는 꿈. 꿈인지 기억인지. 다섯 살 정도 됐나? 거기도 지금처럼 비가 억수로 내려요. 어찌나 내리는지 더 처량해. 크고 단단한 손을 무슨 동아줄이라도 되는 것 마냥 꽉 잡고, 버리지 말라며, 데리고 가라고 얼마나 울어대는지, 그 어린 게. 쯧, 비인지 눈물인지도 모르게. 그런 꿈. 어때요? 이건 확실히 보통이랑은 좀 다르죠?"

분명 제 이야기이건만 남의 일처럼, '있잖아, 내가 들었는데' 투로 말이 나왔다.

거리낌 없이 타인에게 이 이야기를 하게 될 줄은 상상도 못 했다.

그러나 제혁이 이런 자신을 어떻게 받아들일까 하는 불안감 같은 건 없었다. 그저 그의 입에서 또 한 번 그까짓 것, 알아요, 하는 말이 나오길 기다렸다.

그리하여 편안해지고 싶었다. 어떤 큰 문제도 이 남자 앞에서는

114

별게 아니게 되니까. 그 힘에 조금은 기대고 싶다는 생각이 들었다.

또 조금은 두근거렸다. 세상에 한 번도 드러내지 않았던 민낯, 저마다 가슴에 품고 사는 그렇고 그런 사연 하나를 나눠가졌다는 사실이 묘하게 흥분됐다.

"그러게, 보통은 아니네요."

"풉."

제혁의 대답에 연화가 결국 웃고 말았다.

역시 그래, 이거였다. 별게 아니었다. 오늘도 연화는 제 마음에 백기를 들고 말았다.

진 거였다. 더는 그를 향한 마음을 숨길 수도, 숨겨지지도 않는다는 인정. 어쩌면 처음부터 진 싸움이었다. 이제는 그 패배를 깨끗이 받아들이고 인정할 수밖에 없었다.

"자고 갈래요?"

연화의 제안에 제혁은 입에 머금은 맥주를 뿜을 뻔했지만, 애써 담담하게 굴었다. 잠시 뒤 맥주가 그의 목을 타고 꿀꺽 넘어갔다.

그동안 어떻게 마음을 숨겼는지, 그 짧은 시간도 참을 수 없다는 듯 연화가 다시 한 번 그를 재촉했다.

"보통 이런 대화의 끝이 자고 갈래요는 아니에요. 그래도 자고 갈래요?"

제혁을 보자 천근만근 무거웠던 몸이 언제 그랬냐 싶게 가벼워졌다. 자신이 아픈 건 다 제혁 때문이었다.

그렇지 않고서야 제혁과 얼굴을 마주하고 앉아 있다는 이유 하나로 말끔히 나을 이유가 없지 않은가? 눌러왔던 마음이 터지자 인내심은 현관문을 열고 빗속으로 사라져버렸다.

제혁은 지금 이 사람이 연화가 맞는지 새삼 놀라는 눈치였다.

열아홉 살 사춘기 소녀 마냥 가슴앓이 한 모습도 연화, 지금의 모습 또한 연화였다. 이 밤 남자의 마음을 확인하고 같이 있고 싶은 이 또한 서른하나 백연화의 모습이었다.

서른은 때론 몇 단계 정도는 건너 뛸 수 있는 유연함이 나오는 나이였다. 서른은 지금까지 겪어온 경험치에서 계산되어 나오는 자신만의 평균값이란 데이터 하나쯤은 가지고 있는 나이였다.

'저 남자도 나를 싫어하지 않는다'

연화의 데이터 범위 안에 안전하게 맞아 떨어졌다. 틀림없었다. 좀 틀리면 어때? 틀렸다고 해도 상관없었다.

틀렸다면 어떤 꼬투리를 써서라도 저 하숙생을 내 하숙집에서 쫓아내주리라.

잠시 빌려 쓰는 명함이지만 어엿한 연화하숙의 주인은 나니까 말이다.

"진짜 보통은 아닌 거 알아요?"

"알아요, 보통 라면 먹고 갈래? 이렇게들 말하죠. 그거랑 비슷한 맥락이에요."

"그럽시다. 라면을 먹든, 맥주를 더 마시든, 다른 걸 하든. 뭐 비슷한 맥락 같이 찾아보죠 뭐."

거절당할까 봐 졸였던 가슴이 한마음으로 통했다는 통쾌함으로, 연화는 온 신경이 짜릿해지고 있었다. 제혁 또한 크게 다르지 않았다.

뱉은 말들이 무색하게 어색한 침묵이 이어졌다.

그 안에서 두 사람이 묘하게 서로를 따라 웃었다. 긴 장마가 시작될 거라며 대비를 하라는 TV 속 일기 예보도 상관없었다. 누군가에게 향하는 마음도 내 마음대로 어쩌지 못하는데, 하늘이 내리는 비를 무슨 수로 대비를 한단 말인가!

이토록 로맨틱한 빗소리가 어디 있다고.

*　*　*

이른 새벽, 슬그머니 현관문을 닫으며 나왔다.

혹여나 연화가 깰까 조심스레 문을 닫는데, 제혁의 등을 누가 툭, 쳤다. 그 바람에 노력이 무색하게 제혁의 입에서 짧은 외마디 비명이 나와버렸다.

"아!"

"나야, 나. 뭘 그렇게 조심히 나와."

순희 씨였다.

생각지도 못한 순희 씨 등장에 제혁의 입과 마음이 따로 놀았다.

"네? 아, 아, 그게. 아, 화…… 화장실 다녀오느라."

딱 도둑이 제 발 저린 모양새였다.

그의 머릿속엔 망했다, 이 생각 하나뿐이었다. 빼도 박도 못하는 현행범이었다.

당장 무릎 꿇고 죄송하다고 사죄를 해야 하나? 근데 이게 사죄할 일인가? 그게 아니면 따님분이 먼저 자자고 했다고? 에이, 이건 아니었다. 의리가 있지. 제혁의 머릿속이 실로 복잡했다.

그러나 순희 씨가 의외였다. 그의 어깨를 토닥이며 '잘했어, 잘했어'를 연발했다.

제혁은 자신이 뭘 잘했는지 순간 깊은 고민에 빠졌다.

얼빠진 표정을 보며 순희 씨가 이번에는 탁, 세게 등을 치며 말했다.

"어머? 최교수, 나 대학 다니는 여자야. 내 친구들이 다 스물이라고. 촌스러운 아줌마 취급이야, 어디서."

순희 씨는 다시 한 번 제혁의 등을 팍, 치고는 회심의 미소를 남기고 아래층으로 내려갔다. 첫 번째보다 더 힘이 실린 것 같았지만 혼자만의 착각이라 믿고 싶었다.

'자고 갈래요?'

어제 연화의 예상치 못한 도발보다 더 예상치 못한 순희 씨의 대답.

이곳 연화하숙에 와서 처음부터 느낀 거지만 참 많이 닮은 모녀였다.

계단을 내려와 제혁이 보이지 않는 걸 확인한 뒤 그제야 순희 씨가 혼잣말을 중얼거렸다.

"이러다가 배불러서 드레스 입는 거 아냐?"

새벽 댓바람부터 도둑고양이 마냥 살그머니 나서는 걸 보아하니 두 사람의 마음이 엇갈리지 않은 것 같아 내심 마음이 놓였다. 자신의 계략이 잘 들어맞긴 했나 보다.

"맞다! 아, 나 보온병 챙겨야 되는데."

보온병 챙기러 올라간 길에 제혁과 마주친 거였는데, 그새 까맣게 잊었다. 다시 올라가 챙길까 하다가 그만두기로 했다.

"어머머, 내가 이럴 때가 아니지. 얼른 준비해야지."

잠시 후 순희 씨가 등산복으로 갈아입고는 집을 나섰다.

밖에는 여전히 비가 한창이었지만, 아랑곳하지 않고 계단을 내려가 하숙집을 나섰다.

순희 씨의 발걸음이 여느 날보다 빠르게 느껴졌다. 마치 어딘가 시간에 맞춰 가야 하는 사람처럼 조급하고 초조해 보였다.

좀처럼 맞는 일이 없는 기상청이 오랜만에 맞춘 비였다. 긴 장마였다.

토요일이라 긴장이 풀려서인지, 우중충한 날씨 탓인지 연화는 점심때가 지났지만 여전히 침대에서 뭉그적거리고 있었다.

눈을 떴을 때 침대는 비어 있었다. 그가 없는 옆자리가 서운하지는 않았다. 충분히 서로의 마음을 들여다본 밤임을 당사자들은 잘 알고 있었다.

마침 휴대폰을 들어 그가 보내놓은 톡도 확인할 수 있었다.

계절학기 준비 때문에 먼저 학교 가요. 미열 있던데 오늘은 푹 쉬어요.

연화가 제 손으로 이마를 짚었다.

정말 미열이 있는 것 같기도 했다. 들뜬 밤의 여파로 아직 뜨끈한 건지, 정말 컨디션이 좋지 않아서인지 알 수 없지만, 분명한 건 그 꿈을 꾸고도 어제는 푹 잘 잤다는 사실이었다.

참 이상한 일이었다. 좋아하는 마음만 앞서 있을 땐 가깝지도, 멀지도 않았던 애매한 거리가 짧은 밤을 함께한 시간만으로 일시에 획기적인 변화를 맞이한다는 사실 말이다.

기진맥진해진 맨 몸에 한 장의 이불을 나눠 덮고 누워 단잠에 빠지려던 그때 제혁이 연화를 향해 말해왔다.

'보통 할까 말까 할 때는 하는 게 정답이더라고요. 용기 내서 물어보는 건 어때요? 이번엔 정말 별일 아닌 보통 일일지도 모르니까.'

연화가 말한 꿈에 대한 것이었으리라.

한 사람이라도 알게 된다면 그건 더 이상 비밀이 아니라고 했다. 어쩌면 비밀로만 두고 싶지 않은 마음에 제혁에게 털어놨을지도 모른다.

늘 묻고 싶었다. 오랫동안 괴롭히는 꿈을 가벼운 악몽이라고 버려두기엔 늘 찜찜했다. 그러나 묻지 않았다. 순희 씨에게 물을 수 있는 기회는 많았지만 그때마다 마음을 삼켰다.

설마가 사실이 되어 사람 잡는 걸 수도 없이 많이 봐왔다.

'아니지?' 하는 말에 순희씨가 '미안해'라고 대답할까 봐. 버려졌다는 건 진짜였을까 봐 묻지 않았다. 아니, 못 했다.

그런 속내를 제혁에게 내비치면서 연화의 마음에도 용기가 불쑥 솟아났다.

그러나 지금은 일단 쏟아지는 나른함에 취해보기로 연화는 결정했다. '용기가 선명해지면 그때'라고 잠시 미루기로 마음먹었다.

그러나 타이밍은 그런 준비를 다할 새도 없이 부지불식간에 찾아오는 경우가 태반이다. 생각보다 빨리 용기와 마주해야 할 때가 찾아왔다.

하루 종일 어둑한 날씨를 핑계로 연화는 저녁까지 늘어지게 잤다. 그녀를 깨운 건 다름 아닌 부침가루였다.

"어이, 백연화, 부침가루 어디 있어?"

연화는 잠 속을 헤매다가 '부침가루'라는 단어를 들었다.

"야, 일어나! 애가 지금 몇 시인데 퍼질러 자고 있어."

언제 들어왔는지 순희 씨가 연화를 흔들어 깨웠다. 그제야 연화가 마지못해 잠에서 깼다.

"뭐야, 언제 왔어?"

"야, 7시야. 세상모르고 자? 부침가루 어디 있냐고."

"내가 어떻게 알아. 엄마가 놓은 그대로 있겠지."

연화가 이불을 박차며 일어나 대답했다.

순희 씨는 곧장 주방으로 가더니 찬장에서 부침가루를 찾아냈다.

"밖에 비도 오는데 김치전이나 부쳐 먹을까?"

김치전이라는 단어에 입 속에 침이 고였다. 벌써 고소한 기름 냄새까지 풍겨 나오는 것 같았다.

연화가 시작했다면 아직도 김치를 썰고 있겠지만, 손 빠른 순희 씨는 고새 반죽을 마치고 두 장이나 구워냈다. 비 소리인지 기름 소리인지 타다닥, 하는 소리가 좋았다.

뚝딱 여러 장 부침개를 쌓아 식탁으로 가져온 순희 씨. 그녀의 다른 손에는 소주가 한 병 들려 있었다.

소주잔에 맑은 소주를 꼴꼴 부으며 순희 씨가 모른 척 물었다.

"어제 뭐 했어?"

"하긴 뭘 해. 그냥 집에 있었지."

"그래? 누구랑? 혼자?"

정신없이 젓가락질을 하던 연화가 멈칫하며 순희 씨를 쳐다보았다.

"혼자 있지! 이 집에 누구랑 있어?"

당황하는 기색도 없이 새빨간 거짓말을 해대는 앙큼한 딸을 순희 씨가 곁눈질로 노려보았다.

부침개야 핑계고, 새벽에 제혁을 보고 모른 척할 수 없어 답답해 올라와 본 것이다.

"그런 엄만 어디 갔다 와?"

토요일이건만 곱게 화장한 순희 씨 얼굴을 보며 이번엔 연화가 물었다.

"산악회. 매주 토요일마다 가잖아."

"비가 이렇게 오는데?"

"뭐, 비오면 산악회 가면 안 돼?"

"안 되지. 비가 이렇게 오는데 무슨 산을 타? 산악회에 점찍어놓은 아저씨라도 있어? 혹시 연애해?"

"연애는 무슨! 내가 이 나이에 무슨 연애야."

"참 나, 그 나이 대학 가는 거는 괜찮고."

"한마디를 안 져, 한마디를! 그래, 연애한다, 왜? 그런 너는? 넌 연애 안 해?"

연화는 무심하게 젓가락질을 하며 대답했다.

"해, 연애."

시치미를 뚝 뗄 줄 알았건만! 순순히 대답이 나오자 순희 씨가 되려 놀라 한 번 더 물었다.

"너 연애해?"

"어, 연애한다고. 더 물어보지 마. 그러면 다시는 얘기 안 해."

자신의 질문 공세를 애초에 차단하겠다는 태도에 순희 씨는 조금 서운했다.

"그렇게 말도 안 해줄 걸, 연애한다는 말은 왜 해!"

"그냥. 엄마한테 제일 먼저 얘기해주고 싶어서."

생각지도 못한 대답에 식탁에 적막이 흘렀다.

얘기해주고 싶었던 것이다, 연화는. 그런데 어떻게 말해야 할지 모르는 것이다.

순희 씨는 목이 턱 막혔다. 그런 걸 가르쳐준 적이 없었다. 엄마와 비밀 이야기를 나누는 법을.

미어지는 마음을 감추고 순희 씨는 연화의 발을 툭 찼다. '자, 월세' 하며 흰 봉투를 내미는 게 고작이었다.

연화가 받아 든 봉투에는 생각보다 많은 돈이 들어 있었다.

"뭐가 이렇게 많아?"

"가은이 것도 같이 넣었어."

"엄마가 왜?"

"뭘 왜야! 그럴 사정이 있으니까 그렇지."

"그런 사정이 뭔데? 뭐? 걔가 엄마한테 돈 내달래? 아주 웃긴 애네?"

"누가 돈을 달래. 가은이 엄마가 아파서 내가 잠깐 빌려주는 거야. 괜히 애한테 별 소리 하지 말고 넌 모른 척해."

"웃겨! 엄마 그 말을 믿어? 걔 새로 들고 다니는 백 그거 얼마짜리인 줄이나 알아? 그거 나도 못 사는……."

"어후, 시끄러워! 내 돈이야. 막말로 가은이 있어서 지금까지 내가 대학 생활 하는 거지, 걔 아니었으면 꿈도 못 꿨어. 그리고 하숙 아줌마가 밀리지 않고 월세만 받으면 되지, 누가 내는 게 뭐가 중요해."

"아, 엄마!"

진짜 아줌마가 어엿한 처녀를 아줌마라고 부르자, 기분이 언짢아진 연화가 젓가락을 탁 내려놓았다. 그런데 젓가락 하나가 하필 테이블에서 튕겨져 나가 순희 씨 앞으로 떨어졌다.

순희 씨 눈썹이 역 팔자를 그렸다.

"이게 진짜! 어디다 던져? 안 주워? 하나, 둘!"

꿈쩍도 안 할 것 같던 연화가 후다닥 젓가락을 주워 제 앞으로 가져왔다.

왜 나이가 먹어도 엄마의 저 하나 둘 셋에는 몸이 저절로 반응하는 걸까.

자꾸만 쪼그라드는 게 싫어 연화가 식탁 밑으로 발을 쿵 굴렸다.

"아, 그것 좀 하지 마! 내가 뭐, 애야? 하나, 둘, 셋! 뭐 셋 하면 어떻게 할 건데?"

"뭘 어떻게 해? 이렇게 되지!"

순희 씨가 젓가락으로 연화의 이마를 턱 내려쳤다.

"이씨, 엄마 나한테만 이러지? 가은이 그 기지배한테는 돈도 턱턱 주고, 민희 언니한테는 맨날 예쁘게만 말하고, 맨날 나한테만! 나한테만! 내가 딸인데. 맨날 남보다 못하고!"

이마를 문지르며 울상 짓는 연화를 보자 순희 씨가 어이가 없어 피식 웃음을 터트렸다. 질투하는 딸의 투정이 싫지 않았다.

"어이구, 그랬어? 딸, TV나 틀어! 연속극 할 시간이야."

순희씨가 다섯 살 꼬마 다루듯 장난을 쳤다.

연화는 구시렁거리면서도 순희 씨가 보는 연속극에 채널을 맞추어주었다.

짝!

드라마 속 시어머니로 보이는 여자가 젊은 며느리의 뺨을 내리쳤다. 세상에 시대가 어느 시대인데, 며느리 뺨을 때리는 시어머니라니! 참 세상물정 모르는 사람이 만들었네, 하며 연화가 어이가 없어 순희 씨를 쳐다보았지만 엄마는 이미 드라마와 혼연일체가 되어 몰입 중이었다.

이렇게 보는 사람이 있으니 만드는 사람도 있겠지. 고개를 절레절레 흔들었다.

그러다 문득 연화가 드라마에 푹 빠진 순희 씨에게 물었다.

"엄마? 엄마는 내가 시어머니한테 저렇게 맞으면 어떻게 할 거야?"

"왜? 최교수랑 결혼하게?"

"뭐야! 엄마 알고 있어?"

"최교수 엄마 보통 아니라디? 석화 말로는 사람들 좋다던데."

"아니, 어제부터 다들 웬 보통 타령이야? 아니, 잠깐! 그게 중요한 게 아니지. 그나저나 엄마가 어떻게 아냐고? 아니, 그리고 엄마가 최 교수 부모를 왜 물어봐?"

"네가 좋아하니까 어떤 앤 줄은 알아봐야지."

순희 씨는 TV에서 눈도 안 떼고 내답했다.

연화는 놀랐다. 순희 씨가 모든 걸 알고 있으면서 모른 척한 사실에 두 번 놀라고 말았다.

"잠깐! 야, 걔네 엄마가 너 아버지 없다고 무시해? 그래서 너랑 결혼 못 시킨다고?"

고개를 확 돌려 연화를 똑바로 쳐다보고 물었다.

"아, 뭐래! 어제 처음 잤는데 뭔 결혼이야."

"자긴 잤나 보네."

순희씨는 그제야 콧방귀를 끼며 다시 시선을 TV로 가져갔다.

연화는 뒤늦게 깨달았다. 자신이 지금 무슨 말을 뱉었는지를. 순희 씨의 말도 안 되는 질문에 저도 모르게 당황해 하지 말아야 할 말을 뱉어버린 것이었다.

"아니, 엄마. 내 말은. 그게…… 그게 아니라."

"아우, 시끄러워. 조용히 좀 해봐. 저것 좀 보게."

수습하려고 했지만 때는 이미 늦은 게 분명했다.

하, 이미 물은 엎질러졌고 주워 담을 수 없다면! 그때는 어설픈 수습으로는 되지 않았다. 엄마 앞에서 본의 아니게 커밍아웃한 이 낯 뜨거운 상황 속 연화가 선택한 방법은······.

바로 방귀 뀐 놈이 성내는 거였다. 적반하장! 그래, 이 방법으로 얼른 이 어색하고 민망한 상황을 벗어나자는 게 그녀의 계획이었다.

"아, 그래서 뭐! 뺨 맞으면 어떻게 할 거냐고!"

별안간 냅다 소리를 질러대니, 어이구니없다는 듯 순희 씨가 똑같이 내질렀다.

"뭘 어떻게 해. 네가 맞고 가만히 있을 년이냐? 시어머니가 한 대 때리면 두 대 때릴 년이. 왜 소리는 지르고 지랄이야! 괜히 민망하니까. 시끄러. 연속극 보게."

결국 순희 씨는 연화에게서 리모컨을 빼앗아 볼륨을 올리고는 머리를 한 대 내리쳤다.

이마가 남아나지 않겠다며 분해하던 연화는 한편으로는 다행이다 싶었다. 어찌 됐든 이래저래 잘 넘어간 듯싶었기 때문이다.

극 중 시어머니 구박이 더욱 심해지자 순희 씨는 '어머', '어쩜 좋아', '에효' 하는 안타까운 탄성들을 모아 내질렀다.

"저 맘 알지. 알아. 아이고, 불쌍해라."

모르는 사람이 봤다면 순희 씨 일이라고 해도 믿을 정도였다.

"남편도 없어서 시집살이도 안 해본 사람이 알긴 뭘 알아."

연화가 샐쭉 입을 움직이며 말했다.

"그래, 나 남편 없어서 모른다. 이 가시나야, 너 남편 없이 애 키우는 게 얼마나 힘든 줄 알아?"

"애비 없이 자라는 건 뭐 쉬운 줄 알아?"

늘 하던 대로 받아치는 식이었지만, 말하고 나서 아차, 싶었다.

왜 모를까. 순희 씨가 그 마음을 모를 리 없었다. 그녀 역시 애비 없이 자란 자식이었으니까.

한 번 붙은 꼬리표는 참으로 질기게도 순희 씨를 따라다니며 괴롭혔다. 그래서 연화에게만은 절대로 물려주고 싶지 않았는데, 현실은 이 모양이었다. 죽기보다 싫은 것들은 언제나 죽을 듯이 매달려 떨어질 생각을 하지 않았다.

세상은 그것을 대물림이라 했다. 남겨줄 것이 땅 덩어리나 금은 보화가 아닌 고작 아무짝에도 쓸모없는 것이라는 게 한평생 순희 씨의 한이고, 가장 큰 아픔이었다.

연화가 자랄수록 아빠의 부재는 상처를 만들어냈다. 학교에 가니 뭘 그렇게 아빠랑 같이 하라는 게 많은지. 좀 크면 다를까 싶었더니, 여편네들이 대놓고 속을 긁었다. 연화는 결혼식장에 누구 손잡고 들어간대? 엄마부터 결혼해야 되는 게 아니냐면서.

자신을 닮아가는 딸이 혹여나 팔자까지 닮아 저처럼 살까 마음 졸이기 일쑤였다.

그럴수록 나오는 말들이 날카로워졌고, 매를 드는 것도 서슴지 않았다. 이제는 그런 드잡이가 습관처럼 굳어버렸다. 순희 씨라고 왜 친구 같은 엄마, 다정한 엄마가 되고 싶지 않았을까.

먹고 살기 힘들어서 독해졌다는 건 그저 핑계에 불과했다. 점점 자신의 젊은 시절을 쏙 빼닮아 가는 것만 같아서. 알 수 없는 불안감이 몰려올 때마다 아닌 척, 싫은 척 연화를 다그쳤다. 그렇게 순희 씨만의 방법대로 회피하고 있을 뿐이었다.

"뭐 조금 고달팠다는 거지 싫었다는 건 아니야. 뭘 또 그렇게 코가 쏙 빠져서 그래."

순희 씨가 생각에 잠겨 말이 없자 연화가 눈치를 살폈다.

"싫지. 뭐가 안 싫어. 엄마도 싫었어. 애비 없는 거."

처음이었다. 순희 씨가 처음으로 딸 앞에서 고백 아닌 고백을 터놓고는, 입안으로 소주를 털어 놓았다.

"엄마."

"왜?"

"엄만 나 낳고 후회한 적 없어? 아니, 그렇잖아. 사는 게 너무 뭐 같아서, 그래서 잠깐이라도 버리고 싶다, 이런 생각한 적 없어?"

연화 역시 처음이었다.

너무 무겁고 깊어 한 번도 털어놓지 못했던 마음속 짐을 난생처음으로 순희 씨 앞에 가져다 놓은 것이다. 누가 뭐래도 연화에게는 용기였다.

무엇이 용기를 준 걸까?

살짝 올라오는 취기? 어젯밤 제혁의 제안? 그것도 아니라면 난생처음 듣게 된 엄마의 진심?

딱 하나라고 단정 지을 수 없었다. 모든 것들이 때에 맞게 잘 버무려져 연화 앞에 나타나 주었다고 믿고 싶었다.

그렇기에 지금 이 순간이 아니면 안 된다고, 어서 용기를 내라고 등 떠밀어주는 것만 같았다.

갑작스러운 걸 묻자 순희씨 미간이 좁혀 말려갔다. 그런 걸 왜 묻냐는 표정도 함께.

그러나 연화는 뒤로 물러날 생각이 없었다.

"엄마, 나 버리고 싶은 적 없었어?"

폭탄을 던진 연화의 표정은 오히려 담담했다. 순희 씨의 눈동자만 불안하게 떨려왔다.

방금 전까지 두 사람의 대화로 가득했던 집 안엔 창문을 줄기차게 두드리는 빗소리만 가득했다.

침묵 속으로 속수무책 잠겨가는데, 순희 씨의 요상한 벨소리가 요란하게 울려댔다.

'한잔해, 한잔해, 한잔해. 갈 때까지 가는 거야. 한잔해.'

걸쭉한 트로트 가수의 목소리가 온 집 안을 쩌렁쩌렁하게 울렸다.

마침 잘 됐다 싶어 연화가 재촉했다.

"아, 진싸. 벨소리 하고는. 뭐해, 빨리 받아."

식탁 모서리에서 울리는 순희 씨의 휴대폰을 밀어주기까지 했다.

휴대폰을 확 움켜쥔 순희 씨가 전화를 받았다.

순희씨는 별다른 반응 없이 수화기 너머로 '네', '알겠습니다' 할 뿐이었다. 전화를 끊자마자 자리에서 얼른 일어났다.

"엄마 지금 나가봐야 해. 네가 정리 좀 해."

"왜? 어디 가는데? 이 시간에 어디 가?"

"산악회."

"또 무슨 산악회야. 비가 이렇게 오는데!"

"내가 총무야. 긴급회의야, 긴급회의. 나 간다."

새벽부터 산악회에 다녀왔다던 순희 씨가 전화 한 통에 이 궂은 날씨를 뚫고 또 다시 산악회 모임을 간다니, 연화는 도통 이해할 수 없었다.

"엄마! 진짜 연애해?"

그래, 이런 이유라면 말이 된다.

소리쳤지만 순희 씨는 이미 나가고 없었다. 또 다시 연화 혼자 집에 남게 되었다.

엄마에게 전화가 울리지 않았더라면 대답을 들을 수 있었을까? 아니, 정말 듣고 싶었던 걸까?

지금이 아니면 안 될 것 같다며 호기를 부렸는데, 김이 새버렸다. 연화가 바람 빠지는 소리로 긴 한숨을 내쉬었다.

"실은 들을 용기도 없으면서 왜 꺼낸 거야, 후."

연화가 머리를 한 대 쿵 쥐어박는 동시에, 휴대폰이 울었다.

밥 먹었어요? 안 먹었으면 같이 저녁 먹을래요?

제혁이었다. 목소리를 들은 것도 아니건만 연화 얼굴에 슬그머니 미소가 걸렸다.

분명 방금 전까지 죽을 듯 괴로워했던 사람이 분명했는데.

네, 좋아요.

제혁과 만난다고 요란법석인 자신을 본다면 엄만 분명 '미친년'이라며 한소리 했겠지만 어쩔 수 없었다.

이제 막 사랑을 시작한 여자 앞엔 '잘 보이고 싶다'는 맘보다 크고 중요한 문제는 없었다.

사랑이 이렇게 사람을 우습게 만들었다.

문제의 우선순위를 이리저리 쉽게 바꾸어버리니 말이다.

뛰쳐나오다시피 한 순희 씨는 우산을 챙길 겨를도 없이 지나는 택시를 불러 탔다.

뒷좌석에 올라 타 마른 입술을 잘근잘근 씹는 순희 씨 표정이 한없이 무거웠다.

달달달 떨리는 그녀의 오른발이 무척이나 초조하고 불안했다.

5

원래 엄마는
신파라니까

제대로 된 첫 데이트 장소가 병원 앞이 될 줄은 꿈에도 몰랐다.

빗길을 가로지르던 제혁의 차가 대학병원 앞에 급하게 멈춰 섰다.

"정말 같이 안 가도 되겠어요?"

"괜찮아요. 전화할게요. 걱정 말고 얼른 가요."

연화는 애써 담담한 척했으나 제정신이 아닌 듯 보였다.

병원 안으로 연화가 사라지고, 한참 뒤에야 제혁은 마지못해 차를 돌렸다.

응급실 안은 그야말로 아비규환이었다.

의학 드라마 한 장면 같았다. 피를 철철 흘리며 침대에 실려 이송되어 온 환자, 배를 부여잡고 데구루루 구르며 소리치는 남자 환자, 뜨거운 물에 데었는지 붉게 부풀어 오른 팔을 의사에게 맡긴 채 떠나가라 우는 여자 아이까지.

환자부터 보호자, 의료진까지 모두가 분주하고 정신없었다. 그 어수선한 기운이 연화를 지레 겁먹게 만들었다.

"강…… 강순희 환자 어디 있어요? 제가 보호자인데."

데스크에 묻는 음성이 가늘게 떨려서 나왔다. 입안이 바짝 말라서 마른침만 연신 삼켰다.

간호사가 안내한 곳으로 가자 거기 순희 씨가 있었다.

침대에 걸터앉은 순희 씨는 겉보기엔 멀쩡해 보였다. 그렇다고 놀란 가슴이 쉽사리 가라앉는 건 아니었다.

순희 씨도 연화를 얼른 알아봤다.

"야, 너 뭐한다고 왔어. 금방 퇴원할 건데. 안 와도 된다니까 그 댁 시양반이 자꾸만 병원으로 가야 한다고, 쯧."

순희 씨는 멀쩡한 사람을 환자 취급한다는 듯 혀를 차며 말했다.

"그걸 지금 말이라고 해? 다쳤으니까 병원으로 데려다 줬겠지!"

"야야, 다른 사람들 봐봐. 저 정도는 되어야 응급실에 오는 거지. 멀쩡한데 뭘."

"내가 엄마 때문에 못 산다, 진짜!"

짱짱한 엄마 목소리를 듣고서야 연화는 긴장이 풀려 침대 옆 간이 의자에 풀썩 주저앉았다.

집 앞에서 제혁을 만나자마자 연락이 와 부리나케 달려왔다. 아무 설명도 없이 다짜고짜 대학병원 응급실이라고 하니, 심장이 쿵 내려앉은 채 정신없이 온 것이다.

어제부터 줄기차게 내리던 비가 결국 문제였다. 순희 씨가 탄 택시가 빗길에 미끄러지며 줄줄이 차량들과 추돌이 일어났다고 했다.

"하여튼 이놈의 대학병원은 뭐만 하면 이거 검사하자, 저거 검사하자, 아주 사람 진을 쏙 뺀다니까!"

이리저리 끌려 다니며 검사를 했다고 투덜거리는 순희 씨를 보자 연화는 그나마 다행이라는 안도감이 밀려왔다. 그런데 곧 슬며시 괜한 걱정을 했다는 짜증도 함께 일어났다.

그런 연화 맘을 아는지 모르는지, 순희 씨는 구시렁거리길 멈추지 않았다.

"세상에나, 이 링거 줄 좀 봐. 주렁주렁. 게다가 바늘은 또 얼마나 굵은지. 여기 있다간 없던 병도 생기……."

"그러니까 비가 이렇게 쏟아지는데 나가긴 왜 나가!"

결국 순희 씨 말이 끝나기도 전에 연화가 참지 못하고 빽 소릴 지르고 말았다. 제혁과 첫 데이트를 위해 신경 써 입은 원피스며 골라 입은 구두를 보자 화가 치밀어 올랐던 것이다.

"아이씨, 놀래라. 넌 왜 소리를 지르고 그래. 성질 머리하고는. 가만있어 보자, 여기 간호사 어디 있어? 이거 바늘이라도 빼달라고 해야지."

딸이 화난 건 아랑곳없이 간호사를 찾느라 두리번거리는 순희 씨에게 연화가 경고의 말을 내뱉었다.

"그냥 있어. 검사 다 받고 그 링거도 다 맞으라고."

순희 씨가 지나가던 간호사를 불러 세우려다 말았다. 연화 목소리가 싸늘하다 못해 섬뜩했기 때문이다.

"하여튼 기지배 성질은."

딸의 으름장에 잠잠해진 순희 씨를 보자 그제야 화가 누그러졌는지 연화는 부릅뜬 눈을 풀었다.

순희 씨가 에라, 모르겠다는 듯 풀썩 침대에 몸을 뉘였다. 연화의 말대로 얌전히 있겠다는 표현이었다.

"그러게 무슨 연애를 이렇게 요란법석하게 해?"

이불을 엄마 목까지 끌어 당겨주며 연화는 여전히 못마땅한 목소리를 냈다.

"연애는 무슨. 산악회 모임이라고 말했잖아."

"웃겨! 내가 무슨 다섯 살이야? 그 말을 믿게. 뭐 열녀문이라도 세우시게? 씨알도 안 먹힐 거짓말을 하고 있어."

"이게 진짜. 말본새 하고는. 쯧, 자식새끼 잘못 키웠어 진짜."

순희 씨가 당황하며 들썩거리는 바람에 엄지발가락이 이불 밖으로 삐죽 튀어나오자 연화가 얼른 이불을 당겨 덮었다.

"남자도 아닌데 그 시간에 미쳤다고 전화 한 통에 뛰어 나가? 비가 이렇게 퍼붓는데? 내 말이 틀려?"

"야, 뭐 눈엔 뭐만 보인다고. 네가 연애하니까 뭐, 온 세상이 핑크빛이냐?"

"거기서 멀쩡한 내 연애는 왜 걸고넘어져? 내 파릇파릇한 사랑을 그런 거무튀튀한 황혼의 불장난과 엮지 마시지?"

"파릇파릇? 참나, 웃기시네."

순희 씨가 노골적으로 비웃는 통에 연화가 발끈하려는데, 누가 간이침대 커튼을 확 열어젖혔다. 쉬지 않고 달려왔는지 숨을 헐떡이며 사색이 된 석화가 서 있었다.

"강순희! 너 괜찮아? 어디 다친 거야? 어, 얼마나 다친 거야? 너 수술……."

순희 씨가 달려들다시피 해 석화의 입을 틀어막았다. 덕분에 수술이라는 말은 조용히 묻혔다.

"석화 누가 불렀어?"

순희 씨가 당황한 기색을 감추며 눈치를 살폈는데, 다행히 연화는 못 들은 듯싶었다.

연화는 사고 소식을 듣자마자 석화에게 먼저 연락했다. 이런 일에 엄마 다음으로 생각나는 사람은 석화뿐이었다.

"입 조심해! 광고라도 할래?"

순희 씨는 석화에게만 들리게 작은 소리로 소곤거렸다.

"아, 무슨 대단한 일이라고 줄줄이 달려와. 아이구, 정신 사나워. 너 가. 그리고 너도 가."

순희씨가 차례로 석화와 연화를 손가락으로 탁탁 가리키며 휙 손을 저었다.

"기다려. 내가 의사 만나보고 올게."

석화는 쫓겨나기 전에 일단 자리를 피했다가 오려고 의사를 찾으러 사라졌다.

연화가 순희 씨 옆구리를 콕콕 찔렀다.

"산악회야, 아님 석화 아저씨야?"

"뭘? 뭐래, 이것이."

"불장난치고는 너무 계획적이시네, 강순희 씨."

눈을 게슴츠레 뜨고 놀려대는 연화였다. 조금 전 순희 씨의 비웃음에 대한 복수였다.

"뭐, 또 그 나이에 어장관리, 이런 것도 하려고?"

멈출 줄 모르고 골려대는 연화의 등짝에 결국 순희 씨의 손이 내려 꽂혔다.

링거 줄에 묶여 불편한 몸일 텐데도 순희 씨의 힘은 여전했다. 정확하고 깔끔했다.

"헛소리 찍찍하는 데는 매가 답이야."

한 명은 아프다며, 다른 한 명은 더 맞아야 한다며 한참을 아옹다옹하던 모녀는 석화가 의사를 데려오고서야 잠잠해졌다.

"특별하게 이상은 없으세요. 오히려 나이에 비해 혈관 상태도 좋으시고, 골밀도도 좋으시고."

의사는 순희 씨 차트를 훑으며 설명했다.

"그렇죠? 제가 얼굴뿐만 아니라 몸도 참 동안이죠? 그럼 이 바늘부터 빨리 빼주세요. 이것 때문에 더 병나겠어요."

특별한 소견 없이 괜찮다는 의사의 말과 순희 씨의 너스레에 연화와 석화가 그제야 안도의 한숨을 돌렸다.

당연히 이상이 있을 리가 있나. 제 몸은 자신이 제일 잘 알았다. 순희 씨는 한시라도 주렁주렁 혈관에 매달린 이 링거 줄로부터 자유로워지고 싶은 마음뿐이었다.

"그건 좀 힘드시겠는데요."

"……."

"저희 병원에서 유방암 전절제술 받으셨네요? 접촉사고 나면서 수술 부위를 압박했는지 엑스레이에 피 고임이 보여요. 마침 정기검진도 얼마 안 남으셨고, 오신 김에 담당 선생님한테 인수해드릴게요."

석화 입까지 틀어막으며 애썼는데, 엉뚱한 곳에서 폭탄이 터지고 말았다.

석화는 순희 씨를, 순희 씨는 연화 눈치만 볼 뿐 의사의 말에 아무도 대답이 없었다.

초조한 마음에 두 사람의 눈동자가 사정없이 이리저리 방황했다.

"뭐를 해요? 누가 뭘 해요?"

연화가 당황해서 의사에게 묻자 의사는 더 당황스럽다는 목소리로 되물었다.

"따님 모르셨어요? 환자분, 말씀 안 하셨어요?"

순희 씨가 눈만 데구루루 굴리며 딴전을 피우자 의사는 골치 아프다는 듯 말했다.

"예, 뭐, 그 얘기는 두 분이서 알아서 하시고요. 아버님? 아버님은 저쪽 가서 입원수속하세요."

석화에게 수납데스크를 가리키며 제 말만 한 의사는 홀연히 자리를 떴다.

아, 방심했다. 석화의 입만 단속하면 될 줄 알았지만 순희 씨의 부주의로 결국 연화에게 들켜버렸다.

의사의 말이 믿기지 않아 한동안 멍해 있던 연화의 눈빛이 변하기 시작했다. 순희 씨를 잡아먹을 듯 이글이글 불타올랐다.

지은 죄가 있으니 순희 씨는 자포자기 상태로 고개만 푹 숙인 채, 연신 연화를 흘깃거렸다.

***

몇 가지 절차를 밟아 입원 수속을 마치니, 금세 한밤중이었다.

석화가 급한 대로 짐을 챙겨다주었고, 연화가 병실 캐비닛에 가지런히 정리했다. 정리하는 그녀의 손길이 순희 씨 눈에는 부들부들 떨리는 것처럼 보였다.

저 손에 뭐라도 잡히면 그대로 바스라질 것만 같았다.

순희 씨는 가시방석이 따로 없었다. 말이라도 붙여보려고 흠흠,

헛기침으로 운을 떼면 여지없이 연화의 눈에서 불화살이 날아왔다. 기가 죽어 고개도 못 드니 그야말로 죽을 맛이었다.

"유방암보다 딸년 눈치보다가 먼저 뒈지겠네."

순희 씨 딴에 용기 내어 건넨 첫 마디이건만, 연화는 요지부동이 었다.

"그냥 그렇다는 거지, 뭘 또 가자미눈을 치켜뜨고 그래."

연화가 화를 억누르느라 극단의 인내심을 발휘하는 데 비해, 순희 씨 목소리는 날아갈 듯 한없이 말랑말랑했다.

"너 걱정할까 봐 그랬어. 니 생각해서. 네가 애미 마음을 아니?"

눈치 볼 만큼 봤다고 판단한 순희 씨가 부러 볼멘소리를 냈다. 연화가 반응이 없자 이때다 싶어 변명들을 쏟아냈다.

"다 너 위해서 그런 거야. 일하랴, 돈 벌랴. 네가 좀 바쁘냐고. 다 너 생각해서!"

"대체 뭐가 나를 생각한 건데?"

묵묵부답이던 연화가 결국 들고 있던 플라스틱 컵을 병실 바닥에 내던졌다.

"뭐가 날 위해서인데? 엄마 아까 그 의사 얼굴 보고도 지금 그런 말이 나와? 저건 뭐하는 년인데 제 엄마 아픈 것도 모르나! 세상 한심하게 보던 그 얼굴을 보고도 지금 그런 말이 나오냐고! 석화 아저씨도 아는 걸 정작 딸인 나는 몰라서 대체 저 의사가 뭔 말을 하나 어리뻥뻥한 내 모습을 보고도 나를 위한 거란 그런 말이 나와? 그게 어떻게 나를 위한 거야?"

"너 이럴까 봐 말 안 했어. 이렇게 까무러칠 거 아니냐. 미리 알아서 뭐 좋아."

142

"그래! 안 좋아. 엄마 아프다는데 암이라는데 좋을 년이 어디 있어! 그래도 말해야지. 말했어야지! 나한테 너 하나만 보고 살았는데, 너 밖에 없는데 하며 삼십 년을 노래 불렀으면 적어도 나한테 먼저 말했어야지!"

"그만 소리 낮춰. 여기 병원이야."

격앙된 연화를 쉬쉬 달래느라 순희 씨 손이 분주했다.

연화가 사실을 알게 됐을 때 이 정도 각오하지 않은 건 아니었다. 그러나 생각보다 훨씬 놀란 딸을 보자 그녀 역시 덩달아 힘이 들었다.

"누가 보면 네가 암 걸린 줄 알겠다. 가슴 열고 수술한 건 나거든! 이제 그만 하시지, 보호자님?"

순희 씨 눈에 연화는 화를 내고 있는 것 같지만 실은 두려워하고 있었다. 그건 그녀 역시 마찬가지다.

암이라는 진단을 들었을 때 가장 두려운 것은 생각보다 빨리 닥칠지 모를 죽음도, 아픔도 아니었다. 오직 연화였다. 하늘 아래 단 하나의 피붙이, 딸을 홀로 남겨두고 가야 한다는 절망과 두려움이 순희 씨를 순식간에 삼켜버려 무기력하게 만들었다.

연화 역시 살면서 한 번도 경험해보지 못한 충격과 두려움을 그물처럼 뒤집어쓰고 있었다. 어떻게 헤어 나와야 할지 알 수 없는 그물.

엄마를 잃을까 봐 다 큰 딸이 무서워하는 모습을 보자 순희 씨는 수술한 곳이 아렸다.

연화는 분에 못 이겨 던져버린 컵을 주워들었지만, 그럴 수만 있다면 정작 줍고 싶었던 건 아픈 엄마를 향해 참지 못하고 질러버린 날선 말들이었다.

자꾸만 환자복 단추 구멍 사이로 선명하게 도드라진 순희 씨의 수술 자국이 눈에 들어왔다. 차마 마주 볼 자신이 없어 고개를 돌려 버렸다.

어떻게 나만 모를 수 있냐고 날뛰어봤자 이미 엄마의 가슴에 선명한 수술 자국처럼, 변하는 건 없었다.

엄마의 가슴은 아팠고, 결국 엄마는 아픈 가슴을 도려냈다.

요즘 하는 말처럼, 그게 팩트였다.

엄마는 왜 아프게 되었을까?

누구보다 건강했던 엄마의 가슴은 왜 망가졌을까?

몹쓸 암세포가 사람을 가려 괴롭히는 것이 아니라면, 엄마의 불운은 어디서 시작된 걸까?

새카맣게 타버려 허약해진 엄마의 가슴속이 결국 작은 암 덩어리 앞에 백기를 들어버린 건 아닐까? 연화는 엄마의 가슴을 태운 방화범이 자신인 것만 같아 괴로웠다.

"많이 아팠어?"

애써 정리한 짐을 다시 꺼내며 물었다.

"아프긴. 하나도 안 아프더라. 무슨 암이 감기보다 안 아파."

태연한 순희 씨 말에도 위안이 되지는 않았다.

"그 암이란 소리 좀 하지 마. 진짜 죽는 병 같잖아."

"얘가 무슨 60년대 소릴 하고 있어? 지금이 구한말이야? 요즘 암이 무슨 큰병이라고. 어디 아프다 싶으면 죄다 암이야. 봐봐. 여기 암병동이 병원에서 제일 커."

"아, 좀! 그 암 소리 좀 그만하라니까. 암이랑 감기랑 어떻게 같아!"

"넌 뉴스도 안 보냐? 신종 감기 같은 거 뭐, 에빌라? 애밀란가. 암튼 그런 감기 같은 거 걸려서 떼로 죽어나가도 이상할 게 하나도 없는 세상이야."

"에볼라. 에볼라! 그건 감기 아니고 바이러스야. 모르면 제발 쓰지 좀 말고."

"잘나서 좋겠다, 이년아. 다 내 돈으로 먹고 배우고 쓴 게 어디서 잘난 척은. 너 혼자 컸냐? 혼자 컸어?"

"그래서 미치겠다고! 하, 내가 그동안 엄마 가슴 문드러지는 줄도 모르고 그저 나 하나 입고 쓰고 배운 것만 같아서. 그래서 엄마 마음 도려낸 것 같아서 미치겠어. 내가 지금!"

울지 않으려 꾹꾹 눌러 담았는데, 끝내 왈칵 쏟아져 내렸다.

치받쳐 오르기 시작한 눈물이 걷잡을 새 없이 흘렀지만 굳이 닦아내지 않았다.

늘 등짝에 내리 꽂기 바빴던 엄마의 손이 등을 쓸어주자, 안도의 한숨이 밀려 나왔다.

등 뒤로 전해지는 체온이 내내 싸늘했던 병원과 비교되자 서러워 컥컥, 막혔던 마음이 그제야 뚫리는 것 같았다.

엄마와 함께 있다는 안도감이 한바탕 울음을 또 몰고 왔다.

"그게 왜 너 때문이야. 먹고 살기 힘들어서 그런 거지. 남들 다하는 건강검진 바빠서 못한다, 돈 없어서 못한다 하면서 사느라 썩어 들어가는 줄도 몰랐던 거지. 그게 왜 네 탓이야."

속수무책으로 터져버린 연화를 달래며 순희 씨도 속으로 한참을 울었다.

어느 정도 진정이 되었을 무렵, 의심의 눈초리로 연화가 순희 씨에게 물었다.

"그건 그렇고. 진짜 석화 아저씨밖에 몰라?"

"그럼, 뭐 자랑이라고 동네방네 떠들고 다녔을까 봐?"

"아니 가은이 그년한테는 말한 거 아니야? 민희 언니는 알고 있는 거 아니냐고?"

순희 씨도 그제야 '참나' 하고는 샐샐 웃었다.

"아, 왜 웃어? 이씨, 가은이 그 기지배한테는 말했지?"

"안 했어. 네가 처음이야. 아무한테도 말 안 했어."

"내가 무슨 처음이야. 석화 아저씨가 처음이지. 아저씨한테 밀렸어."

"밀릴 것도 많다. 아, 그만 울어. 너 암병동에서 함부로 울고 그러는 거 아냐. 여기는 가뜩이나 울 일밖에 없는 사람들인데 누구 하나 울기 시작하면 그때부터 줄줄이 무너지는 거야. 그러니까 얼른 눈물 닦아. 뚝!"

사람 사는 곳이 어딘들 다르냐고 하겠지만, 여긴 확연히 달랐다. 사는 곳이면서 동시에 살지 못하게 되는 곳의 이질감. 무엇과도 비교하기 힘든 감각이 정적 속에 가라앉아 있었다.

그건 삶을 온통 흐릿하게 만드는 힘이 있었다. 어떤 삶도 아무것도 아닌 게 될 수 있다는. 그래서 병보다 더 무겁고 무서웠다.

암 환자의 보호자가 된 지 불과 몇 시간 되지 않았지만, 이곳 사람들과 비슷한 동질감, 사명감 같은 것이 생겼다.

엄마와 같은 사람들. 엄마가 홀로 느꼈을 외로움 그리고 괴로움.

결국엔 그들도 누군가의 엄마이자 가족이었고, 그들 역시 자신처럼 괴롭고 불안했지만 희미한 희망에 기대려 애쓰고 있었다.

그 사실이 그날 밤은 그렇게 힘이 될 수가 없었다.

***

두 사람이 병실에 나란히 누웠다.

불편하니 자고 내일 오라는 순희 씨 말에도 연화는 고집을 꺾지 않았다.

또 다시 병실에 엄마를 혼자 두고 싶지 않았다.

두 눈을 감자 병원의 밤이 고스란히 느껴졌다.

이상하게 고요하면서도 소란스러웠다. 작은 창문을 통해 복도에서 들어오는 부연 빛이 마치 한 줄기의 희망처럼 느껴졌다.

아픈 사람들과 그들을 지켜보는 사람들이 모인 병원의 공기는 작은 것에도 의미를 부여하게 만들었다. 그리고 이유 없이 때때로 맥이 풀리곤 했다.

"백연화, 자?"

자는 줄 알았던 순희 씨가 뒤척이며 말을 걸어왔다.

"왜? 빨리 자. 내일 검사 많아."

"아까 최교수가 데려다 줬어?"

"응. 맞다, 그러고 보니까 엄마 괜찮다고 전화도 못 했네. 내 정신 봐. 내일 전화해줘야지."

"만날 때마다 개떼 마냥 싸움박질을 하더니 언제 둘이 눈이 맞았대?"

"아 참! 거 말 좀 예쁘게 못 해? 개떼가 뭐야 개떼가. 딸년한테."

"저는? 개진도진이다."

"아우, 쓸데없는 말 그만하시고 얼른 주무셔요. 내일 검사 진짜 많다니까."

"알았어. 좋아서 그러지. 너랑 이렇게 오랜만에 누워 있는 것도,

얘기하는 것도 그렇고."

"아파서 누워 있는데 뭘 또 좋아. 나 싫다고 집 나가서 하숙할 때는 언제고."

"뭐 누가 너 싫어서 나갔냐. 그냥 내 인생이 싫어져서 간 거지. 가보면 뭔가 좀 다른 게 있나 해서."

"그래서? 대학 가고 혼자 살아보니까 뭐 좀 있어?"

"글쎄다. 어떡해서든 장학금 받으려 악착같이 경쟁하는 애들 보면서 딱하더라. 꿈이 뭐냐고 물어보면 취업이라고 말하는 낭만 없는 젊은 것들도 불쌍하고, 그 와중에도 사랑에 목숨 걸고 올고불고 치열하게도 붙었다 떨어졌다 하는 게 부럽기도 하고. 저게 다 우리 딸내미 모습이겠거니 하는 생각에 맘이 좋지 않기도 하고."

"뭘 그렇게까지 생각해? 쓸데없는 생각하니까 가슴에 병 생기는 거 아냐. 엄마 인생 어떠냐고. 나 말고 엄마 인생."

"그냥 그렇다고. 글쎄, 아직은 모르겠다. 나이 오십이 넘어도 내 인생 내가 모르는 건 걔들처럼 스물이나, 너처럼 서른이나 비슷하더라고."

부쩍 고민이 많아졌다. 막연히 대학만 가면 당장에라도 젊음을 되찾을 것만 같았다.

그러나 그런 분위기도 잠시뿐. 넘쳐흐를 것 같던 낭만 같은 건 점점 찾아보기 힘들어지더니 어느새 취업이라는 난관을 헤쳐 나가기 위해 무수히 경쟁하는 아이들만 들어찼다.

그 속에서 혼자 철없이 '노세, 노세, 젊어서 놀아'만 할 수는 없는 일이었다.

얼마나 좋은 세월을 보내는지 인지하지 못하는 아이들이 딱했다.

한 편으로는 그걸 아는 지금의 자신은 또 뭘 그리 많이 바뀌었나 싶기도 했다.

까마득하게 어린아이들 속에서 모든 걸 아는 어른인 척했지만 그녀 역시 여전히 어디로 가야 하는지, 어떻게 걸어야 하는지 그때마다 고민되고 어렵기는 마찬가지였다.

조금 더 알고 덜 알고는 속절없이 흐르는 시간 앞에선 무용지물이었다.

그렇다고 대학에 간 것을 후회하는 건 아니었다.

다만 1학기를 마치고 이쯤 돌아보니, 달라진 게 많이 없는 것 같아서 놀랐다. 요즘 부쩍 생각이 많아지던 참이었다. 과연 저 좋자고 창창한 연화를 하숙집에 묶어두는 게 옳은 것일까, 하는 고민은 항상 맨 가운데 있었다.

"잘하고 있어. 엄마 하고 싶은 대로 해. 더 공부하고 싶으면 공부하고, 그만하고 싶으면 그만하고, 누구도 엄마한테 손가락질 하는 사람 없어."

고민을 무색하게 만드는 연화의 응원을 듣고 나니 순희 씨는 공연히 기분이 좋아졌다.

"아이구, 야! 아프길 잘했다. 병원 아니었으면, 그러게 뭐 하러 그 나이에 대학을 가, 가기는! 분명 요런 소리 나왔을 텐데."

"엄만 꼭 잘나가다 삐딱선을 타! 아, 몰라. 빨리 자! 나 잘 거야."

연화는 분위기 좀 잡아보려다 그럼 그렇지, 하며 홱 몸을 돌려 이불을 머리끝까지 올려 썼다.

"딸! 너 어제 엄마한테 물었지? 너 버리고 싶은 적 없었냐고."

갑작스러운 질문에 연화는 이불 속에서 숨을 죽였다.

"그냥 한 말이야. 마음에 담지 마. 얼른 주무세요."

괜한 궁금증이 엄마에게 부담을 주었을까 싶어 에둘러 말을 돌렸다.

미치도록 궁금했고 언젠가는 시원한 답을 듣고 싶었지만 지금은 아니었다. 적어도 지금은 엄마의 가슴이, 엄마를 짓누르고 있는 가슴의 고통이 먼저였다.

나중에 엄마의 몸이 다 나은 뒤에, 그때 물어봐도 늦지 않다고 여겼지만, 엄마는 달랐다.

"왜 후회를 안 했겠어. 그래봐야 나도 겨우 스물 어디쯤이었는데."

"엄마, 그냥 해본 말……."

"그래도 나 너 버린 적 없다? 버리고 싶은 적은 더더욱 없었어."

그토록 듣고 싶었던 말이었는데, 연화는 쉽게 대답이 나오지 않았다. 애써 진정시킨 마음이 별안간 또 요동칠 것 같았다.

"이불 잘 덮고 자라. 여름 감기는 개도 안 물어 간다."

여전히 대답이 없었지만 연화의 이불이 쉼 없이 들썩거렸다.

연화는 울고 있었다.

소리 내지 않으려 이를 꽉 물면서. 깊고 부드러운 안도감에 파묻혀서.

그리고 그녀는 생각했다.

제혁의 권유대로 물어보길 참 잘했다고…….

***

이틀이면 될 거라더니, 생각보다 병원 생활이 길어지게 생겼다.

검사 결과 순희 씨 가슴에 고인 피가 문제였다.

의사는 수술보다는 시술에 가깝다고 모녀를 안심시켰지만, 연화는 걱정이 이만저만이 아니었다.

제혁의 전화를 받기 위해 슬그머니 병실을 나왔다.

"어머님은 좀 어떠세요?"

"아주머니에서 어머님으로 그새 바뀐 거예요?"

"아니, 뭐…… 연화 씨 어머님을 아주머니라 부르기도 좀 그렇고."

"괜찮아요. 간단한 수술이기도 하고. 우리 엄마 씩씩이잖아요."

"당신은? 당신은 괜찮아요?"

"괜찮은 척하고 있죠. 일단 엄마 앞에서는."

한동안 이어진 전화는 애틋했다.

서로 마음을 확인하자마자 며칠을 꼼짝없이 생이별하는 신세가 되었다. 이제 막 시작한 연인들에겐 너무 가혹했다.

엄마의 재수술을 고작 하루 앞두고, 연화는 제혁의 목소리를 듣는 동안 저도 모르게 자꾸만 치솟는 입 꼬리를 어쩔 수 없었다. 이 와중에도 사랑을 확인하고, 사랑 받고 싶은 본능이 모든 것에 앞섰다. 오래도록 전화를 끊고 싶지 않았다. 엄마도 이 정도는 이해해줄 거라 믿었다.

담당의 회진 후, 간단한 주의사항과 함께 모든 수술 준비가 끝났다.

대기실에 앉아 기다리던 순희 씨가 부쩍 말이 없어진 걸 보니 긴장한 것 같았다.

"손잡아줄까?"

연화가 순희 씨를 지그시 바라보며 말했다.

"됐어. 징그럽게. 너랑 나랑 언제부터 손잡고 그랬다고."

"지금부터는 그렇게 하자 좀. 이젠 우리도 그러고 살자. 남들처럼 손도 잡고 표현도 하면서 그러고 살자, 엄마."

초조하게 무릎을 매만지던 손을 잡아 자신의 허벅지 위에 포개었었다.

순희 씨 손은 땀으로 흥건했고, 연화는 제 옷에 문질러주고는 그 손을 꼭 잡았다.

마치 놓치면 안 되는 소중한 물건이듯 틈 없이 움켜잡았다.

초등학교 입학식 이후 처음 잡아보는 서로의 손이있다.

긴장한 엄마의 손은 유독 작고 거칠었다. 매번 어디다 둔 줄 모르고 잊어버리고는 사고 또 사기를 반복해 화장대 위에 쌓여 있는 핸드크림이 떠올라 눈물이 핑 돌았다.

"싱거운 년."

고사리 같았던 손이 언제 이리 컸나, 하는 생각이 들자 순희 씨 역시 눈물이 차올라 애꿎은 눈만 끔뻑이며 맘에도 없는 말을 흘렸다.

옆에 딸이 함께 있다는 사실 하나만으로도 든든하고 힘이 되자, 순희 씨는 진작 이야기하지 않은 게 내심 후회됐다.

다른 부모들처럼 해준 것도 없는데 어느덧 기댈 수 있을 만큼 큰 딸이 고맙고 대견했다.

"네 외할머니가 너 가졌다고 하니까 그러더라?"

생전 안 하던 할머니 이야기가 나오자, 연화는 괜스레 긴장이 되었다.

"열 아들보다 잘 키운 딸년 하나가 더 낫다고. 그 말이 맞네."

외할머니의 얼굴을 본 적은 없었다. 자신이 태어나기 전에 돌아가신 건지, 어릴 때 돌아가신 건지 알 수 없었다. 순희 씨가 단 한 번도 연화에게 할머니 얘기를 한 적이 없었기 때문이다.

엄마가 말해주지 않는 사람들은 모두 엄마의 아픈 손가락들이었다. 아빠가 그랬고, 또 할머니가 그랬다.

그걸 안 순간부터 아빠의 존재도, 할머니에 대한 기억도 궁금해하지 않았다.

일찍 철이 든다는 건 엄마가 싫어하는 일을 하지 않는 것이었다.

알려달라고 떼를 쓰기 전에, 스스로 묻지 않았다.

돌이켜 생각해보면 어린 연화를 순희 씨만 지켜낸 것은 아니었다. 그 어린것도 나름의 침묵으로 제 엄마를 지키고 있었다.

"아, 우리 엄마 엄청 보고 싶다!"

엄마의 입에서 나온 엄마라는 말이 낯설었다.

유난히 힘든 하루를 보내면 그녀 역시 엄마가 보고 싶었다. 연화는 엄마도 지금 몸과 맘이 지쳤다는 증거를 찾은 것 같았다.

연화는 순희 씨의 손을 더 힘주어 꽉 잡아주었다.

의사 말대로 말만 수술이지 시술에 가까워 20분도 채 걸리지 않았다.

베드에 누운 순희 씨와 함께 나온 의료진에게서 '아주 잘 끝났습니다'라는 말을 전해 듣고서야 연화는 안도의 한숨을 내쉬었다.

축 처진 엄마의 손을 냉큼 잡아 올렸다.

순희 씨 역시 아름아름 정신이 돌아오는지 연화를 알아보고는 마른 입술을 달싹거렸다.

최대한 가까이 고개를 들어 순희 씨의 말에 집중했다.

"밥은……. 밥은 먹…… 었어?"

엄마의 첫 마디는 밥이었다. 겨우 수술 끝내고 나온 첫마디가 밥이라니…….

오랜만에 만나는 친구들 모임에 나가면 하나같이 친정 엄마만 생각하면 가슴이 저려 온다고 했다.

또래들이 그런 말을 할 때면 연화는 공감하지 못했다. 그런 자신이 이상해 보여서 시집을 가지 않아서 그런가? 고개를 갸웃거리기도 했다.

명절이면 자식을 위해 불불 안 가리는 모성애를 그린 영화를 곰탕처럼 우려먹었다. 그때마다 하여튼 방송국 놈들이란 쯧쯧, 혀를 찼다.

시대가 어느 시대인데. 여성의 목소리는 다방면에서 갈수록 높아지고, 회사에서도 육아휴직을 내는 남자 동료들을 심심치 않게 봐왔다. 그런데 어째서 엄마라는 단어만 저 쌍팔년도 진부하고 촌스러운 억지를 벗어나지 못하나 싶었다.

연화는 그런 신파가 싫었다. 적어도 자신과 엄마만큼은 저렇게 지지리 궁상 같은 신파는 아니라며 자신했다. 남들과는 다르다 자만했다.

나는 못 먹더라도 새끼는 먹이고, 나는 죽더라도 새끼는 살리는 건 곧 죽어도 연화 스타일이 아니었다. 차라리 매번 등짝으로 날아드는 엄마의 손이, 주책 좀 부리지 말라며 바락 대드는 두 사람이 더 현실감 있었다.

그렇게 다르다 자부했는데, 수술 후 힘겹게 겨우 내뱉은 말이 고작 밥 먹었냐는 엄마의 목소리에 연화는 무릎을 꿇고 말았다. 자신의 착각과 교만을 깨끗이 인정했다.

나보다 자식이 먼저인 마음이 신파라면, 연화와 순희 씨 역시 그렇고 그런 신파에 지나지 않았다.

누군가 그랬다.

신이 모든 곳에 있을 수 없어 엄마를 만들었다고.

도대체 신은 엄마란 사람을 어떻게 만들었길래 생사의 갈림길에서 살아 돌아와놓고 자식의 밥이 먼저 인지 모를 일이었다.

그건 세상의 모든 엄마와 딸은 시시하게 그렇고 그랬다는 반증이나 마찬가지였다.

*　*　*

방학이어도 하숙집을 너무 오래 비울 수는 없어, 연화는 하숙집으로 돌아왔다.

한동안 밀려 있던 집안일은 끝이 없었다.

엄만 다시 올 필요 없다고 했지만 병원으로 돌아가야 할 생각에 마음이 급해 더욱 일이 더뎠다. 어느 정도 일이 마무리되어 갈 즈음 전화 한 통이 걸려왔다.

"강순희 씨 보호자님? 지금 같이 계세요? 환자가 없어졌어요."

분명 오지 말라는 엄마의 전화인 줄 알았건만, 뜻밖에도 병원이었다.

입원해 있어야 할 환자가 보이지 않는단다.

순희 씨가 병원에서 감쪽같이 사라졌다.

6

요상한 물건의 주인

한걸음에 달려온 병실은 텅텅 비어 있었다.

아무에게도 말도 없이 사라졌다는 게 믿기지 않았다. 그럴 이유가 도대체 뭐라고? 그렇다고 이대로 달려 나가 찾아볼 수도 없었다. 빈 병실을 지키는 연화의 속은 말이 아니었다.

오 분에 한 번 꼴로 전화를 걸었지만 야속한 신호음만 되돌아왔다.

새카맣게 타들어가는 마음에서 나는 것처럼 코끝에 매캐한 냄새가 어른거렸다.

얼마나 지났을까?

문이 살금살금 열리는 것 같더니 순희 씨가 안으로 쑥 고개를 디밀었다. 그녀가 돌아온 건 이미 저녁 시간이 훌쩍 넘어서였다.

침대에 걸터앉은 연화를 보자마자 순희 씨는 제 발 저린 도둑처럼 화들짝 놀랐다. 얼마나 놀랐는지, 문을 열고 도로 달아날 것처럼 엉거주춤한 채 꼼짝도 못 했다.

순희 씨는 잠시 망설이다 쭈뼛쭈뼛 떨어지지 않는 발을 한 발씩 떼었다. 말없이 쳐다보는 연화의 눈빛에 압도되어 뒷목이 뻣뻣하게 굳을 지경이었다. 어쩔 수 없게 된 순희 씨가 슬며시 미소를 띠웠다.

물론 연화는 어떤 반응도 보이지 않았다. 연화로부터 뿜어져 나오는 냉기가 병실을 싸늘하게 얼리고 있었다. 그래서인지 병실 바닥이 살얼음판처럼 느껴져 다리가 후들거렸다.

눈치만 보던 순희 씨가 어렵게 입을 열었다. 최대한 자연스럽게 행동하려 했지만 저도 모르게 주눅이 들었다.

"일찍 왔네? 아니…… 이제 몸도 다 괜찮아졌는데, 답답해서 있을 수가 있어야지. 잠깐, 아주 잠깐! 나갔다 온다는 게 벌써 시간이 이렇게 됐네?"

연화의 반응을 각오했기에 단단히 마음을 먹으며 물었다.

그런데 잠잠했다. 당장이라도 쌍심지를 켜고 달려들 줄 알았건만, 이상하리만큼 조용했다.

순희 씨는 지금 이 침묵이 더 무서웠다.

그렇다고 입을 계속 닫고 있을 수는 없었다. 연화가 내뿜는 냉기에 자신마저 얼어붙을 것 같았기 때문이다. 그러니 무슨 말이든 해야 했다. 그게 말도 안 되는 변명이라도.

"좀이 쑤셔서 더 있을 수가 있어야지. 너 엄마 알지? 엄마가 어디 병실에 가만히 누워만 있을 수 있는 사람이냐? 그냥 내일 일찍 퇴원할까 봐. 너 주스 먹을래? 아님 요구르트?"

답답한 병실을 나갈 수밖에 없던 이유를 어필하려 애썼지만 애초에 정당방위는 틀려먹은 것 같았다.

살 떨리는 침묵 끝에 나지막이 연화가 정곡을 찔러왔다.

"어디 갔다 와?"

순희 씨가 왜 나가야만 했는지는 궁금하지 않았다. 연화는 엄마가 이 몸으로 도대체 어디를 다녀온 건지 궁금할 뿐이었다.

"그냥 잠깐 바람 쐬러. 여기저기 요 앞에?"

두루뭉술하게 말을 굴렸지만 통하지 않았다.

"요 앞 어디? 어디 갔다 오냐고."

"그냥 여기저기. 바람 쐬는데 뭐, 어디를 정해놓고 가나? 바람 따라 걸음 닿는 대로 가는 거지."

"후…… 그러니까! 대체 어디 갔다 오냐고."

짧지만 묵직한 한숨은 이미 그녀의 인내심이 바닥을 드러냈다는 걸 보여주고 있었다.

집요한 계집애!

순희 씨도 더는 이리저리 둘러댈 수만은 없었다. 딸년이 아니라 취조하는 형사가 따로 없었다. 자신이 제대로 대답할 때까지 추궁을 멈추지 않을 것이다. 연화는.

"사…… 산악회 다녀왔어."

"하……?"

안색마저 창백해지며 한쪽 입술을 바르르 떠는 연화도 이해가 갔다.

"또! 또 산악회야? 그놈의 산악회! 산악회!"

금방이라도 폭발할 듯 질러대던 연화의 얼굴에 순간 섬뜩한 조소가 피어올랐다.

대체 산악회가 뭐길래?

이렇게 쏟아지는 비를 맞고 병원에서 뛰쳐나가게 만드는 것인지 도저히 이해할 수가 없었다. 납득할 수 없었다.

순희 씨는 죄인처럼 고개만 푹 숙인 채 버티고 있었다. 그제야 발견했는데, 고개를 숙인 그녀의 입술에는 빨간 립스틱이 곱게 칠해져 있었다.

급하게 환자복으로 갈아입었는지 단추 구멍은 제자리를 찾지 못하고 있었고, 손엔 대충 구겨 넣은 외출복이 든 쇼핑백이 들려 있었다.

이 와중에도 화장이며 옷까지 챙겨 나가게 한 게 고작 산악회라니!

그리고 이것들보다 연화를 정말 미치게 하는 게 있었다.

순희 씨 다른 손에 들린 꽃!

대충 꺾어서 한 무더기로 정리한 것 같은 들꽃. 엄마가 손에 꼭 쥔 그 꽃이 더는 그녀를 참지 못하게 했다. 다분히 비아냥거리는 목소리가 튀어나갔다.

"어디 꽃놀이라도 다녀왔어?"

꽃이라고 하기에도 민망한 것을 얼른 뒤로 감추며 순희 씨가 얼버무렸다.

"아, 이거? 예뻐서 오다 꺾은 거야. 어…… 엄마가 초…… 총무잖아. 산악회 총무! 총무가 모임에 빠질 수 있나."

그럴싸하게 포장하고 싶었지만 쉽지 않았다.

어색한 거짓말이 결국 연화를 분노케 했다.

"엄마 정말 미쳤지! 아님 노망이라도 난 거야? 요즘 대체 무슨 생각으로 사는 거야? 어디 간단 말도 없이 사라지면 사람들이 걱정할 거라는 생각 같은 건 못 해? 아님 일부러 그러는 거야?"

말하면서도 수위가 심한다고 느꼈지만, 한 번 발동이 걸리니 멈추질 않았다. 엄마의 손에 들려 있는 꽃이, 너무 빨간 입술이 눈이 거슬렸다. 그 불편한 조합들이 괘씸해 참고 싶지 않았다.

"누구를 만나든! 그 사람이랑 꽃놀이를 하든 불장난을 하든! 더한 짓을 해도 다 좋은데, 제발 상황 파악 좀 하자! 제발!"

"그런 거 아니야."

물론 산악회에 다녀온다는 말은 거짓말이었다. 사실대로 말할 수 없는 순희 씨 역시 답답하긴 마찬가지였다.

사실대로 말하면 이 상황은 넘어 가겠지만 또 다른 산이 있었다. 산을 넘을 힘이 남아 있지 않았기에 그녀는 어디에 갔는지, 누구와 있었는지 말하고 싶지 않았다.

아니, 말할 수 없었다.

뻔한 거짓말이었지만, 그런 거짓말도 진실보다 백 배 천 배 나을 때가 있었다. 인생을 살다 보면.

"엄마! 그 나이에 대학 간다는 거, 혼자 자취하고 싶다는 거, 내가 다 이해했잖아. 하고 싶은 대로 해보라고, 내가 내 스스로 발목 잡아 연화하숙에 주저앉아 줬잖아! 그런데 아직도 성이 안 차? 엄마가 무슨 이팔청춘이라고 기분 내키는 대로 살아, 살기는! 아니 그 지랄 맞다는 사춘기 그것들도 지금 엄마처럼 무턱대고 무모하게 저지르고 보지는 않아. 알아? 사춘기도! 반항도 다 때가 있는 거라고! 왜 엄마만 몰라. 왜 엄마만!"

자신의 거짓말에 속아서 그러는 줄 알면서도, 날카로운 말에 찔려 아픈 건 어쩔 수 없었다.

"때? 그게 뭔데? 도대체 그 때라는 게 뭔데!"

그래, 차라리 누가 속 시원하게 알려줬으면 좋겠다.

자신은 못 배워서 모른다 쳐도 어쩌면 제 딸은 똑똑하고, 많이 배웠으니 알 수도 있지 않을까 싶었다. 털어놓을 때가 도대체 언제인지, 그럴 때가 과연 오기는 할 건지.

갑자기 깊은 물속에 잠긴 것처럼 가슴속이 답답해졌다.

"그걸 지금 몰라서 물어?"

"그래! 나는 몰라. 몰라서 물어본 거야. 내 때는 말이야, 그냥 그랬어. 뭐 하나 제때 해보지 못하고 항상 그랬어. 왜!"

"그래서 지금 뒤늦게 반항이라도 하겠다는 거야?"

"나도 몰라! 20대 때는 너 낳느라 못 하고 30대 때는 너 키우느라 못 하고, 마흔 돼서는 그냥 이렇게 사는 게 인생인가, 하면서 못 했고 50 되니까 이 가슴이! 이 몸뚱이가! 망가져서 못 했어. 그래서 이제 뭐 좀 해보겠다는데, 뭐가 문제야? 넌 그것도 이해 못 해?"

"차라리 처음부터 속 시원히 나 때문에 못 했다고 하지 그랬어? 말로만 후회한 적 없다! 버린 적 없다 하면 뭐해? 요즘 엄마 하루하루가 나한테는 벌인데. 너 때문에 못 한 거 다 보상받을 테니까 너도 한 번 당해봐! 이거 아니냐고!"

어쩌면 꼬박 4년이나 될지도 모르는 시간인데도 수형자의 심정으로 연화하숙에 남았다. 엄마를 위해.

어디로 튈지 모르는 엄마의 두 번째 사춘기에 맘 졸이며 사는 것도 하루 이틀이었다. 연화 역시 이유 없는 엄마의 투정에 지쳐갔다.

"너…… 그렇게밖에 말 못 해? 넌 내가 불쌍하지 않아? 엄마, 딸 이런 거 다 떠나서 그냥 여자 강순희로 나한테 조금의 연민도 없어?"

"그래, 미안해! 엄마 청춘, 엄마 젊음 내가 좀벌레 마냥 잘근잘근 갉아 먹은 거 미안해. 엄마 자양분 삼아서 자랐으면서 이제껏 이렇다 할 효도 못 한 거 미안해. 그런데 엄마, 나도 애비 없이 크느라, 아무것도 모르는 엄마가 처음인 엄마 밑에서 혼자 크느라 힘들어서 그랬어. 신물 나게 강퍅해서 그랬어."

"누가 너한테 그런 말 듣자 했어? 왜 또 엄마 마음 피 멍들게 그래!"

"그런데 엄마! 내가 태어난 건 내 뜻이 아니지만 날 갖고 날 낳은 건, 그건 엄마 선택이잖아? 엄마가 고른 남자랑 사랑인지 하룻밤 불장난인지 모르겠지만! 어쨌든 엄마 선택이잖아. 선택의 후회는 자기 몫이잖아. 그게 어른이잖아? 어?"

말했다. 결국 엄마에게 모든 걸 말해버렸다.

언젠가는 말할 수밖에 없는 이야기였다.

언제나 연화의 가슴속에 부글부글 들끓고 있던 질문과 의아함이 드디어 오늘에서야 펑, 터지고 말았다.

베어 문 사과가 썩었다고 후회한들 안 먹었던 게 되지는 않았다. 인정하고 싶지 않지만 순희 씨의 썩은 사과가 낳은 결과물이 연화 자신이라 할지라도 이 모든 건 순희 씨의 선택이었고, 결정이었다.

서로에게 아프고 시린 말이었지만 언젠가는 해야 할 말이었다. 반드시.

고통스런 가운데서도 말하고 나니 속이 시원하기도 했다. 아프고, 시원하고. 이 무슨 말도 안 되는 감정일까.

그러한 감정이 결국 다다르는 곳엔 무엇이 있을지 내지를 때부터 연화는 이미 알고 있었다. 얼마 못 가 후회했다.

나중에 이 순간을 되돌아보았을 때 연화는 이 말을 하지 말 걸, 조금만 더 참아볼 걸 하며 두고두고 후회했다.

연화는 병실을 박차고 뛰쳐나갔다. 병실엔 한바탕 소란의 잔재를 끌어안고 순희 씨 홀로 남겨졌다.

연화가 쏟아 놓은 것을 주어 담을지 버려버릴지는 또 다시 순희 씨의 몫이었다.

딸이 나간 병실 문을 하염없이 쳐다보던 순희 씨의 눈동자가 쓸
쓸했다.

"저건 왜 맨날 자기 낳은 거 후회하냐고 그래? 그냥…… 그냥……
그렇다는 거지."

***

마음 같아서야 후련하게 병원 밖으로 멀리멀리 뛰쳐나가고 싶었
지만, 차마 발길이 떨어지지 않아 휴게실로 향했다.

이젠 다른 사람들처럼 살아보자고 수줍게 잡은 손이 며칠이나 됐
다고……. 결국 원래의 자리로 돌아왔다. 아니 전보다 못한 사이로
돌아섰다.

연화는 고개를 절레절레 저었다. 어쩌면 엄마와 자신은 처음부터
이 모습이었고, 앞으로도 이게 더 잘 어울릴지 몰랐다.

30분 정도 지났을 무렵이었다.

시원한 음료수 캔을 연화 앞에다 놓으며 석화가 마주 앉았다.

석화를 부른 건 연화였다. 오늘도 이 지경이 되고 보니 여느 때처
럼 제일 먼저 생각나는 건 석화였다.

석화 역시 다르지 않았다. 언제나처럼 연화의 연락을 받자마자
한달음에 달려와 주었다.

어찌 보면 터무니없는 관계일 수도 있었지만, 언제부터 이런 관계
가 되었는지 딱 부러지게 말할 수는 없었지만, 순희 씨와 연화는 투
닥거리던 링을 빠져나와, 긴 세월을 이렇게 석화 옆에 기대서 쉴 수

있었다.

"보아하니…… 또 엄마랑 한바탕 하고 나왔구나?"

"아저씨도 생각 잘해요. 우리 엄마 분명 남자 생긴 거 같으니까."

받은 음료수를 신경질적으로 따며 연화가 말했다.

"원래 네 엄마 옛날부터 인기 많았어. 예쁘잖아."

얼굴색 하나 변하지 않고 아무 말 대잔치처럼 내뱉는 석화의 뻔뻔함에 순간 말을 잃었다.

"진짜 헐이다, 헐! 우리 엄마가 그렇게 좋아요? 난 요즘 세상에서 우리 엄마가 제일 미워 죽겠는데."

"엄마랑 딸이잖아. 원래 엄마랑 딸은 다 그런 거야. 밉고, 또 미안하고, 그래서 더 밉고, 그래서 더 미안하고."

"누가 보면 내가 아니라 아저씨가 우리 엄마 딸인 줄?"

"내가 아는 누구도 그러더라고, 평생을 그렇게 엄마랑 미안해하고, 고마워하고, 그래서 또 미워하고 원망하고 그러더라. 평생을. 옆에서 보고 있기 힘들게."

"누가?"

"있어. 그런 멍청한 여자."

세상에 자신과 엄마같이 답답한 사이가 있다는 얘기에 연화는 저도 모르게 혀를 쯧 차버렸다.

그쪽도 참 어지간하다 싶었다.

'사랑해', '고마워,' 이런 게 그렇게 안 되나 싶었다. 세상은 넓고 얼간이들은 많았다.

"맞다! 그나저나 나 아저씨한테 서운해요. 엄마 아픈 거 어떻게 나한테 감쪽같이 속여?"

석화랑 단 둘이 있고 나니 그게 가장 먼저 떠올랐다. 엄마의 병을 함께 속인 공범자!

당시에는 경황이 없었지만 한 번은 따져볼 셈이었는데, 지금이 딱 그 타이밍이었다.

그 누구도 아닌, 석화가 자신을 속였다니!

"미안해, 엄마가 원했어. 그리고 연화야, 그래서 말인데, 아저씨 엄마랑 결혼할라고. 네 엄마 아프고 나니까 어쩌면 우리한테 시간이 생각보다 많지 않을 수도 있겠다는 생각이 들더라. 그래서 아저씨는……."

"해요. 그걸 뭘 새삼스럽게 나한테 말하고 그래요. 그리고 무슨 이 상황에 기승전결혼이야. 하여튼 이상해. 엄마도, 아저씨도 다 이상해!"

적잖게 놀랄 거라는 예상이 빗나가자 오히려 놀란 쪽은 석화였다. 연화는 무덤덤하게 음료수를 단숨에 비워냈다.

"그게 다야? 아저씨 네 엄마랑 결혼하고 싶다니까?"

혹여 연화가 잘못 들었을까 싶어 한 번 더 확인했다.

"아, 해요. 그리고 이때까지 안 한 게 더 이상해. 내가 기억하는 아저씨 눈은 맨날 엄마만 보고 있었어요. 지금까지 참은 게 더 놀랍거든요?"

그녀의 말이 틀린 것도 아니었다. 어린 연화의 눈에도 순희 씨를 보는 석화의 눈은 언제나 한결같았다.

아빠가 필요할 때마다 언제나 순희 씨 옆엔 석화가 있었다.

유치원 재롱잔치에도, 초등학교 입학식에도, 중학교 졸업식에도 빠짐없이 석화가 있었다.

어릴 땐 혹시 석화가 친아빠가 아닐까, 하는 상상을 했던 적도 있었다. 그게 아니라면 이토록 헌신적이고 맹목적으로 자신들 곁에 묵묵히 함께 있어 줄 리 없다고 생각했다.

엄마가 재혼을 하든 안 하든, 그 옆엔 석화밖에 없다는 생각은 당연한 것이었다. 그리 안 되는 것이 더욱 상상이 안 되고 이상한 일이었다.

"그런데 우리 엄마 진짜 남자 생긴 것 같아. 아까도 남자랑 꽃놀이 갔다 왔어, 분명. 입술이 얼마나 빨간 줄 알아요? 이러다 우리 아저씨 낙동강 오리알 되는 거 아닌가 모르겠다."

"누가, 네 엄마가? 그럴 리가 있겠어?"

"어? 아저씨가 그래서 안 되는 거예요. 그러니까 평생 우리 꽁무니만 쫓아다니지. 쯧이다, 쯧."

"요게 버릇없게. 아무튼 넌 괜찮다는 거냐?"

"글쎄요, 다 큰 성인이 둘이 좋으면 됐지 뭘. 굳이 딸년까지 챙기시느라고. 나 오늘은 엄마랑 안 자요. 집에 갈 거야. 아저씨가 옆에 있든지 말든지 그건 아저씨가 알아서 하세요."

제 할 말만 하고는 그대로 자리에서 일어났다.

"집에 아무도 없다고 최제혁이 그 자식 부르지 말고, 문 잘 잠그고 자."

딸을 걱정하는 아버지가 따로 없었다.

"그건 반칙이지. 난 아저씨랑 엄마 사이 일도 관심 안 두는데. 우리 서로 어른으로서 사랑은 각자 알아서 합시다. 저 가요."

이런 석화의 염려 어린 잔소리가 싫지만은 않았다. 석화는 늘 따뜻했다. 식거나 미지근한 적이 없었다.

병원을 나서는 연화의 뒷모습을 한참이나 지켜보던 석화가 무심결에 달력을 확인했다.

"오늘 토요일이었구나……. 말하고 가지 그냥."

그날 밤 연화는 순희 씨의 병실로 돌아가지 않았다.

엄마를 마주할 용기도 없을 뿐더러 오늘만큼은 보고 싶지 않은 이유가 컸다. 병실에 혼자 남겨진 순희 씨가 느낄 외로움이 오늘 연화가 주는 벌이었다.

그러나 순희 씨에게 벌을 주었다고 했지만, 자신도 똑같이 벌을 받고 있었다.

이 밤 연인인 제혁을 부르지 않고 홀로 넓은 집에 남았다.

깊은 밤보다 곱절로 깊은 생각에 잠겼다.

참지 못하고 뱉은 말이 밤하늘을 타고 제게 돌아왔다.

순희 씨도, 연화도 편하게 자기는 힘든 날이었다.

***

연화는 이틀 뒤 순희 씨의 퇴원 날이 되어서야 병원을 찾았다.

서둘러 온다고 왔건만 순희 씨는 이미 짐을 챙겨 환복해 병원 침대에 앉아 기다리고 있었다.

퇴원할 생각에 들뜬 순희 씨를 보자 어지간히 병원 생활이 갑갑하긴 했나 싶었다.

"뭐 좋다고 벌써 짐 싸서 기다리고 있어?"

"웃기네. 누가 너 기다린데? 보험에 청구할 서류 기다리고 있는 중이거든!"

"아픈 와중에 참, 잘도 챙긴다."

"야, 내가 한 달에 그것들한테 내는 보험료가 얼만데? 이런 거 알아서 제때 제때 챙겨야지 못 받으면 그게 바보야."

"뭐 한다고 벌써 옷은 갈아입었어? 점심때나 퇴원할 수 있다던데. 점심 먹고 천천히 가."

"아우, 싫어. 병원 밥 넌덜머리가 난다. 나가서 먹어. 요 앞에 청국장 백반 기가 막히게 하는 집 있어. 거기 가서 먹자."

"나 청국장 싫어."

"기지배, 까탈은. 아, 순두부도 있어. 그거 먹어."

청국장 냄새가 싫다곤 했지만 또 먹기 싫다고 하지는 않았다.

순희 씨가 어련히 잘 챙긴 짐이건만, 굳이 다시 한 번 뒤적거리며 챙기는 시늉을 했다.

순희 씨 역시 말리지 않았다. 그렇게라도 꼼지락거려야 어색한 게 조금은 누그러질 것 같았다.

서로 다툰 그날의 일을 부러 꺼내는 사람은 없었다. 서로를 이해하기에는 너무 먼 두 사람이었지만, 굳이 이해하기 위해 안간힘을 쓰지도 않았다. 못마땅할 때마다 으르렁거리긴 해도 언제나 그걸로 끝이었으니까.

지금 중요한 건 오늘의 점심 메뉴가 청국장이라는 거였다.

세상 하늘 아래 오직 두 사람만이 전부였다.

죽일 듯이 싸워도 내일이면 기대고 또 다시 의지하며 살아가려면 뒤끝은 사치였다.

서로에게 남편이자 아버지였고, 엄마였고, 딸이었다. 그렇게 30년을 부딪치며 만들어낸 룰에 따라 살아왔다.

속는 셈 치고 한 번 먹어보라는 말은 틀린 말이 아니었다.

청국장 특유의 발효 냄새도 적고 담백한 콩 맛이 좋아 연화도 한 입 뜨자마자 고개를 절로 끄덕였다.

"거 봐, 맛있지? 난 이 집 참 맛있더라."

"누구랑 와서 먹었대? 그 산악회랑 꽃구경하고 와서 먹었나 보지?"

"넌 꼭 잘나가다가 고따위로 얄밉게 굴더라? 수술할 때! 그때 혼자 와서 먹고 병원에 입원했다, 왜! 구수한 냄새가 진동을 해서 그냥 지나칠 수가 있어야지. 무관심한 딸년이라도 혼자 먹는 것보다 같이 먹으니까 더 맛있긴 하네, 뭐."

"아, 뭘 또 예능을 혼자 다큐로 받아 쳐."

홀로 짐을 챙겨 병원으로 향했을 순희 씨 뒷모습이 눈앞에 그려져 마음이 좋지 않았다.

"네 외할머니도 청국장 참 좋아하는데."

"좋아하는데? 어째 과거형이 아닌데? 요즘 왜 이렇게 부쩍 할머니 얘기야? 생전 안 하다가?"

"그러게 말이다. 너도 아파봐. 엄마가 제일로 보고 싶지."

"그 나이가 돼서도 엄마가 보고 싶어?"

"그럼, 엄마 보고 싶지. 놀래봐라. 엄마야! 하고 소리치지. 슬프면 엄마…… 하고 울지."

"그렇구나, 그 나이에도 엄마가 보고 싶구나. 신기하다."

"네 인생에서 누구랑 열 달을 1분 1초 한시도 안 떨어지고 꼭 같이 붙어 있겠어. 딱 한 사람! 엄마. 엄마 뱃속에 있을 때, 그때밖에 없어. 그 기억이 나이를 먹었어도 몸에 배어 있는 거지."

"듣고 보니 또 그러네."

"그러니까 너도."

"너도 뭐? 있을 때 잘하라고?"

"알면 됐어. 얼른 먹어."

요즘 들어 부쩍 할머니 이야기를 꺼내는 순희 씨를 볼 때마다 기분이 썩 좋지 않았다. 그게 왠지 엄마가 약해졌다는 증거 같아서였다.

문득 몇 살이나 나이를 먹으면 엄마가 그립지 않게 될까, 궁금했다.

오십이 넘어서도 할머니가 보고 싶다는 엄마처럼 자신 역시 순희 씨가 없어진다면 얼마나 오랜 시간을 그리움에 사무칠까 하는 생각이었다.

순희 씨가 암 수술을 했다는 걸 알게 되면서, 일주일 동안 병원 생활에 눈에 띄게 수척해지는 걸 지켜보며, 엄마 없이 살아야 할 날이 아주 먼 일이 아닐 수도 있다는 생각이 들었다.

그때마다 덜컥 겁이 났고 그럴 때마다 말이 뾰족하게 나갔다.

며칠 전 일도 생각해보면 그랬다. 엄마가 당장 없어졌다는 건 곧 돌아온다는 것이기도 했는데, 마치 엄마를 잃은 것만 같은 아득한 두려움에 속울음을 흘렸던 것이다. 두려움이 쌓이자 오히려 예민해졌다. 예민해진 말이 가시처럼 날을 세워 튀어나갔다. 엄마의 가슴에 고스란히 박히는 걸 보면서도 그걸 멈출 수가 없었다.

갑자기 여러 생각들이 겹치자 연화는 기운이 쭉 빠졌지만 내색하지 않았다.

일부러 청국장을 크게 떠먹었다.

충분히 약해진 순희 씨에게 자신마저 걱정거리가 되고 싶지는 않았다.

그렇게 계속 잘 먹는 시늉을 한참이나 하고서야 집으로 돌아왔다.

늦장마가 계속 되었다.

2학기가 시작 되자 연화하숙에 다시 활기가 돌았다.

제발 쉬라는 연화의 만류에도 순희 씨는 착실하게 학교 생활에 열중했다. 매주 토요일 산악회도 빠짐없이 참석했다.

그런 순희 씨가 연화는 늘 못마땅했다.

"대체 산악회에 뭘 숨겨놨는지 한 번을 안 빠져요."

"운동하시면 좋죠, 뭘."

세법 선선한 가을 저녁에 연화와 제혁이 두 손을 꼭 잡은 채 동네 어귀를 걷고 있었다.

누가 보아도 제법 연인의 분위기가 났다.

각기 다른 맛이 나는 아이스크림을 나눠 먹던 두 사람 눈에 익숙한 실루엣이 어른거렸다. 연화가 얼른 제혁의 손을 잡아 끌어 골목 벽 아래로 몸을 바싹 붙였다.

어리둥절해서 말문을 열려는 제혁의 입을 틀어막으며 손가락으로 쉿, 하라는 눈치를 주었다.

멀리 떨어지지 않은 곳에 가은이 제 또래쯤으로 보이는 남학생과 함께 서 있었다.

말소리는 제대로 들리지 않았지만, 그래도 짐작할 수 있는 게 있었다. 남자는 가은에게 분명 애걸복걸 애원하며 매달리고 있었다. 그리고 그런 남자를 가은은 매몰차게 거절하는 중인 듯했다.

"대체 뭐라는 거야?"

두 사람 대화가 들리지 않아 답답한 나머지 연화가 궁시렁거렸다.

그러고 보니 순희 씨는 그 뒤로도 꾸준히 가은의 월세를 내주었다. 말은 하지 않았지만 순희 씨 성격상 월세를 내준 걸로 모자라 분명 돈까지 빌려줬을 것이다. 틀림없었다. 언제나 엄마의 그 오지랖이 문제였다.

허튼 짓 좀 그만하라며 말릴 때마다, 가은이 그 계집애가 어떻게 구워삶았는지 순희 씨는 오히려 연화에게 역정을 냈다. 정 없는 사람 취급하며 나무라기까지 했다.

벌써 내쫓아야 했건만, 순희 씨 탓에 탐탁지 않은 가은을 계속 보고 있어야 했다. 그러니까 그녀에게 가은은 눈엣가시였다.

정작 눈엣가시가 된 건 가은이 하고 다니는 행실에 있었다. 자신도 너무 비싸 엄두도 못 내는 한정판 명품 가방을 수시로 바꿔 드는 걸 보고는 입을 딱 벌려서 다물지 못한 적이 여러 번이었다. 남자들을 집 앞까지 끌어들이는 일도 다반사였다.

한두 가지가 눈에 거슬리자 줄줄이 다른 행실마저 좋게 보일 리가 없었다.

아무튼 모든 게 눈에 거슬렸다. 거슬리다 보니 더 자세히 들여다보게 되는 것 같았다.

"아무리 봐도 신경 쓰인단 말이야."

"대체 뭐가요."

좀 전부터 혼잣말을 중얼거리자 제혁이 더는 궁금해 못 참겠다는 듯 채근했다.

"아, 아니에요. 우리 저쪽으로 돌아서 가요. 날씨가 그냥 들어가기는 너무 아깝다."

심증만 있을 뿐 물증이 없어 속 시원한 대답을 해줄 수 없어 제혁에겐 그냥 씨익, 웃어 보이기만 했다.

제혁은 참나, 헛기침을 하고는 따라 웃었다.

'저거, 저거 분명 뭐가 있어.'

연화의 신경은 여전히 가은에게 가 있었다. 계속 거슬렸지만 아직은 딱히 참견할 이유가 없기에 제혁과 함께 발걸음을 돌렸다.

그러나 얼마 후 가은을 향한 의심의 불씨에 기름을 붓는 사건이 발생했다.

여느 날과 다름없이 이른 새벽 하숙 일을 시작할 즈음이었다.

하숙생들이 가져다 놓은 수건을 돌린 세탁기에서 덜덜거리는 요란한 소리가 울렸다. 어떤 칠칠 맞은 하숙생이 수건 말고 다른 물건을 딸려 집어넣은 게 분명했다.

기껏 해야 동전이나 칫솔 정도겠지 싶어 수건 더미에 손을 집어넣자 가느다란 플라스틱이 잡혔다.

연화의 손에 들린 건 임신 테스트기였다. 거기엔 두 줄이 선명하게 그어져 있었다.

***

아침밥을 먹는 하숙생들을 차례대로 살피듯 쳐다보고 있었다. 연화의 머릿속에는 온통 아침에 발견한 임신 테스트기뿐이었다.

'누구 걸까? 누구지? 대체 누구야?'

궁금해 미칠 지경이었다. 모르면 몰랐지 아는 이상 누군지 꼭 찾아내야만 했다. 물론 연화의 마음속에 처음부터 의심이 가는 사람이 있었지만 단정 지을 순 없었다. 물증 없이 사람을 의심할 수는 없는 일이었다.

한 명씩 차근차근 짚어 나가다 보면 분명히 단서가 나올 것이다.

일단 102호 박씨 아저씨? 에이, 아저씨는 아니었다.

박씨 아저씨는 지난주부터 대구로 현장이 바뀌어서 일주일째 하숙집을 비우고 있었다. 오늘 아침밥 역시 먹지 않았다. 그러므로 박씨 아저씨는 용의선상에서 가장 먼저 제외였다.

그렇다면 101호 독수리 오형제 중에?

국에 밥을 가득 말아 입에 쑤셔 넣는 목요일 영준이. 그의 얼굴을 빤히 쳐다보던 연화는 고개를 절레절레 흔들었다.

독수리 오형제가 누구인가! 언제나 다섯 명이 한 몸처럼 몰려다니는 아이들이었다.

게다가 사내 다섯이 모인 방에서 임신 테스트기가 버젓이 나왔다? 가능성이 아예 없진 않았지만 희박했다. 그래, 일단 패스다.

연화의 눈빛이 다음 용의자를 찾아 분주했다. 301호 제혁이었다.

'서른 중반, 한창인 남자. 혼자 사는 남자니까 혹시……?'

자신을 빤히 보는 눈길을 느꼈는지 제혁이 고개를 들었다. 그 바람에 시선이 마주쳤다.

그가 거의 자동반사로 환하게 미소 지어 보였다. 연화에게만 들리도록 작게 '맛있어요' 하며 입을 벙긋거렸다.

방금 전까지 의심의 꼬리를 물고 늘어졌던 상황은 까마득히 잊고 연화 또한 예쁜 미소와 함께 고개를 끄덕였다.

그렇다. 저 건실한 청년이 그럴 리가 없었다.

게다가 저 남자의 여자친구는 바로 백연화 자신이 아니던가. 그렇다고 자신이 이 민망한 물건의 주인은 절대 아니었다.

그렇다면 나머지 사람은 단 세 사람. 201호 민희, 302호 순희 씨.

그리고 마지막으로 처음부터 가장 유력한 후보 202호 가은이었다.

아침식사가 끝나고 연화와 순희 씨만 남았다.

용의자 검거에 혈안이 되어 있는 연화는 순희 씨를 노골적으로 빤히 쳐다보았다.

절대 간과하지 말아야 할 사실!

우리는 설마 하는 도끼에 발등 찍힌 사람들을 수도 없이 많이 보고 자랐단 사실.

작은 불씨도 그냥 넘겨짚을 순 없었다. 순희 씨를 향해 의자를 당기는 연화의 모습이 비장했다.

"엄마, 나는 생각보다 꽉 막힌 사람이 아니야. 알지?"

"뭔 뚱딴지같은 소리야? 그리고 아니야, 너 더럽게 막혔어. 아주 꽉 막혔어! 답답해."

"아, 진짜 좀! 나 지금 무지 진지해. 난 말이야, 엄마 인생을 존중해."

"픽이나!"

순희 씨가 진심으로 연화를 비웃었다.

연화 역시 그동안 알게 모르게 순희 씨를 무시했던 일들이 떠올라 얼굴을 찡그렸다. 말과 행동이 딱 들어맞지 않았지만, 지금은 그런 게 중요한 게 아니었다.

"아무튼, 예를 들면 뭐 배 다른 동생? 그런 거 나는 상관없어. 나한테만 키우라고 안 하면 되지 뭐."

"이게 아침부터 비싼 밥 먹고 왜 헛소리 찍찍 해대고 난리야."

"아, 거참! 그러니까…… 음, 나는 엄마가 임신해도 괜찮다고."

푸핫, 말이 끝나기가 무섭게 순희 씨가 마시던 물을 토해냈다. 그게 고스란히 연화의 얼굴에 튀었다.

"아, 왜 아침부터 물 싸대기를 날리고 난리야 진짜!"

수건으로 얼굴을 닦아내며 순희 씨를 노려보았다.

뭐지? 왜 당황하는 거지?

놀라 사래까지 걸린 순희 씨를 보자, 설마가 진짜가 될지도 모른다는 불안감이 스멀스멀 올라왔다.

"네가 자꾸 헛소리 하니까 그렇지. 너 미쳤냐? 내가 뭐, 동정녀 마리아야? 뭘 해봐야 임신을 하지. 네 엄마 과부인 거 뻔히 알면서 너 누구 놀려? 그리고 이년아, 네 엄마 작년에 폐경 왔어. 아무튼 딸년이라고 하나 있는 것이 지 엄마한테 관심이라고는 눈곱만큼도 없어요. 아침부터 미친년 마냥 찍찍거리지 말고 아프면 병원을 가, 이년아. 병원을, 쯧!"

말을 하다 보니 열이 뻗치고 말았다.

연화를 한 번 더 노골적으로 흘겨주고는, 쌩하니 현관문을 나섰다.

"아…… 폐경."

연화는 그 한 마디를 내뱉고는 무언가 굉장한 사실을 깨달은 사람 마냥 멍하니 굳어 있었다.

순희 씨가 폐경인 줄도 몰랐던 자신의 무관심에 미안함도 잠시, 연화는 긴 안도의 한숨을 내쉬었다. 아무것도 아닌 척했지만, 이 나이에 배 다른 동생이라니! 생각만으로도 끔찍한 일이었다.

순희 씨도 아니라면 그렇다면 이제 둘 중 하나였다.

2층의 여인들. 그녀들이 문제였다.

***

뜨겁고 치열했던 여름도 끝자락을 감추며 사라져가고, 캠퍼스는 어느새 기다렸다는 듯 성큼 가을이 바람을 몰고 들어섰다.

순희 씨는 초가을 길목에 서서 어리고 선선한 바람을 온몸으로 맞으며 조용히 눈을 감았다.

병원에 있다 오니 탁 트인 교정의 공기가 더욱 특별하게 느껴졌다.

수많은 젊음들이 만들어낸 풋풋하면서도 뜨거운 기운에 학교만 오면 피곤한지도 모를 정도였다.

얼마나 서 있었을까? 순희 씨 어깨에 살포시 손이 올라와 눈 떠보니 석화였다.

"밥 먹을까?"

"좋아, 교수님 오늘은 제가 쏩니다."

나이 오십이 넘어 함께 대학 교내 식당에서 밥을 먹는 날이 올 거라곤 상상도 못 했다.

그러나 그것도 두 계절이 지나니 어느새 두 사람은 저절로 익숙해졌다.

"넌 나이가 오십이 넘어서 아직도 편식이니?"

석화가 골라낸 완두콩을 자신의 입 속으로 넣으며 순희 씨가 나무랐다.

"내가 원래 한결같아. 좋은 것도 싫은 것도 꾸준하잖아."

"자랑이다. 넌 원래 옛날부터 융통성이 없었어. 너 그거 어릴 때나 애늙은이 하며 귀여워하지, 나이 먹어서 그러면 뭐라 하는 줄 알아? 꼰대라고 해. 꼰대."

"난 그래도 내가 좋아. 그 덕에 꾸준히 아직도 너 좋아하잖아."

젓가락질이 멈칫, 했다가 애써 못 들은 척 숟가락으로 밥을 푹 퍼먹었다.

"야, 역시 우리 학교 학식 진짜 맛있다. 아니 천고마비인데 왜 말이 아니라 내가 살찌나 몰라. 밥이 아주 꿀맛이다 꿀맛."

"나 연화한테 말했다. 너랑 결혼하고 싶다고."

쐐기를 박는 말에, 순희 씨는 결국 젓가락을 식탁 위로 가지런히 내려놓았다.

순희 씨를 따라 석화도 손도 대지 않은 수저를 내려놓았다.

"너도 이번에 아파봐서 알잖아. 우리가 앞으로 살 날이 산 날보다 많겠냐? 이제 우리 좋은 대로 그렇게 같이 살자. 좀."

자신을 빤히 쳐다보며 나는 진실하다고 진심이라고 아우성치는 석화의 눈빛에 순희 씨의 한숨이 짙어졌다.

밀당이라면 그게 얼마나 불리할지 알면서도 그는 자신의 패를 다 까보였다. 모든 것을 걸었을 때나 하는 짓이었다.

잘 피해왔다고, 앞으로도 그럴 수 있을 거라고 생각했는데, 이럴 때면 자신이 곁을 내준 것만 같아 미안해 속이 아렸다.

이렇게 슬며시 피하고 또 피해온 시간이 삼십 년이었다. 이제 와서 뒤늦게 그 마음을 받아들일 수는 없었다.

"오늘 아침에 연화 그것이 그러더라. 엄마 임신했냐고. 웃겨. 걔는 아직도 그렇게 엉뚱한 데가 있어. 내 나이가 몇 갠데 임신이야. 게다가 나 작년에 폐경 왔어. 오늘 문득 그런 생각이 들더라. 잘려나간 가슴도, 끝난 생리도, 내 몸은 이제 여자 아니구나. 하나님이 이제 여자 말고 엄마로, 옆집 아줌마로 그렇게 살라고 하는구나. 그런 생각이 들더라고. 내가 너랑 이제 와서 뭘 해."

"여자 하지 마. 친구 해. 계속 친구하면 되지. 우리가 청춘도 아니고 누가 너랑 남자 여자 뭐 그런 거 하재? 그냥 마음 맞는 친구, 서로 아플 때 옆에 있어 주는 친구. 그런 거 하자고."

"야, 세상 사람들이 욕해. 애 딸린 아줌마가 총각 꾀어냈다고."

"너 언제까지 이렇게 피할래? 언제까지 그럴건데? 세월이 삼십 년이야. 이젠…… 이젠 그만 용서해도 되잖아."

순희 씨가 벌떡 자리에서 일어났다.

그녀의 손이 부들부들 떨려오고 있었다.

"용서? 나는 그날 못 잊어. 내가 내 손으로 내 새끼 버린 줄도 모르고 병신 같이 살 뻔한 그날을, 나는 때려 죽여도 못 잊는다고. 친구? 그래, 너 나한테 친구로라도 남고 싶으면 다신 그 얘기 꺼내지 마."

세상에 먹는 거 남기는 게 가장 큰 죄라 여기는 순희 씨였지만 그녀는 식판에 음식이 가득한 채 자리를 떠났다. 순희 씨가 떠난 자리보다 그녀의 냉정하면서도 슬픈 얼굴이 맘에 걸려 석화는 마음이 무거워졌다.

따라 나서봐야 순희 씨를 자리에 다시 앉힐 수 없다는 걸 알기에 답답한 맘에 마른세수로 얼굴을 훑었다.

시간이 약이라는 말······.

누구에게나 공평하게 해당되는 건 아니란 걸 새삼 깨달았다.

***

분리수거를 하고 올려다본 하늘에 간간이 별이 떠 있었다.

늘 매캐한 도시 하늘에도 비가 오니 별이 보였다. 긴 장마가 불편하기는 해도 쓸모 없는 건 아니었다.

날씨가 좋아 동네를 한 바퀴 걷는 그녀 눈에 술에 취해 비틀거리는 민희가 보였다.

"헤이, 우리 연화 씨. 어디 가?"

"언니 또 술 마셨어요?"

"푸흡, 마셨지. 술 마시고 노래하고 춤을 추는 게 내 일인데?"

연화는 이때다 싶어 민희를 살짝 찔러보기로 했다.

"언니, 이렇게 술 마셔도 돼요?"

"왜? 나 술 마시면 안 된대? 누가? 누가 그래, 자기야?"

"아니, 언니 뱃속에."

"아, 그거. 자기 알았구나?"

'뭐야? 민희 언니였어?'

너무나 쉽게 인정해버리자 연화는 오히려 얼떨떨해졌다. 그녀는 알아서 척척 실토하기 시작했다. 물론 예상과는 전혀 달랐지만.

"내 배에 병 생겼다! 위에 구멍 났대. 이렇게 술 먹다가는 일찍 죽는대. 그런데 어떻게 해! 내 일이 이건데."

"에? 위에 뭐가 생겨요? 애기 아니고?"

"애기? 픕, 자기 그것도 알아? 어떻게 알았대? 의사가 뭐라는 줄 알아? 그런데 신기하게 간은 또 애기 간이래. 포동포동한 게 깨끗하 대. 타고 났대. 그러니 내가 술을 끊을 수 있겠어, 없겠어?"

"아니, 뭐래? 그래서 언니 뱃속에 애가 있다는 거예요, 없다는 거 예요?"

"어머, 자기! 애기 생겼어? 누가? 아니 내가? 내 뱃속에 애기 있대? 누가 그래?"

꼬부라진 혀로 횡설수설 지껄이는 민희는 만취 상태가 분명했다. 취한 사람과 더 할 얘기도 아니었고, 아무리 술 좋아하는 민희라도 테스트기로 임신을 확인한 마당에 절대 술을 마실 리는 없었다.

민희는 그렇게 독한 사람이 되지 못했다.

"아니에요. 언니 얼른 들어가요. 술 좀 작작 먹고."

비틀대는 민희를 연화하숙 쪽으로 살포시 밀어주며 말했다.

여전히 갈지(之)자를 그리며 여기 쿵 저기 쿵하는 그녀를 걱정스 러운 눈으로 바라보다 이내 고개를 돌렸다. 봐온 세월이 있었다. 아 무리 취해도 집 하나는 제대로 잘 찾아 들어가는 언니였다.

지금 그보다 중요한 건 딱 하나였다.

민희도 아니라면 임신 테스트기의 주인은 단 한 명이었다.

이가은.

처음부터 예상은 했지만, 이렇게 정확한 탐문 수사를 통해 범인 을 증명해냈다.

요상스러운 게 한두 가지가 아닌, 베일에 잔뜩 싸인 그 아이가 결 국 연화하숙 안으로 그리고 연화 자신 앞으로 요상한 물건을 들고 들어왔다.

과연 자신이 알고 있다는 사실을 말하는 게 맞는지 혼란스러웠다.

그러나 하나는 확실했다. 엄마는 속고 있는 것이다. 가은, 요것에게!

이건 하숙집 주인의 입장이 개입되는 건 아니다. 언니 같은 마음으로 하는 참견도 아니었다. 그렇다고 순희 씨 같은 밑도 끝도 없는 오지랖? 그건 더더욱 아니었다. 이건 순전히 딸의 입장으로서 정당한 개입이었다.

여우같은 계집애한테 홀라당 홀린 엄마의 하나뿐인 딸로, 따끔하게 한 마디 해줘야 했다. 더는 어린 계집애 따위가 순희 씨를 농락하지 못하게 눈물 쏙 빠지게 진짜 어른의 맛을 보여줘야 할 때였다.

마침 저 멀리 가은이 하숙집을 향해 걸어오고 있었다.

'너 잘 걸렸다! 혼구녕을 쏙 빼주겠어.'

7

어른의 맛은
오지랖이다

가은이 가까워질수록 연화의 가슴이 쿵쿵 울려댔다.

긴장할 사람은 자신이 아닌데 왜 자꾸 손에 땀이 맺히는지 당황스러웠다.

고개를 푹 숙이고 땅만 보며 걷던 가은이 연화를 못 본 건지 그녀 앞을 쓱 지나쳐버렸다.

쿵쾅거리던 가슴이 금방이라도 터질 것 같았다. 순간 가은을 불러야 할지 말아야 할지 고민이 밀려들었다.

분명 상상하던 그림은 이게 아니었는데 왜 자신이 우물쭈물하는지 이상한 노릇이었다.

"얘, 지금 집에 오니?"

에라, 모르겠다! 그래, 따끔한 어른의 맛을 보여줘야지. 이게 중요한 거잖아!

저를 부르는 소리에 깜짝 놀란 것도 잠시, 가은은 연화를 알아보고는 환하게 웃었다.

분명 따끔한 맛을 보여주겠노라 주먹을 다 움켜쥐었는데 티 없이 맑은 웃음을 보자 잔뜩 부풀었던 성난 가슴이 맥없이 쪼그라들었다.

어쩐지 평소보다 표정도 어두워 보이는 게…… 그럴 애가 아닌데……. 의기소침한 표정을 보니 연화의 마음이 같이 쓸쓸해졌다.

연화는 머리를 세차게 흔들었다. 그렇다고 이렇게 물러 날 수는 없었다.

괜히 헛기침부터 한 번 하고는 주머니 속에서 얼른 무언가를 꺼내 건넸다.

속도전이었다. 우물쭈물하다가는 순희 씨 마냥 저 요상한 아이에게 말릴 게 뻔했다.

"이거 네 거지?"

문제의 물건을 들이밀자 가은의 얼굴이 예상한 대로 하얗게 질렸다. 연화의 예감이 적중한 것이다. 역시! 어려서부터 열심히 먹었던 눈칫밥에다 다년간 슬기로운 회사 생활을 통해 더욱 업그레이드 된 직감이 멋지게 빛을 발하는 순간이었다.

가은은 누가 볼새라 연화의 손에 들린 테스트기를 홱 낚아채고는 잡아먹을 듯이 노려보았다.

방금 전까지만 해도 해맑게 웃던 눈빛에 매서운 살기가 서렸다. 순희 씨 옆에 살살거리며 붙어 있던 그 가은의 평소 모습이 아니었다. 독이 오를 대로 오른 가은을 보니 오히려 자신이 죄인이라도 된 것만 같았다.

가은의 다음 말은 더 가관이었다.

"그런데요? 언니, 제 방 뒤진 거예요?"

아! 순식간에 연화는 세입자 방이나 뒤지는 이상한 여자가 되어 버렸다.

"뭐……? 뭐를 해? 하, 참. 야! 너 내가 방이나 뒤질 사람으로 보…… 보이니?"

아! 왜 하필 지금 당황해 말까지 더듬는 건지.

'보이니?'가 뭐야! 더 세게 나갔어야지, 어휴!

용의자에게 오히려 범죄자로 몰리는 이상한 상황에 당황한 나머지, 처신이 우스꽝스럽게 되어 버렸다. 제 머리라도 한 대 쥐어박고 싶은 심정이었다.

그나저나 요즘 애들 무섭다, 무섭다, 해도 이리 적반하장으로 나올 줄은 꿈에도 몰랐다.

"아니면 됐어요. 어떻게 아셨는지 모르겠지만 어설픈 충고 따위 하실 거면 그만하세요. 저 성인이고 애 가진 거 죄 지은 것도 아니니까."

아니면 됐고? 모양 빠지게 이상한 사람 만들어놓고, 아님 됐고?

도를 넘어 뻔뻔하게 나오는 가은을 빤히 보고서도 연화는 더는 말을 잇지 못하고 '하…… 하!' 기막힌 헛웃음만 연발했다.

'너 뚫린 입이라고, 맘대로 지껄이면 다냐!'고 혼쭐을 내주고 싶었지만, 이상하게 말려들 것 같은 불길한 기운이 스멀스멀 피어올랐다. 가은의 말에서 딱히 틀린 부분을 찾을 수가 없었기 때문이다.

가은의 말이 대체로 다 맞았다. 스무 살 성인이고, 성인이 임신한 일이 뭐 그리 대수인가.

가은의 인생에 이래라 저래라 훈수 두고 싶은 생각은 애당초 그녀 역시 손톱만큼도 없었다. 저 자신도 제 인생을 어쩔 줄 몰라서 엄마 하숙집에 처박혀 있는데, 누가 누구를!

그러나 이건 엄연히 다른 문제였다.

연화의 촉이 맞았고, 그렇다면 이야기가 달라진다.

가은은 지금 순희 씨를 철저히 속이고 있는 게 분명했다.

그것 하나만으로도 연화 입장에서는 충분히 경고할 만한 사유였다. 다른 사람도 아닌 우리 엄만데! 연화가 백 번 양보해도 그건 충분한 자격이었다.

"너! 우리 엄마한테!"

"아뇨! 아줌마한테 월세 내달라고 한 적 없어요. 그냥 아줌마가 내 주시는 거라고요. 꿔주신 돈도 갚을 거예요. 그리고 그거 아줌마랑 저 둘 사이 일이니까, 언니는 끼지 마세요."

내가…… 내가 그럴 줄 알았다! '꿔주신 돈'이라니!

순희 씨가 어떤 순희 씨인가! 돈을 빌려주고도 백 번은 남았을 것이다.

그렇게 남 좋은 일 하지 말라며 입이 부르트도록 일렀건만, 순희 씨가 또 개도 안 물어갈 쓸데없는 오지랖을 부린 것이다. 연화의 속이 헤까닥 뒤집어져 천불이 났다.

그러나 지금 당장 이게 문제는 아니었다.

저 버릇없는 당돌한 계집애는 아까부터 뭐가 이리 당당한가!

게다가 자신이 순희 씨 얘기를 어떻게 할 줄 알고 미리 선수를 쳤는지 기함할 노릇이었다.

당황해 타이밍은 놓쳤지만 지금에라도 눈물 쏙 빠지는 어른의 매운맛을 보여줘야 하는데…….

어……? 어? 쟤 어디 가니?

가은은 이미 마주 선 자리를 떠나 저만치 걸어가고 있었다.

어른의 맛이 정확히 무엇인지는 몰랐으나 '어린것의 맛'에 당한 것만은 분명했다.

이집트 피라미드 관 뚜껑에도 요즘 애들은 싸가지가 없다고 써 있다지만, 이리 겁 없고 맹랑할 줄은 상상도 못 했다.

'이게 다 엄마 때문이야!'

애꿎은 분풀이는 결국 순희 씨의 몫으로 돌아갔다.

이대로는 분해서 가만있을 수가 없었다. 302호 순희 씨 원룸 앞에 연화가 멈춰 섰다. 온 하숙집이 떠나가라 쿵쿵 문을 두드리다 이내 비밀번호를 누르고 들어갔다.

"내가 엄마 때문에 지금 무슨 수모를 당했는 줄 알아!"

문을 열자마자 냅다 내질렀다. 애꿎은 분풀이를 받아야 하는 순희 씨를 본 순간 입이 떡 벌어졌다. 순희 씨가 술상을 놓고 혼자 앉아 있는 것이다. 마침 소주를 들이키려는 자세로 눈이 딱 마주쳤다.

순희 씨도 난데없는 봉변에 놀라 손이 그대로 멈춰버렸다.

"동작 그만! 엄마 혹시 지금 술 마시려고 하는 건 아니지?"

"너…… 너 여기 웬일이야?"

"내가 웬일인 게 중요해? 엄마 환자야. 그것도 암 환자! 지금 술이 넘어가?"

"넌 무슨 말을 고따위로 하냐? 내가 왜 암 환자야. 완치 환자지!"

"그걸 지금 말이라고 해? 안 내려놔!"

현행범 순희 씨는 잠시 연화 눈치를 살피는가 싶더니 '에라 모르겠다' 하며 얼른 소주 잔을 입에 털어 넣었다.

꿀꺽, 목으로 넘어가는 소리가 청량했다.

"아, 몰라! 한 잔은 약주랬어. 병원에 있는 동안 먹고 싶어서 죽는 줄 알았단 말이야."

기어이 잔을 비우고 마는 걸 보고 연화가 이마를 턱 짚었다. 결국 엄마 앞에 자리를 틀고 앉았다.

좁은 원룸 주방에서 뭘 만들 수나 있을까 싶지만, 순희 씨라면 달랐다. 그녀가 차린 술상은 제법 거나했다. 그 중에 매끈하게 참기름으로 샤워한 골뱅이가 침을 고이게 만들었다.

"너도 한잔할래?"

순희 씨가 얼른 달콤한 유혹의 손길을 뻗쳤다.

"너도 아니고 나만! 엄만 그만 마셔!"

속셈에 넘어갈 연화가 아니었다. 순희 씨 잔을 빼앗아 제 앞에다 탁 소리 나게 내려놓았다.

"꼬장꼬장한 년! 시어머니보다 네 시집살이가 더 무섭다, 이년아."

"거 시어머니도 없으면서 맨날 이상한 시어머니 타령 좀 그만해."

"하여튼 그냥 넘어가는 법이 없어. 넌 나중에 꼭 너 같은 시어머니 만나! 그나저나 남의 집에 왜 허락도 없이 막 문을 열고 들어와."

"저주를 해라. 그리고 남은 무슨. 여기에 남이 어디 있어? 세상에 강순희 핏줄이 백연화 말고 어디 있냐고."

"말은 좋다! 이럴 때만 가족이냐? 어떨 때는 남보다 못한 넌이."

탁, 골뱅이만 쏙쏙 골라 먹는 연화의 손등을 내리치며 말했다.

그 와중에도 '편식하지 마!' 하는 무언의 압박이 담겨 있었다.

손등을 문지르며 찬찬히 둘러보자 그제야 302호 풍경이 전체적으로 눈에 들어왔다.

몇 번 와본 적은 있지만 이렇게 자세히 둘러보는 건 처음이었다.

순희 씨가 혼자 나가 산다고 엄포를 놓았을 때만 해도 그런 엄마가 야속해 그녀 역시 여길 오고 싶지 않았다.

엄마의 유치한 반항은 길어야 한 달이라고 생각한 오판도 작용했다. 금방 독립 생활을 집어치우고 도로 4층으로 들어올 테니 굳이 살필 이유가 없었던 것이다.

그런데 지금은 작은 원룸 안이 옹골지게 꽉꽉 잘도 채워져 있었다. 예전 엄마의 방을 그대로 옮겨 놓은 듯 익숙하면서도 어딘가 모르게 낯설었다.

작은 원룸의 반을 차지하고도 남는 안마의자를 보자 괜스레 웃음이 나기도 했다.

아마 첫 월급을 받은 날이었을 것이다. 순희 씨는 한동안 저 안마의자에서 도통 내려오지 않았다. 국에 말아 밥도 저기서 먹었을 정도였다.

"이러고 살면 안 좁아? 없던 폐쇄공포증도 생기겠다."

다시 집으로 들어오라고 하고 싶었지만, 곧 죽어도 그 말을 먼저 하기 싫었다.

"넓으면 청소하기만 힘들어. 가뜩이나 무릎 아팠는데 여기로 오고 청소하기 얼마나 편한 줄 알아?"

"도대체 이 짓은 언제까지 할 거야? 왜 이중으로 돈을 버려가면서 그러냐고. 엄마, 돈이라면 껌뻑 죽는 강순희 여사 아니야?"

"짓이 뭐야, 짓이. 너 이렇게 싸가지 없는 거 최 교수도 아냐?"

연화를 노려보며 고개를 절레절레 흔들었다.

"돈 좋지. 그런데 너 나이 먹으면 돈보다 뭐가 더 중요한 줄 알아? 늙지 않는 거. 나이 먹지 않는 거."

"차라리 피부과를 가. 주사를 맞든가! 레이저 한 방 쏴줘?"

"주글주글해지는 거 말고, 이것아! 마음이! 이 마음이 안 늙는 것도 중요하다고. 집에 있으면 자꾸 늙어. 나 없으면 죽는 줄만 알았던 자식새끼도 다 키워놨더니 지 혼자 잘났다고 맨날 밤늦게 싸돌아다니는 거 기다리는 것도 싫고, 어질러 놓기만 하는 집 청소하는 것도 싫고. 하루 온종일 기껏해야 딸년이 시킨 택배나 받아야 그나마 기사랑 말 몇 마디 나눠. 맨날 똑같은 내용의 연속극 보는 것도 지겹고. 다 싫어. 그게 다 늙는 거야."

"여기는 뭐 안 그래? 여기서 살면 뭐가 달라지냐고. 그거 다 자기 회피야."

"여긴 달라. 내가 먹은 거, 내가 어지른 거, 내가 입은 거만 하면 되잖아. 그리고 내 친구들 여기 엄청 놀러와. 저 앞 영기 엄마, 자강 슈퍼 여편네, 정육점 미정이 다 시간만 되면 여기 모여. 우리끼리 팩도 붙이고, 같이 성경도 보고, 고스톱도 한 판 치고, 얼마나 재밌는 줄 알아? 남편, 새끼 눈치 안 보고 맥주도 마시고. 우리 집 302호가 요새 말로 핫플이야 핫플! 핫 플레이스!"

"퍽이나 핫플이겠다."

순희 씨 말에 못마땅해 부러 골뱅이만 뒤적거렸다.

신경 쓰였다. 아니, 솔직히 말해 거슬렸다.

엄마가 말하는 우리 집이 더는 4층이 아닌 이 302호가 된 게 계속 신경에 거슬렸다.

겨우 집안일 안 하고, 동네 아줌마랑 노는 것 때문에 이 집이 좋다니. 철없는 엄마가 몹시 못마땅했다.

좋다, 백 번 양보해 연화에게도 그런 시절이 있었다 쳐도, 서운한 감정을 떨칠 수는 없었다.

사사건건 해대는 간섭과 꼭 닫은 방문을 기어이 열려는 엄마의 고집이 싫어 연화도 자신만의 공간을 갖고 싶다 생각한 적이 있었다.

친구들 좀 불러 밤새 수다도 떨며 연애담으로 밤을 지새우고 싶어 엄마가 집을 비우기만 바라던 때가 없었다면 거짓말이었다.

그러나 그건 사춘기 때나 해보는 바람 아닌가! 말 그대로 사춘기.

아니다, 생각해보면 어른이 되어서도 있긴 했다.

회사에서 이리 치여 저리 치여 지친 몸을 이끌고 집에 오면 회사는 어땠는지, 블라우스는 여기다 벗어놓으면 안 된다느니, 씻고 자라느니. 졸졸 쫓아다니며 잔소리를 하는 엄마가 귀찮아 회사가 멀다는 핑계로 나가 산 적도 있었다.

그랬구나.

생각해보니 저도 그랬구나.

입장 바꿔 생각해보니 꽤 유쾌한 일만은 아니었다.

아니 어쩌면 연화가 그런 생각일 때마다, 순희 씨 역시 같은 생각을 했을지도 모르겠다.

이 와중에도 연신 바닥의 머리카락을 훔치며 닦아내는 엄마를 보자 어쩌면 이곳은 온전한 엄마의 아지트가 맞다 싶었다.

어쩌면 엄마는 지금이야말로 사춘기일지 모르겠다.

소녀가 여자가 되어 갈 때를 사춘기라 했다. 더는 엄마의 손길이 필요치 않는 아이 앞에 쓸모없어질까 두려워 서둘러 여자로 돌아가는 시기가 어쩌면 엄마의 두 번째 사춘기일지도 모르겠다. 그 어느 때보다 엄마는 치열한 질풍노도의 한가운데 서 있을지도 몰랐다.

사춘기보다 더한 오춘기의 시작이었다.

생각이 그렇게 흘러가자 신기하게도 순희 씨를 조금은 이해하게 되었다.

정확히 말하면 이해하고 싶어졌다. 처음이었다.

엄마는 언제나 내 맘도 몰라, 하며 삼십 년을 서운해하기만 했던 생각이 바뀌는 기적 같은 순간이었다.

엄마의 방에 들어왔을 뿐인데, 엄마의 마음에 들어온 것만 같았다.

"그나저나 너 내가 뭐? 아까 나 때문에 뭐 어쨌다며?"

아! 그거…….

붙여시 같은 가은에게 다 속고 있는 거라며 냅다 질러주려고 왔던 거잖아. 연화는 지금 이 기분을 망치고 싶지 않아서, 아니라며 손을 내저었다.

이제 겨우 엄마를 이해하려 서툴게 삐걱거리는 마음을 별것도 아닌 가은 때문에 다시 멈추고 싶지 않았다.

그 얘기를 하려면 '엄마 때문에'로 시작해야 했는데, 그건 또 순희 씨 속을 뒤집어놓을 게 뻔했다. 순희 씨가 어떻게 나올지도 충분히 예상되었다. 그럼 순희 씨는 눈을 부라리며 신경 끄라고, 딱 잘라버릴 게 눈에 훤했다.

가은의 행동은 무척이나 맘에 걸렸지만 일단 자신이 예의주시하는 걸로 충분할 듯싶었다.

"자고 갈래?"

느닷없이 나온 순희 씨 말이 수줍기가 그지없었다.

"왜 이래? 그리고 이 좁은 방에서 뭘 자고 가. 한 층만 올라가면 집인데."

"아, 왜! 옛날 생각나고 좋지. 너 어릴 때 이만한 방에서 우리 둘이 살았어."

"됐어. 잘 거면 엄마가 위로 올라와서 자."

냉정하게 거절하는 연화에게 순희 씨는 어쩐 일인지 자꾸만 고집을 부렸다.

엄마를 혼자 두고 간다는 둥, 이래서 자식새끼는 소용이 없다는 둥.

연화가 약해질 수밖에 없는 말로 흔들며 꾀어내는 바람에 결국 좁은 방 안에 두 사람이 나란히 누웠다.

"병원에서도 느꼈는데 같이 눕는 거 참 좋다. 이렇게 방에서 눕는 건 진짜 오랜만이다, 그치? 그때가 너 여섯 살인가, 일곱 살인가…… 방 두 개 있는 집으로 이사 가자마자 너는 혼자 잔다고 베개 들고 가서 잤어. 아무튼 그때나 지금이나 기집애가 쌀쌀맞아. 어린 게 무섭다고 건너 올 만도 한데, 한 번을 안 와. 한 번을."

오랜만에 딸과 함께 자는 것만으로도 들뜬 순희 씨는 아이처럼 종알종알 수다쟁이로 변했다.

"무서웠어. 왜 안 무서워. 그 나이에 혼자 자는데 당연히 무섭지."

순희 씨가 냉큼 몸을 돌려 연화를 향했다. 뜻밖의 대답이었다.

"무서웠어? 그런데 왜 혼자 자?"

연화가 그 일을 기억하고 있으며 그런 생각까지 가졌는지 몰라 놀랐다.

"그게 엄마를 위한 거라고 생각했어. 내가 빨리 커서 엄마 손 빌리지 않고 혼자 먹고, 자고, 입고 해야 엄마가 조금은 덜 힘들겠다. 뭐, 그렇게 생각했어. 쬐깐한 게 뭘 안다고."

순희 씨는 정말 까맣게 모르는 일이었다. 꿈에도 상상조차 못 했다.

그리 어린것이 그런 생각을 할 줄 누가 알았단 말인가.

아니 알고도 내버려둘 부모가 세상에 어디 있을까.

연화의 넋두리에 두 사람 모두 할 말을 잃었다.

순희 씨의 마음이 뜨거운 것에 데인 듯 얼얼하다 못해 쓰라렸다.

할 수만 있다면 당장에라도 그때 연화 방문을 열고 들어가 그 조 그맣고 연약한 것을 꼭 끌어안아주고 싶었다.

'천천히 커도 된다, 아가야. 다른 애들은 다 안 된다고 해도 너는 그래도 돼. 너만은 그래도 돼.'

있는 힘껏 껴안고 이렇게 속삭여주고 싶었다. 그리고는 제 품에 서 근심 걱정 없이 새근새근 맘을 놓으며 잠들 때까지 어루만져 주고 싶었다. 할 수만 있다면.

그러나 그럴 수 없었다.

지나간 시간을 돌이킬 수 없는 건 누구에게나 공평했다. 그게 때 때로 사람들로 하여금 누구나 평등하다는 위안이 되었지만 지금 순 희 씨에게는 속 타는 고통이었다.

고작 예닐곱 아이가 그런 생각을 했다는 건 전적으로 어른의 잘 못이라 자책하며 속으로 제 가슴을 사정없이 내리쳤다.

분명 그때의 자신이 연화가 그리 생각할 수밖에 없도록 만들었다.

엄마 힘들다고, 엄마 이렇게 힘들면 너 놓고 갈지도 모른다고 윽박 을 질렀을까? 연하고 연한 살갗에 매를 들었을까? 아니었을 것이다.

그냥 그녀도 모르게 은연중에 나왔으리라.

내뱉지 못하고 홀로 입에서만 삼켰던 말들이, 새어나오는 한숨들 이, 연화 몰래 숨어 울던 울음들이 어린 연화로 하여금 눈치 보게 만들고, 더 나아가 하지 않아도 될 생각까지 갖게 만들었을 것이다.

아이의 상처는 오롯이 어른의 잘못이다. 연화의 상처는 명백한 순희 씨의 잘못이었다. 적어도 순희 씨만큼은 그렇게 자책했다.

먹먹한 가슴 때문인지 코가 막혀와 홀쩍이자 그제야 연화가 순희 씨를 쳐다보았다.

"에? 엄마 울어? 뭘 울어? 그냥 그랬다고. 뭔 말을 못 하겠네."

"아파, 이년아. 그런 말 들으면 엄마 여기 아파."

순희 씨가 그제야 토닥이듯 가슴을 치며 말했다.

"아프지 마. 아파서 가슴 연 지 얼마나 됐다고 또 아파."

"이럴 땐 나도 억울해 미치겠어. 나도 조금 좋은 집에서 좋은 부모 만나서 컸으면 너도 이것보다야 좀 더 잘 키웠을 텐데. 내 새끼 속 곪는 거 모르고 살지 않고, 때 놓치지 않고, 잘 보듬으면서 살았을 텐데. 미치겠다, 진짜. 이럴 때 다른 부모들은 어떻게 한다냐? 뭘 해봤어야 알지."

연화가 그제야 순희 씨를 쳐다보며 소리 내 피식 웃었다.

"뭘 웃어? 웃겨? 엄마는 속이 다 타들어가는데?"

"나도 몰라. 이런 얘기를 엄마랑 하면서 커봤어야지 뭘. 엄마 좋아하는 아침 드라마에서는 어떻게 하던데?"

"아침 드라마? 거기서는 이런 거 안 해. 며느리 싸대기 때리고, 시어머니나 몰래 갖다 버리고, 기껏해야 남편 몰래 유전자 검사 바꾸고 그러지 뭐."

"아, 정말. 그런 것 좀 보지 마. 하여튼 아줌마들이란."

"넌 아줌마 안 될 것 같아?"

"어! 난 아줌마 안 해! 그럼 아침 드라마 말고, 어 그래! 주말 드라마로 가자. 거기서는 뭐 어떻게 안 해?"

"주말 드라마? 하지. 마지막 회에 한 번씩 하지."

"뭐? 어떻게들 하는데?"

순희 씨가 대답은 않고 누운 채로 그저 양팔을 가득 벌렸다.

잠깐이지만 두 사람 사이에 어색한 기운이 흘렀다. 그러나 곧 연화가 못 이긴 척 꿈틀꿈틀 우스운 모양새로 순희씨 품으로 기어 들어갔다.

안 하던 짓을 하니 아주 민망하고 낯 뜨거웠다. 그러나 그 역시 아주 잠깐이었다. 아주 잠깐, 엄마 품은 정말 따뜻했다.

그녀가 읽는 책들 속에선 하나 같이 엄마 품처럼 따뜻한 것은 없다 했는데 맞는 말이었다.

순희 씨는 어느새 자신보다 커진 연화를 꺼안고는 천천히 쓰다듬어주었다.

애써 다른 말은 하지 않았다.

'엄마가 미안해. 우리 연화 참 힘들었겠다.'

이런 말은 굳이 하지 않았다.

제 뱃속에 열 달을 품었던 딸이다. 아주 오랜만에 안아도 한몸처럼 착, 들어맞았다. 작은 빈틈없이 견고하고 완벽했다.

드라마처럼 밤새 꺼안은 채 잠 들었다면 더할 나위 없었겠지만 똑 닮은 고약한 잠버릇에 얼마 못 가 두 사람은 멀찍이 떨어졌다.

이게 두 사람의 스타일이었다.

그래도 좋은 밤이었다.

서로가 서로를 이토록 완벽하게 이해한 밤은 전에도, 당분간 그 이후에도 없었다.

순희 씨가 너무나 좋아하는 순희 씨 하나님이 이런 말을 했다.

'네 시작은 미약하나 그 나중은 창대하리라.'

둘의 관계도 마찬가지였다.

길고 짧은 건 대봐야 안다지만 시작이 반이라 했으니 둘의 관계도 이미 큰 산을 중턱이나 넘어선 것과 다름없었다.

순희 씨만은 그리고 그녀 품안의 연화만은 확신했다.

***

부쩍 짧아진 해를 보며 새삼 빨라진 시간을 실감했다.

운동을 위해 나온 연화가 신발 끈을 고쳐 맸다.

제혁이 퇴근할 때마다 저녁 데이트니 뭐니 하며 먹어댔더니 금방 살이 불어 이대로는 안 되겠다고 작심을 하고 나온 것이다.

옛날에 선배들이 나잇살 얘기할 때는 도통 이해가 안 가더니, 서른이 되자 팔뚝과 배에서 없던 살이 올라왔다.

이대로 자신을 방치할 수 없다며 제혁과의 데이트까지 거절하고 나온 것이다. 하숙집 아줌마를 하다가 정말 아줌마가 될 수는 없었다.

얼마나 뛰었나? 저 멀리 편의점에 홀로 앉아 있는 가은을 발견했다.

뛰던 걸음이 점점 느려지더니 그 앞에 멈췄다.

'그냥 지나치자. 지나치자.'

속으로 몇 번을 되뇌었지만 어쩐지 발이 말을 듣지 않고 뭐가 반갑다고 기어이 아는 척을 했다.

데이트까지 미뤘건만 오늘 운동은 글러 먹었지 싶었다.

그래, 이건 가은 때문이 아니었다.

가은 앞에 놓인 맥주 캔이 문제였다. 그게 아니고서야 이 황당한 발걸음이 용납이 되지 않았다.

그것도 아니라면 이놈의 오지랖!

그렇게 싫어하는 순희 씨의 오지랖이 그녀에게도 옳은 것이 틀림 없는데 그건 정말이지 끝까지 인정하고 싶지 않았다.

넋 놓고 앉아 있는 가은 앞에다 바나나 우유 하나를 턱 놓았다. 가은도 소리에 움찔 놀라 연화를 쳐다보았다.

"나도 이런 내가 진짜 싫거든? 그래도 이건 아니야. 낳든 안 낳든 네 자유인데, 내가 아는 한 술 마시는 꼴은 못 봐."

자신이 사 온 우유를 내밀고는 가은의 맥주를 뺏다시피 가져와 한 모금 시원하게 넘겼다.

운동은 시작도 안 했는데, 몇 킬로미터는 뛰었다 온 것처럼 맥주 가 시원하고 난리였다.

"마시려고 산 거 아닌데? 그냥 혼자 앉아 있기 뭐해서."

가은의 변명인지 진심인지 모를 말은 신경도 안 쓴다는 듯 어깨 를 의자 뒤로 젖혔다.

두 사람 사이에 아무런 말도 오가지 않았다. 그렇게 침묵이 이어 질 때였다.

"언니, 진짜 여기 다녔어요?"

가은이 우유에 찍힌 회사 로고를 손가락으로 가리키며 물었다. 식품, 의약, 전자 등 수많은 사업을 병행하는, 대한민국에서 내로라 하는 굴지의 기업이었다.

시큰둥하게 고개를 끄덕였다. 아, 불과 몇 달 전만 해도 저리 잘나 가는 대기업의 대리였는데, 지금 여기서 뭐하나 싶었다.

연화의 속도 모른 채 가은은 대단한 발견이라도 한 사람처럼 굴 었다.

"와, 대박! 완전 멋있다. 완전 사캐."

"내가 사캐라고?"

"얼굴 예뻐, 공부 잘해, 좋은 직장 다녀. 게다가 교수 남친까지. 완전 현실에 없는 캐릭터. 진짜 너무한다."

지금은 하숙집 아줌마나 하는 자신을 치켜세우며 황송하게 칭송해주는 가은이 마치 자신을 놀리는 것만 같았다.

그러나 사실 기분이 나쁘지만은 않았다. 맨날 하숙생들한테 치이고, 순희 씨한테 구박만 받다 보니, 스무 살 아이의 칭찬이 뭐라고, 내심 뿌듯한 마음이었다.

'예쁘긴 뭘, 참 나. 자…… 잠깐 이럴 때가 아니지!'

좋아서 어쩔 줄 모르고 있는 얼빠진 정신을 바짝 잡아채며 다잡았다.

순희 씨처럼 가은이 요 계집애한테 홀라당 넘어갈 뻔했다. 모녀가 쌍으로 놀아나는 건 정말이지 자존심이 허락하지 않았다.

"너! 최 교수랑 나랑 사귀는 건 어떻게 알아?"

"왜요? 비밀이에요? 헐, 비밀이었나 봐. 그럼 모른 척할게요. 뭘 둘만 몰라. 하숙 사람들 다 아는 걸. 맨날 아침마다 둘이 눈을 찡긋 찡긋하면서 무슨 비밀연애인 척?"

"야! 누가 눈을 찡긋거렸다고."

하……. 찡긋거리긴 했었다.

사랑과 재채기는 숨길 수 없다더니, 결국 모든 사람들에게 들켜버린 모양이었다.

처녀가 애를 가지고도 저리 뻔뻔한테, 다 큰 처녀가 연애하는 게 뭔 잘못이라고 얼굴이 빨갛게 달아오르는지, 연화는 기가 막혔다.

불난 얼굴을 식혀보려고 손부채질을 했지만 소용없었다.

"괜찮아요. 다 큰 어른들이 연애하는 게 뭔 흉이라고. 난 애도 가졌는데."

내 말이 그 말이다!

대체 누가 누구를 위로하는 건지, 바나나우유에 빨대를 탁 꽂아 천연덕스럽게 입에 무는 가은을 보자, 연화는 그만 헛웃음이 나오고 말았다.

"고맙다. 말이라도 그렇게 해줘서. 말이 나와서 그런 건데, 너 애는 어쩔 거야?"

너무 직설적으로 묻는다고 해도 어쩔 수 없었다. 이런 일은 돌려 말한다고 해결되는 성질의 것이 아니었다. 현실이 까마득할 때는 오히려 직구가 답이었다.

이번엔 가은이 대답 대신 모르겠다며 어깨를 봉긋 치켜 올렸다.

분명 여기 앉을 때만 해도 목적은 가은의 몸에 알코올이 들어가지 못하도록 막는 거였다. 딱 거기까지만이었다.

그러나 이미 그 한계를 지났지 싶었다.

연화는 인정하고 싶지 않았지만, 그토록 경멸해왔지만, 엄마의 오지랖이 제 몸에서 핏줄을 타고 꿈틀거리는 게 느껴졌다.

"내가 네 인생 관여하는 것도 아니고, 아니! 확실히 짚고 넘어가자. 나는 요만큼도 간섭하거나 엮이고 싶지 않아. 그냥, 음…… 그래, 유일하게 너의 상태를 아는 어른으로서! 너의 이 모든 것을 아는 어른으로서 그냥 지나칠 수 없어서 말하는 거야. 낳든 안 낳든 빨리 결정해. 그게 너도, 개도 위하는 길이야."

연화가 턱짓으로 가은의 아랫배를 가리키며 말했다.

"언니만 아는 거 아닌데? 아줌마도 알아요. 아줌마도 다 알고 계세요."

"아줌마? 네가 말하는 아줌마가 혹시 우리 엄마니? 연화하숙 강순희 씨?"

"아줌마가 다 알고 월세 내주시는 거예요. 애기를 낳든 안 낳든 당분간은 들어갈 돈 많을 거라고, 월세 낼 돈 모으라고."

가은의 입에서 나온 말이 그녀의 임신 사실보다 더 놀라웠다. 순희 씨가 알고 있다니. 기가 막혔다.

알면서 나 모르게 가은을 도왔다는 사실에 연화는 한편으로 심각한 배신감을 느꼈다. 모든 걸 알면서도 그랬던 것이다. 연화가 가은의 월세 문제로 길길이 날뛰었을 때도 시치미 뚝 떼며 모른 척했다는 것이다. 화가 났다. 자신만 고약하고 나쁜 여자를 만든 꼴이 아니냔 말이다.

"하! 우리 엄마가 다 알고 있다고?"

"네, 원래 아줌마는 그런 사람이에요. 말하지 않아도 미리 다 알고, 그런데도 모른 척해주고, 우리 얘기도 잘 들어주고. 그래서 우리 과 애들이 아줌마 다 좋아하는데. 언니는 어떻게 딸이면서 나보다 아줌마를 더 몰라요?"

"그러게 말이다. 내가 너보다 우리 엄마를 더 모른다. 그런데 원래 가족이란 게 그래. 남보다 못할 땐 더 못하고, 또 제일 잘 알고 있는 것 같은데 지금 나처럼 제일 모르고 그래. 가족이란 게."

사실을 숨긴 게 밉다가도, 아마도 엄마라면 결국 그랬을 거라며, 연화는 저절로 고개가 끄덕여졌다.

스무 살에 임신한 가은의 마음을, 그 형편을 누구보다 제일 잘 알 사람이 순희 씨였을 것이다. 그렇기에 미처 가은도 못 느낀 그녀의 변화를 제일 먼저 눈치챈 사람 역시 순희 씨였던 것이다.

비밀을 만든 건 꽤썹했지만 이해가 되다니 신기한 일이었다.

막혔던 관계에 한 번 이해의 물꼬가 터지니 그 다음은 말 그대로 술술이었다.

"그런데 이런 거 물어봐도 돼요?"

맛있게 빨던 우유를 내려놓으며 한껏 미안한 눈동자로 물어왔다.

눈동자에는 절박함과 호기심이 뒤섞여 있었다. 저렇게 제 마음 하나 숨기지 못하는 게 어쩌다 여기까지 왔는지 딱하기까지 했다.

"보통 돼요? 하고 물어보는 건 안 되는 게 맞는데, 흠……. 네 상황도 상황이니 오늘은 물어봐."

연화가 그리 말하던 어른의 맛이 어린것이 맘을 먼저 알아봐주었다.

"아빠가 없다는 건 어떤 거예요?"

"야, 내 나이가 서른하나인데도 아직도 네가 그런 질문 하면 아파. 뭘 그걸 그렇게 대놓고 물어보니?"

"아직도 그게 아파요? 대박이다! 뭐 나는 비록 술, 도박 중독의 아버지지만, 있긴 있어서."

"참나, 야! 이 와중에 뭐 아빠 있다고 자랑하냐? 아니다, 하기야 그래, 내가 살아보니까 뭐든 없는 것보다는 있는 게 낫더라."

"그러면 안 낳는 게 맞겠죠?"

물어오는 아이의 이번 눈빛이 어쩐지 좀 전과는 달라 보였다.

미안하다는 눈빛도 아니었고, 호기심의 눈빛도 아니었다. 절실함과 쓸쓸함만이 남아 있었다. 답을 가르쳐 달라는 절실함. 함께 고민할 사람이 없어 외롭다는 쓸쓸함.

연화는 잠시 고민했다.

자신이 뭐라고 이 아이에게 답을 가르쳐줄 수 있을까? 누군가에게 답을 알려줄 만한 사람인가, 자신은?

고민이 깊어질수록 두려웠다. 이런 걸 예상하고 이 자리에 앉은 건 결코 아니었다. 누군가의 인생에 참견하려는 계획은 없었다.

연화가 말하는 어른의 맛은 절대로 이런 것이 아니었다. 그러나 가은의 그 절박한 눈빛이 또 다시 고민하던 연화의 오지랖을 작동시켜 결국 어렵게 입을 떼게 만들었다.

"난 초등학교 때 빨리 중학생이 되는 게 꿈이었어. 중학생 때는 고등학생, 그 다음은 빨리 어른이 되는 거. 그놈의 학교에서는 맨날 아빠는 뭐하시냐, 이딴 거 물어봤거든. 어른 되면 그런 건 안 물어보겠지 싶었거든. 그런데 취업을 하려고 원서를 쓰는데도 아빠가 뭐 하는지 쓰래. 아, 나 진짜. 뭐 애비 없는 것들 서러워서 살겠나."

그녀의 목소리가 최대한 담담할수록 한쪽은 절망해갔다.

티를 내지 않았지만 연화의 눈에는 다 보였다.

'그래, 역시 그렇겠지?' 하며 단념했지만 한편으로는 혹시나 하는 희망을 품는 눈빛을 연화는 읽어낼 수 있었다.

스무 살 여자보다는 그래도 아이를 지키고 싶은 엄마의 눈빛에 가까웠다.

"간간히 마음 한구석이 먹먹할 때 있지. 아빠란 이름만 들어도 사무칠 때 있어. 그런데 그때뿐이야. 먹고, 자고, 또 친구들이랑 웃고 놀고, 그러다 좋은 남자 만나서 가슴 떨리게 찐하게 연애도 하고, 그렇게 남들처럼 살다 보면 그런 것쯤 또 아무것도 아니게 돼. 그래, 그렇게 살다가 넘어지는 날에는 원망도 하고 울기도 하지. 그런데 정말 또 그때뿐이라니까. 그렇게 살다 보니까 정말 예쁜 너한테 사기캐릭터 소리도 듣잖아. 멋진 교수 남친도 생기고."

연화가 두 손을 번쩍 들고는 으쓱해 보였다. 장난기 가득한 그 몸짓이 가은에게 얼마나 위안이 되었을지 그녀는 상상조차 하지 못했다.

마냥 다 좋을 거라며 덮어버리듯 하는 어설픈 위로와는 상대가 안 될 만큼 마음에 진하게 와 닿았다.

어느 날 제혁이 연화의 아린 상처를 그까짓 것이라 말하던 그날, 아물지는 않고 덧나기만 하던 상처에 새 살이 솟아났다.

말이 씨가 된다는 말은 틀린 말이 아니었다. 씨가 된 말이 마음속에서 금세 자라나 활짝 피자 정말 별게 아닌 일이 되었다. 신기하기만 했던 그날의 마법이 오늘은 가은에게 통하기를 바랐다.

저 역시 사랑하는 사람을 조금씩 닮아가고 있다는 사실이 또 조그맣게 가슴을 요동쳤다.

"살다 보니까 아빠 없어 죽을 것 같다는 생각보다 태어나길 잘했다는 생각이 더 많더라고. 아, 물론 이건 어디까지나 내 생각. 우리 엄마는 모르겠다. 낳은 거 후회하는지, 안 하는지."

"후회 안 한대요. 아줌마는 언니 낳은 걸 세상에서 제일 잘했다고 생각한데요."

말이 끝나기가 무섭게 대답해준 가은이 진심으로 고마웠다.

순희 씨라면 가은에게 그렇게 말해줬을 것이다.

'난 후회하지 않아. 그러나 선택은 네가 하는 거야.'

확신에 찬 얼굴과 대쪽 같은 목소리로 당차게 말해줬을 순희 씨가 훤하게 보였다.

"그나저나 누구 애인지 안 물어봐요?"

"어! 안 물어봐. 너 절대 나한테 말하지 마."

그녀가 단호하게 나오자 오히려 가은이 이해할 수 없다는 얼굴이었다.

"왜요? 어떻게 그래요? 보통 이러면 애 아빠가 누군지 엄청 궁금할 텐데."

"어! 엄청 궁금해. 그래도 말하지 마! 그 얘기까지 들으면 내가 진짜 뭐라도 해줘야 할 것 같잖아. 난 내 인생 하나도 벅차다. 그러니까 절대 말하지 마! 괜히 그런 거 알려주고 은근슬쩍 나한테 무임승차할 생각 하지 말라고."

"무슨 어른이 이래요?"

"내가 누구한테 어른의 맛을 좀 보여주려다가 지금 된통 당하고 있거든. 그러니 제발 하지 마라."

끝까지 물어보지도 궁금해하지도 않았다.

이 시간에 혼자 마시지도 못하는 맥주 한 캔을 앞에 두고 고민하던 가은을 보면 굳이 말 안 해도 알 것만 같았다. 아이의 아빠 결국 아빠의 역할을 하지 못할 것이라는 거.

"언니, 그거 알아요, 언니 아줌마랑 진짜 많이 닮은 거?"

"뭐? 야, 나 그 말 진짜 싫어하거든! 아니다, 내가 우리 엄마 오지랖 그렇게 싫어했는데 여기 앉아 있는 거 보니 닮은 것 같기도 하다."

연화는 이제 순희 씨의 오지랖을 탓하기는 힘들 것 같았다. 자신 역시 순희 씨처럼 이 예측 안 되는 소용돌이에 제 발로 뛰어 들어 자진해 묶여 있지 않은가.

"아줌마가 그러는데, 언니네 아빠 완전 개차반이었대요."

난데없는 말이 나오자, 답답한 마음에 남은 맥주를 꿀꺽꿀꺽 넘기던 연화는 사레가 걸려 콜록거렸다.

얼굴 한 번 본 적 없지만 그래도 자신의 아버지를 개차반이라 하는 가은이나 또 그걸 대놓고 말한 순희 씨나 어이가 없었다. 이 와중에도 철없고 순진한 스무 살이구나 싶어 그만 하하, 웃음이 나오고 말았다.

아직 어떤 결정도 내리지 못해 홀로 끙끙거리는 이 아이는 이제 겨우 스물이었다.

이제 성인이 된 지 얼마 되지도 않아 과연 성인이라고 할 수 없을지도 모르는 애매한 상태.

그래서 여전히 아이에 가까웠다. 여전히 내일이 불안했고, 처음 겪는 모든 것에 낯설고 위축되었다.

지금 만약 입장을 바꿔 연화가 홀로 아이를 가졌다면……. 그녀 역시 흔들렸겠지만, 이렇게 아슬아슬 위험천만하지는 않았을 것이다.

그건 연화가 살아온 세월과 몇 년 동안 벌어둔 자금 그리고 어른들만의 리그에서 살아남은 그녀만의 생존 레벨이 존재하기 때문일 것이다.

연화의 눈에 가은은 그런 모든 것이 없는 빈털터리 아이였다. 그런 아이가 짊어지기에는 지금 무게가 너무 무거웠다.

"일단 내일 병원부터 가보자. 그리고 생각해보자고. 어떤 선택이 그나마 네 인생을 덜 후회하게 할지."

"뭐가 더 좋은지가 아니라? 덜 후회하는 쪽이요?"

"원래 인생이 덜 구린 걸 찾아내는 거야. 아, 그래, 좋은지 후횐지 네 좋은 쪽으로 생각해. 그리고 그 애 아빠인 남자애 찾아오면 내가 엑스 언니라고 해."

"엑스 언니가 뭐예요?"

"요즘은 그런 단어 안 쓰나? 있어. 친언니는 아닌데, 암튼 힘도 되어주고 막 옆에서 잘해주고 그런 거. 무서운 거야. 옛날에 엑스 언니하면 다 도망가고 그랬어."

"우웩, 언니 그거 완전 촌스러운 거 알아요? 됐어요, 지도 애비면 그렇게까지는 하지 않겠죠. 부모는 부모니까. 개차반도 있는데."

이럴 때 보면 또 애늙은이 같은 가은을 보며 연화는 작게 실소했다. 우습기보다 그 씩씩함이 대견했다.

"너 저녁은 먹었니? 가자, 일단 먹고 보자. 먹고 죽은 귀신이 때깔도 좋다는데."

연화가 엉덩이를 훌훌 털며 일어나자 가은도 따라 일어났다.

"너 입덧은 안 해?"

가은은 힘차게 고개를 가로 질렀다.

"젊어서 그런가? 입덧도 안 하네."

연화는 앞서 걸었고 가은은 한 발짝 뒤에서 따라 걸었다.

도저히 더는 그 자리에 앉아 있을 수 없어 밥 핑계로 급하게 자리에서 일어났던 것이다. 순희 씨 생각이 차올라 그 자리에 앉아 있기가 힘들었다.

그때의 순희 씨 역시 스물이었다.

내가 너 가졌을 땐 말이야, 하던 지겹게 들었던 말이 오늘은 생소하고 소름끼치는 현실로 바로 옆에 다가왔다. 순희 씨도 얼마나 두렵고 무서웠을까?

자신의 실수를 부정하며 뱃속의 연화 역시 부정했을 거라 생각하니 더는 함께 앉아 있을 수 없었다.

가은의 옆에 자신이 앉았던 것처럼, 그때 엄마의 옆자리에도 누군가 함께 있었기를 간절히 바랐다.

그런 생각이 들자 이대로 가은을 집으로 보낼 수 없었다.

밥 한 끼에 가은의 선택이나 엄마의 오래전 그날이 변하는 건 아닐 것이다. 그러나 작은 바람이 있다면 오늘 가은에게 베푼 별 볼일 없는 오지랖이 잔잔한 나비효과가 되어 삼십 년 전 순희 씨에게도 날아들어 작은 위로로 내려앉기를 바랐다.

8

그까짓 것
뭐 어쩌라고?

찬물을 단숨에 들이켜니 그제야 좀 개운해졌다.

최근엔 잠잠하다 싶더니 또 다시 같은 꿈을 꾸었다.

여전히 차가운 비가 구슬펐고, 연화는 더욱 젊어진 남자의 손을 하늘에서 내려온 동아줄마냥 붙잡고 매달렸다.

'날 버리지 마요. 날 이대로 놓고 가지 마세요.'

다만 연화의 목소리는 이전처럼 두려움에 질려 절박하다고 느껴지진 않았다. 같은 악몽이었지만, 연화의 목소리는 차분했고, 그저 조심스러웠다. 그래서 꿈속임에도 놀라워했다.

무엇보다 숨이 막히지 않았다. 호흡은 평상시보다는 가빴지만, 곤란할 정도는 아니었다. 발버둥을 치지도 않았다. 왠지 그럴 필요를 느끼지 못했다. 온몸을 뒤틀며 흥분하지 않아도, 무서운 일은 벌어지지 않을 것 같았다. 그게 이전과는 가장 큰 차이였다. 무슨 일이 일어날지 몰라도 두렵지 않다는 것.

널 버린 적 없다는 순희 씨의 고백이 악몽에서 버틸 수 있는 면역력을 준 걸까? 아니면 이까짓 꿈 따위 하며 제혁이 불어넣어준 용기 때문일까? 그 두 가지가 뒤엉켜 단단한 근육을 만들어주었을지 몰랐다.

이내 조금씩 춥고 습한 기운이 옅어지며 꿈도 서서히 맑아졌다.

정신이 드니 허기가 졌다. 약간의 공복감이 오히려 머릿속을 맑게 했다.

어둠이 짙게 깔린 거실을 지나 베란다로 향했다. 창문을 활짝 열어젖히니, 이마에 닿는 바람이 제법 찼다. 계절이 바뀌고 있다는 게 살갗에 고스란히 전해졌다.

살며시 까치발을 들어 아래로 힘껏 몸을 늘리자 불이 꺼지지 않은 301호 창문이 눈에 아롱거렸다.

뒤꿈치만 들었을 뿐인데 제 발 아래 사랑하는 남자가 든든히 자신을 떠받치고 있었다.

그 옆엔 누가 뭐래도 세상의 하나뿐인 내 편 엄마가 곤히 잠자고 있었다.

마음에 생긴 여유가 제 옆에 누가 있는지, 소중함을 일깨워주었다.

더는 혼자가 아니었다.

휴대폰을 들어 그에게 연락했다.

자요?

아니요.

이 긴 밤, 마치 그녀의 연락을 기다리기라도 했다는 듯이 곧바로 답장이 왔다.

산책할래요?

좋아요. 조심히 내려와요.

원하는 대로 나오는 제혁의 반응에 빙그레 미소가 걸렸다.

그가 조심하라고 당부했건만 내려가는 발걸음이 급했다.

역시나 먼저 나와 그녀를 기다리는 제혁이 보였다. 그가 웃었고, 그녀도 따라 웃었다.

제혁의 용기가 연화에게 전염되었다. 평생 풀지 못할 것 같던 숙제를 그 용기가 서서히 풀게 해주었다. 힘이 생기고 있었다. 근육이 생기고, 뼈도 단단해지는 느낌이었다.

다시 태어난다는 게 이런 걸까?

가로등 밑에 서 있는 남자에게서 빛이 나는 것만 같았다.

마법에 걸린 게 분명했다. 그렇지 않고서야 사람 몸에서 빛이 날 리가 없다.

마음에 힘이 생기니 제혁만 보면 뭐든 할 수 있을 것 같은 착각이 들었다. 그건 그것대로 큰일일지도 몰랐다. 제혁이 있다고 아무데서나 객기를 부리면 어쩌지?

순희 씨가 입버릇처럼 자주 하는 말이 있었다. 똥개도 자기네 집 대문 앞에서는 반은 먹고 들어간다고.

초등학교 무렵이었나? 자신을 유난히 괴롭히던 아이가 있었다.

참다 참다 못해 그 아이를 흠씬 두들겨 패주고는 자신이 싫은 이유가 무엇인지 물어봤다.

그날 그 아이의 대답은 연화의 마음 한구석에 또아리를 틀고 뱀처럼 살고 있었다,

'우리 엄마가 너는 애가 항상 어둡데. 그게 재수 없어.'

고작 내가 어두워 보인다는 이유로 나를 그토록 미워했다고? 내가 뭘 했다고!

그날 밤 집에 있던 크레파스에서 어두운 색들을 골라 모두 부러트렸다. 이해할 수 없었다. 어두운 게 사랑받지 못하는 이유라면, 사람들은 왜 굳이 어두운 색을 만들었을까?

노랗고, 파랗고, 붉은색들 가운데 시커멓고 거무튀튀한 탁한 색들을 왜 끼워 팔았을까?

다 망가트렸다.

자신의 속에 남아 있는 어두운 기운들도 그렇게 모조리 부러지기를 바라면서.

그래서일까? 단박에 알아봤다. 상대가 가진 어둠을 별것 아닌 것으로 만드는 남자를.

내내 맘에 품고 있던 어두운 색이 그의 마법으로 점점 밝아졌다. 그토록 원하던 일이었다.

그녀는 제혁을 그렇게 발견했다.

순희 씨 말이 맞았다.

자신을 향해 달보다 환한 웃음을 뿌리는 제혁의 얼굴을 보자마자 연화의 어깨가 저절로 솟구쳤다. 땅을 딛은 발이 살짝 떠오르는 것만 같았다.

내 편이었다. 내가 좋아하는 남자가 더 없는 내 편이었다.

그걸 깨닫는 순간, 그게 어디든 제혁과 함께 있는 곳이 곧 연화의 홈그라운드였다.

조급한 발걸음을 더욱 재촉해 제혁에게로 안겼다.

제혁은 말없이 그런 연화의 등을 토닥여줬다.

"또 나쁜 꿈 꿨구나?"

대답 대신 그를 더욱 힘주어 끌어안았다.

***

두 사람이 맞잡은 손을 흔들어댈 때면 뒤따라오던 그림자도 함께 기분 좋게 팔랑였다.

"그래서 애기는 건강하대요?"

연화의 손이 차다 느꼈는지 제혁이 자신의 점퍼 주머니 안으로 맞잡은 손을 넣으며 물었다.

"주수에 맞게 쑥쑥 잘 크고 있대요. 나는 이렇게 때 되면 계절이 바뀌는 게 세상에서 제일 신기했는데 더 신기한 게 생겼어. 볼 때마다 신기해. 사람의 몸에 사람이 들어 있다니. 인체의 신비란!"

연화는 가은의 산부인과 검진에 늘 함께했다. 그렇다고 절대 보호자는 아니었다.

가은은 엑스 언니란 말에 촌스럽다고 길길이 날뛸 땐 언제고, 며칠 후 말한대로 언니 노릇을 하라며 함께 산부인과에 가자고 졸라댔다.

이럴 줄 알았다! 은근슬쩍 자신에게 무임승차할 줄 알았단 말이다.

그러나 말해 뭐하나. 지나치지 못하고 옆에 앉은 것은 자신인 것을.

그날을 시작으로 2주에 한 번 있는 검진에 꼬박꼬박 사이좋게 병원행이었다.

오지랖이든, 엑스 언니든 연화 입장에서는 아주 귀찮은 일이었지만 그게 또 아주 싫지만은 않았다.

처음엔 손톱만 했던 것이 그 다음에는 손가락만 하게 또 다음에는 주먹만 하게 커지는 것이 여간 신기한 일이 아닐 수 없었다.

하루가 다르다는 말은 아마 이 생명체들을 두고 하는 말일 것이다.

아, 제혁과 스스럼없이 가은의 얘기를 할 수 있는 건 가은의 커밍아웃 때문이었나.

언제였나? 1학기 여름방학이 끝나고 아침 밥상이 전보다 더욱 북적였다. 매번 돌아가면서 먹던 독수리 오형제가 이제는 다섯이 함께 밥을 먹었기 때문이다.

여름방학 내내 아르바이트를 하느라 집에도 내려가지 못하는 독수리 오형제를 보며 연화는 마음이 편치 않았다. 그녀는 방세를 내러 온 다섯 아이들을 불러놓고, 이제 매일 다 같이 밥을 먹으라고 일렀다.

아침이라도 든든히 먹이고픈 마음에서였다.

아이들은 한사코 거절했지만 마지막 그녀의 '그럼 방 빼든가' 하는 으름장에 어쩔 수 없이 고개를 끄덕였다.

밥이야 밥솥이 했고, 콩나물은 끓일 때 한 주먹 더 넣으면 되는 일이었다. 연화 입장에서는 그리 어려운 일도 아니건만 독수리 오형제는 다음 달부터 오만원이 더 든 월세 봉투를 내밀었다.

그녀 역시 군이 돌려주진 않았다. 이렇게 해서라도 아이들의 마음이 편하다면 됐다 싶었다.

연화는 보란 듯이 오만 원어치 달걀을 사와 매일 밥상에 올렸다. 독수리 오형제가 사는 거라는 말도 빼놓지 않았다.

탱글한 달걀 프라이를 볼 때마다 모두가 독수리 오형제를 향해 잘 먹겠다고 인사했다. 아이들은 그게 또 더 없이 고마웠다.

그날도 달걀 프라이를 보며 민희가 독수리 오형제를 향해 잘 먹겠다며 인사하자, 현중이 소금 통을 들어 그녀에게 건넸다. 물론 두 손이 아주 공손했다.

"됐어, 저염식 몰라? 나 저염식 해. 니들도 짜게 먹지 마. 얼굴 붓는다."

노래방 도우미 일에 지칠 때면 누구보다 짜게 먹었던 민희였지만 요샌 통 그런 모습을 보지 못했다. 아마도 그녀의 인생을 하염없이 짜게만 만들었던 도우미 일을 그만두었기 때문일 것이다.

올해 여름 민희는 드디어 노래방 도우미 일을 그만뒀다.

연화는 민희가 사람들 몰래 트로트 오디션 프로그램을 준비한다는 사실을 어느 정도 눈치채고 있었지만 아는 체하지 않았다.

의사, 변호사들만 자신의 환자나 의뢰인의 비밀을 지키는 건 아니었다. 자고로 훌륭한 하숙 아줌마 역시 하숙생들의 개인 프라이버시를 지켜줘야 할 의무가 있었다.

여기까지는 평상시의 아침과 다를 게 없었다. 그때까지는.

"저 할 말이 있어요."

가은이었다.

"저 임신했어요. 많이들 도와주세요."

목소리에 거리낌 같은 건 없었다. 목소리 톤만 들어보면 '저 장학금 받았어요, 축하해주세요'로 들릴 법했다. 잠시 정적이 흐르고 사태 파악이 끝나자 모두가 하나같이 놀랐다.

사실을 알고 있던 순희 씨와 연화마저도 '굳이 왜……?'라는 의문에 휩싸였고, 나머지 사람들은 놀라 입이 쩍 벌어졌다.

그 와중에도 대구에서 출장을 다녀와 더욱 새카매진 박씨 아저씨만 덤덤히 식사를 이어갔다. 그리고 평소처럼 제일 먼저 식사를 마쳤다. 주방을 나가려던 아저씨는 말없이 앉아 있던 가은의 어깨를 두 번 툭툭 두들겨주었다.

토닥토닥거리는 것 같은데, 묵직하게 들렸다. 검게 그을린 손 아래로 염려와 걱정이 묻어 있었다.

쨍그랑.

들고 있던 숟가락을 놓친 건 기호였다. 아마 가장 놀란 사람 역시 101호 독수리 중 화요일 기호였을 것이다.

눈치로 보아하니 기호는 분명 가은을 짝사랑하고 있었다. 언감생심 가난한 복학생이 1학년 하숙생에게 대시를 못 하고 마음속으로만 좋아하는 듯 보였지만 어딘가 티가 났다.

나머지 독수리 형제들이 일제히 기호의 눈치를 살피는 걸 보니 확실해 보였다.

제혁은 연화에게만 보이도록, 알고 있었냐고 입모양으로 물었고 연화는 어색하게 씩 웃어 보였다.

"잘 생각했어. 훌륭하게 잘 키울 거야."

제혁은 가은을 향해 어색하게 주먹을 쥐어 보이며 응원의 표시를 했다.

"됐어! 낳아주는 걸로 반은 한 거야. 뭘 또 훌륭하게 키워. 그냥 건강하게만 키워. 요즘은 몸뚱이 멀쩡해 보여도 마음에 병든 애들이 어디 하나둘이니? 몸도 맘도 아주 튼튼한 애로 키워. 파이팅이다!"

민희는 가은을 향해 높게 엄지를 솟구쳐 보였다. 역시 민희다웠다.

가은은 그렇게 모두가 모인 아침 밥상에서 자신의 임신 사실을 스스로 알렸다.

굳이 말하지 않아도 될 일을 말한 건 지금 생각해보면 가은에게도 용기였다.

처음 접해보는 세계로 내딛는 첫 발걸음을 아마도 연화하숙 사람들과 함께하고 싶지 않았을까.

어쩌면 가은은 하숙집 사람들을 자신의 편이라고 굳게 믿고 있는지도 몰랐다. 그래서 아이를 가진 것이, 그 아이를 낳기로 결정한 것이 결코 부끄러운 일이 아니라는 걸 세상에 알리기 전에 먼저 자신의 우군들에게 고백한 것이다. 세상에 당당하게 알릴 힘을 얻기 위해서.

가은의 믿음은 틀리지 않았다. 하숙집 모두가 깜짝 놀랐지만 누구 하나 호들갑을 떨진 않았다.

모두 각자 자신의 한계치에서 최대한 밝게 웃어주고는 마저 식사를 했다. 너무 놀라 기호는 처음으로 밥을 남겼지만.

모두가 그렇게 그녀의 선택을 응원해주었다. 스무 살 과감한 선택이 무모한 용기일지, 겁이 없어 나온 패기였을지, 사려 깊지 못한 오기일지 두고 볼 일이었지만, 연화하숙 모두는 한마음으로 그녀의 의사를 존중했다.

아마도 연화하숙을 벗어나면, 냉정한 세상은 가은을 향해 손가락질하고, 살아갈 날들에 쯧쯧 혀를 차고, 태어나지도 않은 아이를 '불쌍한 것'이라 단정지을지도 몰랐다. 그러나 적어도 연화하숙이라는 홈그라운드가 있는 이상 가은은 호락호락 세상에 굴복하지 않을 것이다.

연화가 가은과 함께 병원을 다닌다는 것을 알게 된 순희 씨는 엉덩이를 두들겨주며 아주 잘한 일이라 칭찬했다.

순희 씨는 이렇게 곁에 함께 있어주는 것만으로 큰 힘이 될 거라 했지만, 정작 연화는 잘 모르겠다고 생각했다. 힘이 되어주려고 시작한 일이 아니었으므로.

모르면 몰랐지, 아는 이상 모른 척할 수 없다는 마음에 여기까지 왔다. 엄밀히 말하자면 그날도, 지금도 모두 연화 제 마음 편하자고 하는 일이었다.

뱉은 말이 있으니 책임지라는 가은의 말에 눈을 흘기며 '애는 딴 놈이랑 만들고 왜 자신에게 책임지라느냐'며 나무랐지만 짐을 챙겨 함께 병원으로 향했다.

쭈뼛쭈뼛 따라간 병원에서 만난 가은의 아이, 모니터 안의 작은 점과 마주하자 순간 말로 할 수 없는 이상한 기분에 휩싸였다.

의사가 태아라고 말하는 작은 점은 아직 말하지 못했지만 분명 말하고 있었다.

나도 이곳에서 살기 위해 애쓰고 있다고, 온 힘을 다해 크고 있다고.

그 사실이 그 순간 연화에게 위로가 되었다.

삼십 년 전 자신도 '나도 살려고 애쓰고 있어요, 그러니 엄마 나를 포기하지 마세요' 그렇게 외치고 있었을까?

순희 씨 역시 그날의 조그마한 점으로만 보이는 연화를 보고 위안을 얻지 않았을까 싶었다.

제혁의 주머니 속에 있는 손이 금세 따뜻해졌다.

너무 따뜻해서 눈물이 날 것만 같았다.

"그런데 진짜 엄마랑 나랑 닮았어요? 가은이 그게 맨날 나랑 엄마랑 닮았대."

"그걸 본인만 몰랐단 말이야?"

"그런가? 나는 엄마처럼 안 살아야지, 맨날 그 생각이었는데 결국 닮게 되는 건가?"

"꼭 닮았어요. 난 이 집에 처음 오자마자 제일 먼저 느낀 게 그건데? 둘이 참 많이 닮았다고."

말하고 보니 새삼 처음 온 그날이 떠올라 제혁은 웃음을 참지 못했다. 이곳에 온 날만 해도 연화와 이렇게 단둘이 손을 잡고 함께 걸을 줄은 상상도 못 했다.

그건 연화 역시 마찬가지였다.

"어? 왜 웃어요? 우리 똑같이 처음 그날 생각했죠? 웃지 마요. 하지 마. 그 생각 하지 마요. 무지 창피하니까."

제혁을 변태로 오해해 첫 만남에 육탄전을 벌인 것만 생각하면 연화는 금세 얼굴이 화끈 달아올랐다.

"그냥 좋아서 웃는 겁니다. 날씨도 좋고, 밤공기도 좋고, 옆에서 걸어주는 여자도 너무 좋고."

꼭 잡아주는 손에서 기분 좋은 묵직함이 전해져 오자 연화의 입에서 하마터면 '나도요'라는 말이 나올 뻔했다. 그러나 그녀는 가까스로 참았다.

그 세 글자가 그렇게 말하기가 어려웠다.

제혁이 아무리 제 편이라는 생각이 들어도 자신의 마음을 표현하기란 쉽지 않았다.

분명 불과 몇 분 전까지만 해도 온전히 풀어헤쳐 기대어 쉬고 싶었지만 어느새 마음에 찬바람이 불어와 꽁꽁 얼어붙었다.

자신을 보고 나쁜 꿈을 꾸었냐는 그의 질문에 선뜻 대답할 수 없던 이유도 그 때문이었다.

내 편이라는 확신 속에서도 이따금씩 망설이며 주춤하는 자신이 있었다.

마음이란 걸 남에게 보이며 산 적이 없어 낯설었다. 해본 적이 없어 어색했다.

이러면 안 되지. 이 남자는 내게 숨김없이 모든 걸 보여줬는데, 하면서도 또 다시 어느 순간 한 발 물러섰다. 어찌된 일인지 순희 씨와 닮았다는 그 말에 자꾸만 주눅이 들어버렸다.

자신이 지나갈 때면 수근거리던 목소리들이 또렷했다.

'쟤는 어린 게 왜 저렇게 눈치를 봐?'

'제 엄마 닮아서 어린 게 팔자 세게 생겼잖아.'

어린것이 어린것답지 않다는 것조차 어른들에겐 혀를 찰 만한 일이었다. 하루라도 빨리 철이 드는 게 엄마를 사랑하는 방법이라 생각하는 연화에게 어른들은 주눅 들어 있다고 했다.

순희 씨 역시 그럴 때마다 애어른이 되어 가는 연화가 속상했지만 멈출 방법을 몰라 늘 발만 동동 굴렀다.

그러고는 그때마다 다그쳤다.

나처럼 살지 말라고. 제발 너는 나처럼 그렇게 살지 말라고.

그런데 어떻게 연화가 엄마를 닮았다는 그 말에 마냥 좋을 수 있을까.

순희 씨는 은연중에 연화에게 말하곤 했다.

사랑에 실패한 사람이 자신이라고, 그 실패를 연화가 곧이곧대로 닮아갈까 봐 두렵다고 했다.

순희 씨와 자신이 닮았다고?

그렇다면 자신 역시 실패할 수밖에 없는 삶이란 말인가?

사나운 팔자를 결국엔 닮는단 것일까?

이런 마음이 한 번씩 비집고 나올 때면 여지없이 잘라냈다. 그럴수록 마음을 아꼈다.

사랑을 확인받고 싶을 때마다 마음을 숨겼다. 마음을 들키지 않는 쪽이 혼자될 때 덜 아팠다. 언제나 사랑에 목말랐지만 언제나 끝을 염두에 둘 수밖에 없었다.

끝을 대비하는 건 그녀의 고질병이었다.

결국 그 고질병이 또 돋아나 오늘도 역시 나도 그저 당신이 좋아요, 하는 마음을 뭉그러트렸다.

"미안해요."

"괜찮아요. 나한테 당당하게 자자고 했던 그 여자도, 여전히 망설이는 이 여자도 다 백연화가 맞다면 괜찮아요. 천천히 해요. 당신 마음 편할 때까지. 천천히."

무턱대고 해대는 미안하다는 말에도 그는 뭐가요, 하고 반문하지 않았다.

이것도 너고, 저것도 너면 괜찮다고 했다. 천천히 해도 된다고.

그의 사랑이 자신의 뭉그러트린 마음도 예쁘게 잡아 일으켜 세웠다.

속 안까지 훤히 들여다 봐주는 제혁이 민망하기보단 믿음직스러웠다.

'엄마와 자신이 닮았다고?'

그녀가 크게 고개를 저었다.

아니다. 엄마와 자신은 달랐다.

이렇게 믿음직한 남자가 내 옆에 있고, 그녀는 더 이상 흔들리는 스물도 아니었다.

모든 책임을 혼자 짊어지는 사랑은 자신과 별개였다. 그런 건 이미 충분히 봐왔다.

마음을 다 잡아야 했다. 자신을 넘어트리는 굴레 속에서 허덕이지 않기 위해 다시 한 번 용기를 내야 할 차례였다.

한 번이 어렵지 두 번은 쉬울 게 분명했다.

엄마의 인생을 두고두고 괴롭혀 왔던 팔자라는 거?

'그까짓 것 뭐 어쩌라고? 와봐라. 내가 그 따위에 넘어지나.'

그녀는 조금씩 세지고 있었다. 힘이 생기고, 근육이 생기고, 뼈도 단단해지고, 무엇보다 마음이 강해지고 있었다.

***

토요일은 평일에 비해 비교적 한산하고 여유가 있었다.

수건을 가득 담고 돌아가는 세탁기 소리를 들으며 달달한 믹스커피 한 잔.

더는 낯설지 않은, 이제는 온전히 익숙한 일상에 피식, 헛웃음이 나왔다.

반찬 레시피가 쌓이면서 골라서 마련한 5찬 식탁을 척척 내놓을 수 있게 되었고, 손이 자동이라고 할 만큼 설거지가 순식간에 끝났다. 배부르게 나서는 하숙생들 보는 게 너무도 좋았다.

어제처럼 날이라도 궂어 수건이 안 마른 날이면 온종일 빨래 걱정을 하기도 했다.

점점 하숙집 아줌마가 되어 가는 것 같아 썩 내키지는 않았지만, 덤벙거리던 초보 시절보다야 고참처럼 능숙해진 지금이 훨씬 좋았다.

"세상에, 날씨가 추워지긴 추워졌나 봐. 붕어빵이 다 나왔네."

출출했던 참인데, 들어서는 순희 씨가 품에 붕어빵이 가득 든 종이 봉지를 안고 있었다.

순희 씨는 외투랑 붕어빵을 연화에게 던져주고는 쌩하니 화장실로 향했다.

봉투가 아직 따뜻했다. 시원하게 볼일을 본 순희 씨가 주섬주섬 바지를 여미며 화장실을 나오자 연화가 질색하며 한소리 했다.

"화장실에서 다 입고 나오면 어디가 덧나? 주섬주섬 왜 그래. 아줌마같이."

"나 아줌마야. 그리고 너도 나이 먹어 봐. 다 그렇게 돼."

모든 아줌마가 다 그럴 리는 없다. 절대로.

잘못된 행동을 마치 모두가 다 그런 것처럼, 당연시 여기는 건 비겁한 행동이었다.

자신은 절대 저렇게 되지 않겠다고 속으로 다짐했다.

팥은 죄다 골라 밀가루만 먹는 연화에게 이번에는 순희 씨가 한소리 했다.

"넌 나이가 몇 개인데, 아직도 편식이야? 너 그래서 나중에 애는 낳겠나?"

"애 안 낳아. 요즘 같은 세상에 애 낳으면 그게 바보지. 지들이 좋아서 애 낳아놓고 정부가 어쩌고저쩌고. 애초에 낳고 키울 자신이 없으면 낳지를 말아야지."

"얼씨구, 말은 좋지? 봐라, 나중에 애 안 낳나. 그리고 뭐, 최 교수는 애 없이 너랑 둘이 사는 거 좋데?"

최 교수라…….

글쎄, 제혁과 결혼까지 생각해본 적이 없어 이렇다 할 대답을 할수 없었다.

그가 좋고, 그를 만난 건 행운이었지만, 결혼은…… 아직 시기상조였다.

자신이 없었다. 저 하나만으로도 벅찬 세상, 누군가의 아내, 누군가의 며느리가 될 자신이 없었다. 게다가 아이라고? 상상하고 싶지도 않았다.

잘해낼 자신이 없다면 굳이 하지 않는 것이 맞았다.

"경제도 어렵다면서 뭔 놈의 붕어빵에 이렇게 팥이 많아."

애꿎은 붕어빵 탓을 하며 복잡한 생각은 멀리 치워버렸다.

"지랄, 붕어빵에 팥 많다고 꼴값 떠는 건 아마 이 지구상에 너 하나일 거다."

"나 어릴 때 팥 없는 붕어빵도 있었는데, 요즘에는 그런 게 없어."

"팥 없는 붕어빵이 어디 있어?"

"있었다니까? 팥 없이 밀가루 반죽만 있는 붕어빵 있었어."

연화의 추억 속에 노릇하게 익은 밀가루 가득한 붕어빵이 남아있었다.

"그런 걸 누가 사 먹어? 팥 없는 밀가루만 먹을 거, 붕어빵을 왜 처먹냐? 너도 참 답답하다."

과격한 순희 씨의 말에 눈을 흘기며 '분명 있었는데' 혼잣말을 중얼거렸다.

"이상한 소리 그만하고 보리차 끓여놓은 거 없어?"

"요즘 누가 물 끓여 먹는다고. 정수기 있잖아."

"붕어빵에는 보리차가 딱인데."

순희 씨는 주방으로 가서 직접 주전자로 물을 끓였다.

"그냥 먹지 뭘 또 보리차를 끓여, 귀찮게."

"넌 귀찮은 게 뭣 한다고 연애는 하냐? 혼자 살지!"

"내 연애에 관심 끄고 엄마 연애나 잘하셔."

뽀얀 김이 올라오자 구수한 보리차 냄새가 가득했다.

"엄마, 엄마랑 나랑 진짜 닮았나?"

한쪽 턱을 괴며 물었다.

닮았다는 말이 어제부터 은근히 신경 쓰였다.

"야야, 너는 살림을 하는 거야 마는 거야. 세상에, 이 기름때 좀 봐."

오랜만에 주방에 들어선 순희 씨 눈엔 지금 찌든 기름때가 중요했다.

"그냥 둬, 내가 내일 할게. 그리고 내가 물어보잖아."

내일 안 할게 뻔했지만 길어질 잔소리가 싫어 대충 얼버무렸다.

"퍽이나 네가 닦겠다. 닦았을 년이면 벌써 닦았지."

그 말을 믿을 순희 씨도 아니었다. 팔을 걷어붙이고는 기어이 수세미를 들었다.

"시집가지 마. 가서 누구 고생을 시키려고! 세상에, 닦고 닦아도 지워지지가 않네."

그냥 딸을 돕고 싶다고 하면 될 것을 순희 씨는 야속하게 한 마디

씩 덧붙였다.

그 마음은 알지만 연화는 잔소리가 듣기 싫었다.

"아, 더러우면 그냥 둬! 그건 그만하고, 엄마랑 나랑 닮았냐고!"

"그럼 닮았지 안 닮았겠어? 뭐 어디서 주워 왔어? 내 뱃속으로 낳 았으니까 닮았겠지?"

계속되는 닦달에 버럭 소리를 지르며 대답했다.

"그런가? 닮았나? 내가 보기엔 하나도 안 닮은 거 같은데?"

"왜? 최 교수가 나 닮아서 싫대?"

"왜 자꾸 가만있는 사람은 끌어들여. 그런 사람 아니거든!"

"아이고, 꼴에 또 지 남친이라고 편 들기는."

"아, 몰라. 보는 사람들마다 왜 자꾸 나랑 엄마랑 닮았다고 하는 거야."

순희 씨는 가스레인지를 거쳐 이번엔 냉장고로 옮겨 가 청소하기 시작했다. 냉장고 구석에서 상해 흐물거리는 야채 꾸러미를 기어코 찾아내 연화 앞에 내밀었다.

"배양 하냐? 곰팡이 연구하냐고."

봉지를 흔들어대는 탓에 시큼한 냄새가 나자 연화가 얼굴을 찌푸 렸다.

그 뒤로도 순희 씨는 혼자 바빴다. 냉동실까지 청소할 기세였다.

"그렇게 못 미더우면 엄마가 다시 하던가. 아, 빨리 대답이나 해."

아예 자리를 틀고 앉아 청소하는 뒷모습에 괜히 툴툴거렸다.

"아이고, 벼슬이다, 벼슬이야. 그러니까 넌 나 닮지 마. 뭐 좋다고 닮아, 닮기는. 팔자 사나운 거 닮지 말고 넌 좋은 남자 만나서 좋은 가정 꾸리고 살아."

닮고 싶지 않다는 생각을 토씨 하나 틀리지 않게 읽어내자 연화는 순간 부끄러웠다. 엄마는 모든 걸 꿰뚫어보고 있단 생각에 얼굴이 화끈거렸다.

"교회 집사라는 사람이 팔자는 무슨."

엄마의 조그만 등을 향해 작게 중얼거렸다.

찬찬히 보니 주방에 엄마가 있는 게 참 오랜만이었다.

이곳은 엄마의 부엌이었다. 어디 부엌뿐인가, 이 집은 오로지 엄마의 것이었다.

엄마 손으로 꾸미고 손길로 어루만지며 쓸고 닦던 엄마의 집.

그런 점에서 연화는 우리 집이라 부르기가 민망해졌다. 엄마의 온기로 가득 찬 엄마의 집에 잠시 머물러 있는 것에 불과한데.

주객이 전도되어 아무리 자신이 가꿔도 연화의 집이 되지 않았다. 순희 씨가 잠시 머무는 것만으로도 집이 싱그럽게 숨 쉬는 것 같았다.

곳곳을 누비는 엄마의 걸음마다 집이 따뜻해져 갔다.

엄마가 없으면 집이 금방 메마르고 삭막했다. 그 사실을 아이러니하게 순희 씨가 집을 비우자 알게 되었다.

쉴 새 없이 움직이는 순희 씨 등을 꼭 안아주고 싶다는 충동이 들었다. 안겨 302호에 내려가지 말고 같이 살자며 어리광을 부리고 싶었다.

그러나 마음과 달리 발이 떨어지지 않았다. 안 하던 짓은 영 낯 뜨거웠다. 얼른 순희 씨가 벗어놓은 외투를 집어 들었다. 정리하는 척이라도 하지 않으면 정말 엄마를 끌어 안을까 봐.

단정히 옷을 개키는데 안쪽 주머니 안에서 물컹한 것이 잡혔다.

꺼내보니 형태를 알아보기 힘들 정도로 곤죽이 되어버린 붕어빵이었다.

붕어빵이 왜 이 주머니에서 나오는 거야? 당황했다.

"엄마, 이거 뭐야!"

호들갑에 순희 씨가 고개를 돌려 보고는 똑같이 당황한 얼굴이었다.

"그…… 그게 뭐야?"

"그걸 왜 나한테 물어? 아니, 붕어빵을 왜 주머니에 넣고 다녀?
이게 뭐야? 옷에 팥 범벅이야!"

붕어빵이 왜 여기 주머니에 들어 있느냐고 다그쳐 묻는데, 한동안
멍해 있던 순희 씨가 갑자기 웃음을 터트렸다.

"하하하하!"

붕어빵도 붕어빵이지만 저 웃음이 더 놀라왔다.

순희 씨는 왜 자신의 주머니에 그것이 들어 있는지 알겠다는 표
정이였다.

"그러게 그게 왜 거기 들어가 있냐? 아저씨가 나 예쁘다고 서비
스로 하나 넣었나."

뻔뻔하기가 그지없었다.

"엄마 어디 아픈 거 아니야? 왜 그래, 정신 차려. 이젠 뭐 하다하
다 붕어빵 파는 아저씨랑도 썸 타는 거야?"

기겁하는 연화를 의뭉스럽게 쳐다보고는 순희 씨가 콧노래까지
부르며 다시 청소에 열중했다.

지난 번 꽃부터 붕어빵까지. 엄마에게 뭐가 있긴 분명 있어 보였다.

그런데 도통 말을 안 하니 알 턱이 없었다. 그저 저런 엄마에게 놀
아나는 석화 아저씨만 안쓰러울 뿐이었다.

"아, 맞다. 엄마 휴대폰이나 좀 봐. 정육점 미정이네 첫째 결혼한

다는데, 청첩장을 휴대폰으로 보낸다더라. 뭘 알아야 읽지. 요즘 것들은 청첩장도 다 그놈의 휴대폰으로 하니. 우리 같은 사람은 오라는 거야, 말라는 거야. 네가 좀 확인하고 어딘지 봐봐."

부탁이건만 엄만 모든 말을 잔소리처럼 하는 특이한 재주가 있었다.

범벅이 된 붕어빵을 휴지로 닦아내고는 다른 주머니에서 휴대폰을 꺼내 들어 확인했다.

순희 씨 말처럼 모바일 청첩장과 함께 몇 개의 문자도 와 있었다.

"이런 거 제때, 제때 확인 좀 해. 보지도 않을 거 휴대폰은 왜 들고 다……?"

스팸 문자들을 확인하던 연화의 손이 한 개의 메시지 앞에서 사시나무 떨듯 떨려오기 시작했다.

강순희 씨 금일 검진 결과는 월요일 오전 개별 연락드립니다.

－신록병원 치매안심센터 －

치매……?

몇 번이고 눈을 비벼보았지만 잘못 본 게 아니었다.

분명 엄마의 이름과 치매라는 글자가 또렷하게 적혀 있었다.

엄마의 입학증명서에 적혀 있던 이름이 주었던 충격과는 격이 달랐다. 팥으로 뒤덮인 겉옷과 식탁 위에 나란히 누워 있는 붕어빵들을 번갈아 쳐다보았다.

이건 냉장고 속에 리모컨을 넣고 하루 종일 찾았다는 이야기나 전화기를 귀에 대고 통화를 하면서 휴대폰을 찾았다는 라디오 속

건망증 에피소드가 아니었다.

기억을 잃고 잃다가 더 이상 잃을 게 없어지면 결국 자신을 놓아 버리는 치매라는 병명 앞에 엄마의 이름이 또렷이 박혀 있었다.

세상을 지탱하는 자신의 중심축이 철렁 내려앉는 기분이었다. 앉아 있는데도 다리가 후들거렸다.

순희 씨의 가슴이 고장 난 지 이제 겨우 1년이었다. 그게 엄마에겐 가장 마지막에 온 큰 병이라고 생각했다. 이렇게 더 충격적인 병이 시작되고 있었다니, 눈앞이 깜깜해졌다.

엄마라면 이번에도 자신에게 숨겼을 것이다.

자신이 무엇을 봤는지 까마득하게 모른 채 순희 씨는 여전히 주방에서 홀로 바빴다. 그 모습에 울컥 서러움이 차올랐다. 그리고 두려움이 밀려왔다. 그 감정은 슬픔이나 연민보다 빨랐다.

앞으로 다가올 불행들이 가늠이 안 되어 왈칵 눈물이 쏟아졌다.

***

살면서 그날처럼 지독하게 끈질기고 긴 밤은 처음이었다.

순희 씨를 붙잡고 말할 용기가 도저히 없어 모른 척 뜬눈으로 밤을 새웠다.

닦달해서 알려줄 엄마였다면 처음부터 숨겼을 리 없었다.

알아보는 건 생각보다 쉬웠다. 인터넷 서치 몇 번이면 쉽게 알아낼 수 있었다.

서울에서 멀지 않은 곳에 위치한 요양병원이었다. 대학병원도 아닌, 요양병원이란 말에 심장이 쿵 내려앉았다.

날이 밝자마자 혼자서 그곳으로 향했다.

택시에 올라타자 가지 말아야 할 곳을 찾아가는 기분이었다. 그 동안의 엄마가 그제야 눈에 보였다.

토요일마다 말도 안 되는 산악회 핑계를 대며 억수같이 쏟아지는 비도 뚫고, 환자복을 입고도 병원을 뛰쳐나가야만 했던 이유를 이제 곧 만나게 될 것이다.

복잡한 도시를 조금 지났을 뿐인데, 한산한 가로수길이 끝없이 펼쳐졌다. 마치 딴 세상 같았다. 잠시 후 도착한 병원은 고요하고 단정했다. 사람 사는 곳 같지 않았다. 보이는 사람들도 사람처럼 보이지 않았다. 이상한 기분이었다.

무거운 걸음으로 천천히 병원으로 향했다.

순희 씨 휴대폰에서 복사한 문자와 개인 정보를 말하자 관계자는 한 병실을 알려주었다.

이때 알게 되었지만, 천만다행인 게 순희 씨는 환자가 아닌 보호자 명단에 있었다.

그 사실만으로도 크게 안도했다. 속을 태우고 나온 검은 한숨이 일시에 입 밖으로 쏟아져 나왔다.

안내데스크라고 말하기도 무색한 작은 로비를 가로 질러 간호사가 안내해준 302호로 향했다. 환자가 아니라니 다행이었지만, 엄마의 오지랖이 이번에는 누구의 보호자를 자청한 것인지 갑갑했다.

뜬 눈으로 밤을 새우며 걱정에 시달리게 하고, 심지어 여기 이 자리까지 오게 한 순희 씨에게 짜증이 솟구쳤다. 하지 않아도 되고, 겪지 않아도 되는 귀찮은 일엔 항상 순희 씨가 있었다.

투덜거리며 302호 앞에 서자 환자의 명찰이 보였다.

김필례.

처음 보는 이름이었다.

엄마 이름도 그렇지만 '김필례'라는 이름이 너무 촌스러워 보였다.

노크를 했지만 반응이 없어 천천히 미닫이문을 열었다.

생각보다 작은 1인실 병실이 드러났다. 환기나 될까 싶은 조그만 창문 앞, 딱딱한 침대에 몸을 잔뜩 구부리고 앉아 있는 할머니가 보였다.

어쩐지 쉽게 발이 떨어지지 않아 문 밖을 서성이자 인기척에 할머니가 고개를 돌렸다.

"저기, 실례합니다."

노인의 시선은 이미 다른 곳을 보고 있었다. 텅 비어 있는 눈동자가 한눈에 봐도 어떤 상태인지를 말해주었다.

조심스럽게 한 발을 떼고 다가가자 어딘가 낯익은 얼굴이 보였다. 노인에게서 순희 씨 얼굴이 보인 것이다.

한 삼십 년 후 순희 씨의 모습이라 해도 전혀 이상하지 않았다. 분명 처음 보는 낯선 사람이건만, 이상하게 낯설지 않은 이 기묘한 느낌은 뭐지? 등줄기로 소름이 번져갔다.

그리고는 흐릿한 기억 하나가 점점 선명해져 갔다.

'자, 여기 팥 없는 붕어빵. 우리 강아지 많이 먹어라.'

연화가 더 다가가지 못하고 멈춰 섰다. 그 길로 그곳을 뛰쳐나왔다. 병원을 벗어나 한참을 큰 길까지 쉬지 않고 뛰었다.

숨이 차서 그런지 헛구역질이 밀려 나왔다. 큰 나무를 지탱해 신물을 게워냈다.

불 꺼진 302호에 웅크린 채 앉아 있었다.

얼마나 지났을까, 인기척과 함께 방 안에 불이 켜졌다.

어둠 속에 우두커니 앉아 있는 연화를 발견하고 순희 씨가 화들짝 놀랐다.

"깜짝이야! 야, 너 여기서 뭐해?"

"내 그럴 줄 알았어. 내 기억이 맞잖아. 팥 없는 붕어빵. 그 기억이 맞잖아."

"얘가 왜 어제부터 자꾸 붕어빵 팥 타령이야."

"내 그럴 줄 알았어. 아무리 생각해도 이상하잖아? 그렇지 않고서야 평생을 이렇게 맘을 꽁꽁 닫아놓고 살 리가 없잖아."

혼잣말을 늘어놓듯 중얼거리는 연화에 순희 씨가 적잖게 당황했다.

"너 뭔 일 있어? 왜 그래? 알아듣게 말 좀 해봐. 술 마신 거야?"

"아무리 생각해도 이상하잖아! 그렇게 아등바등 발버둥을 쳐도 자꾸만 고꾸라지는 거? 그거 이상한 거잖아. 그치? 맞지!"

알 수 없는 말만 늘어놓자 순희 씨 역시 답답했다.

"너 무슨 일이야? 어? 엄마한테 말해봐! 너 무슨 일이냐고."

"버렸으니까! 버려졌으니까, 애가 그렇게 어둡지. 그렇게 팔자가 더럽지! 한 번 버려졌던 내가 뭘 할 수 있어? 뭘 잘하는 게 이상한 거지. 참 그렇게 주눅 들어 사는 것도 이상한 건데, 티가 났던 거야. 아무리 노력해도 나도 모르게 묻어 나온 거야. 사랑 받지 못한 티가, 버려졌던 티가! 나한테서 줄줄 났던 거라고."

목소리가 쩍쩍 갈라지며 울분을 토해내고 있었다.

그렇게 쏟아낸 것들이 날카로운 압정이 되어 순희 씨를 향해 날아들었다.

"너 뭐…… 뭐라는 거야? 누가, 누굴 버려."

"버린 적이 없어? 버리고 싶은 적은 더더욱 없어? 빗속에서 석화 아저씨랑 같이 버렸으면서!"

"너 진짜 미쳤어? 말이 되는 소리를 해!"

목이 터져라 질러대는 목소리에 순희 씨의 머리가 울렸다. 어지러웠다.

무슨 사실을 알았길래 저토록 하얗게 악다구니를 질러댈까 혼란스러웠다.

"내가 걸림돌이었지? 석화 아저씨랑 뭐든 해보려고 했는데, 내가 혹이었던 거야. 그래서 둘이서 나 버렸지."

돌아오는 차 안에서 잠시 눈을 붙였다. 그리고 꿈이라고만 믿었던 것이 현실로 덮쳐왔다.

버리지 말라고 애원하며 붙잡던 남자의 손을 따라 올라가니 그곳엔 젊은 날의 석화 아저씨가 서 있었다.

굳게 다문 입술로 자신을 쳐다보는 석화 아저씨. 그리고 그 옆엔 앳된 순희 씨가 입을 막은 채 고통에 허덕이며 서 있었다.

순희 씨의 눈동자가 흔들리기 시작했다. 가슴이 큼지막하게 조각조각 나 잘라져 내동댕이쳐졌다.

"그래놓고 뻔뻔하게 나한테…… 나한테, 너밖에 없다고, 내가 널 어떻게 키웠는데. 그런 말을 해? 뻔뻔하게? 사람이 어떻게 그래! 엄마라는 사람이! 어떻게 그러냐고!"

결국 다 기억해냈다.

절대 꺼낸 적 없어 어쩌면 까맣게 잊었다고 생각했는데 아니었다.

연화는 결국 다 기억해냈다.

순희 씨의 오장육부가 다 찢겨져 나갔지만 무너지지 않았다.

변명이든 해명이든 해야 했다.

다섯 살이었던 그날, 홀로 차가운 비를 맞고 있는 내 딸에게 말해야만 했다.

"연화야, 그게 아니라. 엄마 말 좀 들어봐."

"그래도 난 죽이진 않았으니까 고마워해야 하나? 할머니는 왜 죽였어?"

할머니라니…….

연화의 입에서 기어이 할머니란 말이 나오고 말았다.

"엄마는 302호 이곳에서 예쁜 꿈꾸며 대학 가고, 젊음 찾으면서 할머니는……. 할머니는 왜 그 작고 작은 한 뼘짜리 302호에서 피 말리며 죽이고 있어? 왜? 대체 왜!"

"연화야, 그게 아니라니까!"

"세상에 우리 둘밖에 없다면서! 그런데 나도 있었네. 가족 그런 거 나도 있었네. 왜 그랬어. 왜 그랬어, 엄마! 엄마의 엄마잖아! 엄마는 그러면 안 되는 거잖아! 적어도 자식이 엄마한테 그러면 안 되는 거잖아!"

"엄마니까! 엄마니까 그랬어! 애미가 되면 내 엄마보다 내 새끼가 중요하니까! 그래서, 그래서 그랬어."

"뭐?"

연화 자신 때문이란다. 할머니를 지금까지 숨기고 죽은 사람처럼 여겨온 모든 것이 연화 자신 때문이란다.

거짓말 같은 그럴싸한 핑계에 핑 도는 것처럼 어지러웠다. 어디서부터가 진실이고 어디까지가 거짓인지 혼탁해 구별할 수 없었다.

엄마가 엄마를 자신의 손으로 죽일 수밖에 없었던 건 결국 자신 때문이었다.

순희 씨의 말이 모두 맞았다.

모든 것이 다 자신 때문이었다.

9

엄마의 엄마

흥분한 나를 붙잡아 바닥에 앉힌 엄마의 완력은 이전에 경험한 것과 달랐다. 처음 느껴보는 강한 힘이었다.

나와 달리 엄마는 그 어느 때보다 차분했다.

엄마가 내게 어렵게 입을 뗀 이야기는 많은 시간을 거슬러 가서야 시작되었다.

아득했고, 손에 잡히지 않아 다른 세상 같았다.

엄마는 15살이 되던 해, 홀로 서울로 올라왔다고 했다.

사람은 서울로 보내야 한다는 할머니의 판단으로 시작된 허울 좋은 서울 유학이었지만, 사실 엄마는 알고 있었다고 한다.

할머니에게는 재혼할 상대가 있었는데, 머리가 클 대로 큰 남의 자식은 결혼할 상대의 계획에는 없었다. 할머니가 직접 대놓고 말한 적은 없지만, 엄마는 스스로가 할머니의 걸림돌이란 걸 충분히 알았다고 했다.

서울의 대학가 한 하숙집에서 그렇게 이른 나이에 홀로 독립 생활을 시작했다.

할머니는 화교 출신으로, 태어나서 계속 한동네에 살았는데, 그 동네 유일한 여자 중국집 사장이자, 주방장이었다. 할머니의 중국집은 1년에 단 3일, 추석, 설날 그리고 엄마의 생일인 6월 마지막 날에만 셔터 문을 내렸다.

그날이 1년 중 엄마가 유일하게 할머니를 만나는 날이었다.

매달 엄마의 통장으로 하숙비와 생활비 명목으로 꼬박꼬박 25만 원이 들어왔다. 엄마는 매달 1일이면 통장에 찍히는 할머니의 이름 석 자 역시 사랑이고, 엄마의 손길이라 느꼈다. 엄마는 할머니를 원망하지 않았다.

교복을 다려주고, 도시락을 싸주는 정은 받을 수 없었지만, 온종일 서서 고된 노동으로 번 대가인 할머니의 돈 역시, 엄마에게는 따뜻했다.

엄마는 대단한 사람이었다.

15살의 나였다면 엄마를 미워하고 원망하는 마음으로 벽을 쌓았을 텐데, 엄마는 확실히 나보다 나은 사람이었다.

그 와중에 다행인 건 15살 춘년의 서울살이가 지독하게 외롭거나 힘겹지는 않았다는 것이다.

대학생들이 주로 거주하는 하숙집에서 엄마는 유일한 중학생(15살)이었고, 덕분에 다들 고향에 놓고 온 동생 같이 챙겨주었다.

게다가 맘씨 좋은 하숙집 아줌마는 매일 엄마의 밥 위에만 두 장의 달걀 프라이를 올려주었다. 쑥쑥 클 때라면서. 나중에야 말이지만 엄마는 그때부터 언젠가는 인심 좋은 하숙집 주인이 되겠다고 마음먹었다고 한다.

대학가에 하숙이라고 찾아보기 힘든 요즘에도 당당하게 연화하숙 간판을 걸고 유일하게 아침밥을 제공하는 데는 다 이유가 있었던 것이다.

하숙집에서의 아침밥은 할머니가 차려준 것만큼이나 눈물 나게 따뜻하고 배불렀다.

한 학기 후, 엄마 영혼의 단짝, 석화 아저씨까지 서울 고모네 집으로 오면서 엄마는 더욱 더 서울 생활이 적응하기 쉬워졌다고 했다.

서울 유학을 핑계 삼아 엄마가 늘 찾을 수 있는 거리로 온 석화 아저씨의 본심이 빤히 보였지만, 오히려 나는 그 마음이 고마웠다. 엄마를 홀로 두지 않아줘서, 15살 엄마의 인생을 불행하지 않게 해준 십대의 석화 아저씨가 나는 너무나 고맙고 예뻤다.

나를 버렸던 그 손이 비록 석화 아저씨였더라도 그때만큼은 원망도 미움도 없이 진심으로 고맙기만 했다.

둘의 인연이 잘 이어져 지금의 비극이 일어나지 않았으면 좋았겠지만, 엄마와 아저씨의 마음은 서로 달랐다. 아저씨에게 엄마는 여자였지만, 엄마에게 아저씨는 동네 친구 그 이상이 되지 못했다.

그래서일까, 엄마는 불행하지 않았지만 다만 외로웠다고 했다. 늘 사랑에 굶주렸던 마음을 동네 친구가 채워주기에는 한계가 있었다.

정에 목말랐던 사람이 한 번 마음을 열면 골치가 아픈 법이었다. 엄마가 18살 되던 해 하숙집 주인 아들이 제대했고, 2년 뒤 엄마는 유행가 가사처럼 정 주고, 마음 주고, 사랑도 줘버렸다.

부녀지간은 남남이 될 수 없는 사이라지만, 내 평생에 아버지 얼굴은 본 적도 들어본 적도 없으니 남남이 된 건 확실했다.

내가 생긴 걸 알게 된 추운 겨울(하필이면 또 추울 건 뭐람?).

아무튼 모든 사실을 알게 된 하숙집 아줌마(아니 나의 친할머니인가?), 그분은 아침 밥상에서 엄마에게 날달걀을 던졌다.

엄마에게 따뜻한 정으로 다가왔던 달걀 프라이가 이번엔 날것으로 터져서 끈적끈적하게 엄마의 머리를 뒤덮었다.

"이래서 머리 검은 짐승은 거두는 게 아닌데, 네가 내 뒤통수를 쳐?"

엄마는 지금 생각해도 그 말은 참 진부했다고 했다. 그러나 케케묵어 진부하기에 더욱 오랫동안 뼛속 깊숙이 박혀 엄마에게 평생 아물지 않는 상처가 되었고.

내 아버지란 사람? 글쎄, 그 사람이 제 엄마의 치맛바람에 숨었는지 커튼 뒤에 숨었는지는 모르겠다. 엄마는 거기까지 이야기해주지는 않았다.

그러나 나는 보지 않아도, 듣지 않아도 알 것만 같았다. 남자의 치졸함과 비겁함은 그 추운 겨울, 엄마를 홀로 서게 만들었다.

스물의 봄꽃 같던 여자는 세상의 한파 속에 얼지 않기 위해 점점 억척스럽게 변할 수밖에 없었다. 그래야 다시 돌아오는 봄에 품에 안은 작은 꽃을 피울 수 있었다.

엄마는 그때 죽을 때까지 그들에게 나를 보여주지 않으리라 맹세했다고 한다.

여기까지 듣는 중에도 나는 생각했다.

참 딱한 인생이었다.

＊＊＊

26년 전

긴장이 된 필례 씨가 연신 땀에 찬 손바닥을 허벅지 위로 문질렀다.

석화 엄마에게 전화가 오자, 좀처럼 닫히지 않은 셔터 문을 내리고 헐레벌떡 동네 다방으로 뛰쳐나갔다.

옆집에 숟가락이 몇 개인지, 장독대 뚜껑은 열렸는지 닫혔는지 속속들이 아는 작은 동네였다. 석화 엄마가 자신을 불렀을 때 이유는 딱 하나 순희 씨 문제였다.

석화 엄마는 한동안 커피를 마시지는 않고 잔만 뱅뱅 돌리다 이내 큰 결심을 한 듯 보였다. 그 모습이 결연해 보이기까지 했다.

"우리 석화가 순희 좋아서 목매는 거 이 동네 사람들 다 아는 사실이에요."

죄 지은 것도 아닌데 그 사실마저 송구해 자꾸만 고개가 숙여졌다.

죄인이 따로 없었다.

"순희 그거 예쁜 거 내가 왜 모르겠어요. 착하고 예쁘고, 야무지고, 이 동네에서 내가 제일 잘 알아요."

"예쁘게 봐주셔서 감사해요."

칭찬에도 필례 씨 목소리는 어쩐지 더욱 더 작아졌다.

"둘이 좋다는데 더 빨리 인연이 됐으면 좋았겠지만 뭐 어쩌겠어요, 다 지나간 일이고. 석화 저 자식이 순희 아니면 안 된다고 길길이 날뛰는데, 그냥 둘이 결혼 시키고 미국 보내요."

생각지도 못한 말에 놀라 그제야 고개를 들었다.

딸년 간수 잘하라며 악담이라도 퍼부을 줄 알고 단단히 각오까지 했는데, 결혼이란다.

이게 웬 일인가 싶었다.

"둘이 결혼 허락하신다고요?"

"네, 어쩌겠어요. 자식 이기는 부모 없다고. 애들 몇 년 나갔다 오면 사람들 입방아에 오르던 것도 금방 잊혀질 거고. 그렇게 해요. 결혼시킵시다."

"어우, 고마워요. 고맙습니다. 고마워요, 석화 엄마."

필례 씨는 무릎이라도 꿇고 싶었다.

"단, 연화는 안 돼요. 아니, 싫어요."

금세 잿빛으로 변한 필례 씨 얼굴이 안쓰러울 지경이었다.

"내 새끼도 내 맘대로 안 되는 세상인데 남의 애를 어떻게 키워요? 나 우리 석화한테 그 짓만큼은 못 시켜요. 그러니까 순희 엄마가 연화만 맡아줘요. 애들 맘 편하게 떠날 수 있도록."

칼에 베여 상처투성이인 손을 힘주어 잡았다. 떨리는 손만은 석화 엄마에게 보이고 싶지 않았다.

* * *

"맛있어, 우리 강아지?"

팥을 안 먹는 연화를 위해 붕어빵 주인에게 밀가루 반죽만 구워달라고 부탁했더니 참 맛있게도 먹었다.

그녀는 연화의 머리를 가볍게 쓰다듬고 곧 땅이 꺼져라 푹 한숨을 쉬었다.

그러니까 연화가 태어나기 6년 전이었다.

생전 전화하기 전까지 찾아오는 법이 없던 순희가 먼저 자신을 찾아온 건 혹독하게 시린 겨울이었다.

바쁜 시간을 넘기고 중국집 홀이 텅 빌 때까지 순희는 한자리에 앉아 엽차 수십 잔을 마시고만 있었다. 고된 주방 일을 끝내고 그제야 자리 잡고 앉자 자신을 향해 작은 종이를 내밀었다.

"이게 뭐냐?"

"나 애기 가졌어."

순희 씨가 내민 작은 종이에는 아주 작은 점으로 찍힌 연화가 있었다.

결혼도 안 한 스무 살 딸이 임신을 한 것도 기막힐 노릇이지만, 이 추운 날 홀로 짐 가방을 싸오다니 더 미치고 팔딱 뛸 지경이었다. 뭔가 일이 잘못되었다는 걸 직감적으로 알 수 있었다.

그리고 그 잘못된 일을 되돌릴 수도 없다는 것까지.

고개를 사진에만 처박고 있던 필례 씨가 가만히 고개를 들었다. 순희 씨는 각오하고 있었다. 제 등짝이 남아나지 않아도 절대 울지 않을 거라고.

필례 씨는 딸의 등짝을 두드리는 대신, 비틀거리며 일어나 주방으로 다시 들어갔다.

"자장면? 짬뽕?"

순희 씨가 아무렇지 않게 대답했다.

"자장면."

"복도 지지리도 없는 년. 그것도 날 닮냐? 나도 너 가졌을 때 그렇게 자장면이 먹고 싶더라."

불판 위 웍을 잡은 이래로 그날처럼 정성을 다해 자장면을 만든 날이 없었다.

춘장을 볶는데 자꾸만 눈물이 꾸역꾸역 밀고 나왔다. 모든 게 제 탓이었다.

어린 딸년을 타지에 홀로 내두른 것도, 남편 없는 더러운 팔자를 물려준 것도 모두 다 자신의 탓이었다.

무슨 자격으로 등짝을 때리나. 그것도 온 힘을 다해 자식새끼를 건사한 부모만이 누릴 수 있는 특권이었다. 자신은 그럴 자격이 없었다.

그렇기에 뜨거운 불 앞에서 최선을 다해 춘장만 볶아댔다.

연화가 태어난 후, 필례 씨의 중국집엔 정기휴일이란 게 생겼다.

한 달에 한 번 연화를 보러 서울로 다녀왔다. 내리 사랑이라더니, 순희 때는 사는 게 고달파 몰랐던 것들이 연화 때는 속속들이 눈에 들어와 박혔다.

먹겠다고 작은 입을 오물거리는 것도, 고사리 손으로 굳은살 가득한 자신의 손을 움켜잡는 것도, 심지어 색 좋은 똥을 싸는 것까지 예쁘니 말 다 했다.

홀어머니 밑에서 자라 빨리 철이 든 딸처럼 손녀 역시 그 흔한 떼 한 번 쓰지 않고 커갔다.

제 딸 고생 안 시키는 손녀가 예쁘면서도 그게 또 필례 씨의 마음을 이리저리 후벼 팠다.

여러모로 죄인이었다. 순희 씨한테도, 연화한테도 자꾸 못된 것만 물려주는 죄인 같았다.

지금도 곁에서 얌전히 붕어빵을 먹는 손녀를 보자 한숨이 짙어졌다.

석화 엄마가 마지막으로 자신을 향해 했던 말이 자꾸만 귓가를 맴돌았다.

'순희 엄마, 한 번은 순희를 위해 뭔가 해줘야죠.'

해줄 수만 있다면 누구보다 해주고 싶은 사람이 그녀였다.

제 딸을 누구보다 잘 아는 사람이 그녀였다. 연화를 두고 미국을 갈 딸도, 결혼을 할 딸도 아니었다.

제 배 아파 낳았는데 그걸 모를 수 없었다.

해줄 수 있는 게 무엇일까? 뭐가 딸을 위해, 어린 손녀를 위한 일일까 고민을 거듭하게 되었다.

"아가야, 할미랑 맨날 요렇게 속 없는 붕어빵 먹으면서 살까?"

무슨 말인지 아는지 모르는지 듣고 있는 속 빈 빵 마냥 방실 웃기만 하는 연화를 보니, 다시 마음이 욱신욱신 쑤셔왔다.

***

역시나 필례 씨의 말이 끝나기가 무섭게 순희는 불같이 화를 내며 길길이 뛰었다.

"야야, 좀 진정 좀 해라. 아예 보지 말라는 것도 아니고, 너희 둘 자리 잡을 때까지만 내가 데리고 있겠다는 거야."

"누가 시집가고 싶대? 나 연화 놓고 시집갈 생각 없고, 미국 갈 생각은 더더욱 없어!"

"열낼 것만 아니고 잘 생각해봐라. 너 뭐가 연화한테 더 좋은 것 같으냐? 네가 미국 가서 자리 잡고 연화 더 큰 세상에서 키우는 게 더 낫지 않겠어? 애비 없는 자식이라 손가락질 받는 것보다 땅덩이도 크고 꼬부랑 말 쓰는 거기서 석화랑 같이 키우는 게 연화한테도 훨씬 좋을 거라는 생각 안 드냐고."

필례 씨 말이 그다지 틀린 구석이 없어 보였기에 순희 씨가 잠시 주춤했다.

한층 누그러든 딸을 보자 이때다 싶어 마지막 쐐기를 박았다.

"너를 생각해봐, 너를. 한국에서 애비 없이 크는 거 그거 어디 쉽더냐? 연화만큼은 그렇게 살게 하지 말아야지. 지금 너한테 석화보다 더 좋은 짝이 어디 있어. 하늘이 예쁘게 본 거야. 그지 같은 애미 만나서 지지리도 꼬인 인생 불쌍해서 하늘이 기회 준 거라고."

"그게 무슨 말이야!"

자책하는 필례 씨가 보기 싫어 쏘아댔지만 반박할 수는 없었다. 사실이 그랬으니까.

기회가 왔을 때 완벽히 끊어낼 수 있다면 기꺼이 그렇게 해야만 한다고 필례 씨는 생각했다.

잠깐이란 말로 순희 씨를 애써 위로했지만 알고 있었다. 잠깐이 말처럼 짧지 않을 것이란 걸. 어쩌면 아주 긴 시간이 될지도 모른다는 걸.

그래도 괜찮았다. 딸아이가 할 수 없다면, 지지리 궁상맞은 어미라도 끊어낼 수 있다면 어떻게든 해주고 싶었다.

지나온 과거는 잊고 동화 속 선녀 마냥 지금이라도 날개옷 입고 훨훨 날아갈 수만 있다면 뭐든 상관없었다.

제 인생에서도 적어도 한 번은 순희를 위해 무언가 해줄 수 있다면 그건 지금이었다.

몇날 며칠 가게 문까지 닫고 서울에서 머물며 필례 씨는 설득하고 또 설득했다. 처음에는 말도 못 꺼내게 하던 순희도 연화만 생각하라는 말에 조금씩 흔들리고 있었다.

'6개월이야, 6개월만 가서 자리 잡고 연화 데려가면 되잖아. 남도 아니고 엄마가 보는데 뭐가 걱정이야.'

그 뒤로도 굳히기를 하듯 계속해서 설득했다. 그리고 마침내 순희 씨가 어려운 결정을 내렸다.

석화와 의논해 결혼식은 치르지 않기로 했다. 먼저 미국으로 가 금방 자리를 잡고 연화를 데려오기로 결정했다. 순희는 반드시 연화를 데려오겠다는 약속 다짐을 거듭했다. 그렇게 연화를 위해 내린 결정이라며 위안 삼았다.

사실 결정을 내린 데는 꼭 연화 때문만은 아니었다. 순희씨 역시 많이 지쳐 있었다.

그녀에게 한 번도 호락호락한 적 없던 세상은 연화를 낳고도 별반 달라지지 않았다. 오히려 제게 받을 빚이 있는 빚쟁이마냥 더욱 혹독하게 몰아붙였다.

홀몸으로 아이를 키우는 건 몹시 고되었다. 지칠 대로 지친 순희 씨도 이제는 누군가에게 기대고 싶었다.

한 달째 필례 씨와 연락이 되지 않자 초조한 순희가 손톱을 잘근 잘근 씹었다.

국제통화 연결음만 들릴 뿐이었다. 그러려니 생각하려 했지만 쉽지 않았다.

어쩐지 이번에도 세상이 그녀에게 호락호락하지 않을 것만 같아

불길했다.

* * *

"그 당시에 휴대폰이 있기를 해, 그렇다고 평생 중국집 주방 일만 한 네 할머니가 인터넷으로 메일을 보낼 수 있기를 해. 기껏해야 일주일, 보름에 한 번 전화하는 거? 그마저도 국제요금이 그때는 어마어마하게 비쌌어. 시차도 안 맞고. 처음에는 못 만나 싶어 그러려니 했는데 한 달 넘어가니까 그때는 아주 죽겠더라."

오래전 일인데도 마치 어제 일인 듯 괴로워하는 엄마를 보자 연화도 함께 눈살이 찌푸려졌다.

"서두른다고 서둘렀는데 한국 와보니까 네 할머니랑 너는 없어졌지. 가게며, 집이며 다 다른 사람한테로 넘어갔지. 눈앞이 캄캄하더라."

두 사람이 미국 간 지 얼마 안 돼 남편 보증으로 필례 씨 가게며, 집이 하루아침에 넘어갔다. 어떻게든 돈을 구하기 위해 연화를 잠시 이웃집에 맡겼는데, 곧 돌아오겠다던 그녀의 부재가 길어지자 결국 이웃은 어린 연화를 보호소에 맡기고 말았다.

끝내 돈을 구하지 못한 필례 씨가 달리 방도를 구할 새도 없이 구속되었고, 한국에 돌아온 순희 씨는 절망적인 상황에 망연자실했다.

전국의 고아원, 보호소를 안 뒤진 곳이 없었다. 아침부터 밤까지 쉬지 않고 백방으로 찾아다니던 시간이 지옥 같았다고 했다. 순희 씨와 석화 아저씨가 연화를 찾아낸 건 그로부터 삼 개월 뒤였다.

연화의 어렴풋한 기억 속에 다가왔던 아저씨 손은 자신을 버린 게 아니라 극적으로 찾아낸 구원의 손길이었다.

순희 씨는 연화를 보고도 차마 다가갈 수 없었다. 자신이 대체 무슨 짓을 한 건지 스스로를 용서할 수 없었던 것이다.

그때의 진실을 알게 되자, 연화는 비참한 기분에서 헤어 나올 수 없었다. 한없이 부끄러웠다.

그동안 기억의 조각들을 제멋대로 덕지덕지 갖다 붙여서 만들어 놓은 건 자신의 도피처에 불과했다. 제 뜻대로 세상이 안 돌아갈 때마다, 엄마에게 원망을 쏟아내고 싶을 때마다 연화는 자신의 도피처로 숨었던 것이다.

그 도피처에서 자신을 이렇게 만든 핑계 거리를 짓고 있었던 것이다. 자신이 잘못된 건 모두가 그날의 말 못 할 고통 때문이라고 스스로에게 면죄부를 주고 있었던 것이다.

악몽 속에서 비를 맞고 있던 슬픈 그 아이는 자신이 아니라 스스로 만든 허상에 불과했다. 적어도 그 아이의 슬픔은 엄마와 재회함으로써 그쳤건만, 그 뒤로도 버리지 못했다. 너무 오랜 시간을 인형처럼 옆에 끼고 있었다. 아직 어린아이처럼.

"그렇다고 멀쩡히 살아있는 할머니를 어떻게 모른 척하고 지금까지 지내온 거야?"

이제는 자신이 아니라 엄마를 이해해야 했다. 자신과 엄마를 떼어놓은 할머니가 미웠겠지만 지금껏 모른 척 살아온 건 쉽게 이해가 되지 않았다. 엄마 역시 자신처럼 비겁한 변명 뒤에 숨어 있다면 그 고통을 나눠야만 했다.

"처음에는 네 할머니를 도저히 용서할 수 없겠더라고. 밤에 자다가도 속에서 열불이 터져 벌떡벌떡 깨어 일어나곤 했어. 나를 위해서 했다는 일인데, 그게 어떻게 나를 위해서 한 일일까? 생각하고 또 생각해도 이해가 안 되더라."

돌아온 순희 씨를 붙잡고 할머니는 다 순희 너를 위해서였다고 했다. 내 새끼 힘들까 봐, 내 새끼 잘되라고 한 일이었단다.

그 말이 순희 씨의 마음을 더욱 굳게 닫아버렸다. 연화 역시 그녀의 하나뿐인 소중한 새끼였으니까. 그래선 안 되는 거였으니까.

15살 홀로 서울에 보내질 때도, 얼굴 한 번 본 적 없는 아저씨를 데려와 결혼한다 했을 때도 한 번도 미워해본 적 없는 엄마를 처음으로 미워하고 또 미워했다.

원망의 감정은 그리 오래가지 못했다. 1년, 2년, 시간이 지나자 문득문득 엄마가 그리워졌다. 15살 이후로 한해에 몇 번 본 적 없는 엄마였는데, 왜 이렇게 가슴에 사무치는지 이해가 안 될 때도 있었다. 미움이 가라앉으면서 떠오르는 그리움은 늘 엄마를 괴롭혔다.

그렇게 3년이 지나던 해 순희 씨는 초등학교에 들어간 연화를 데리고 필례 씨를 만나러 갔다.

3년을 죽도록 미워했으면 이제는 됐다고, 스스로 자책도, 원망도 그만하자고 기차 안에서 생각했다.

그러나 미처 준비되지 않은 사람도 있었다.

길다고 생각한 3년의 시간에도 여전히 버려진 채로 두려움에 떨고 있던 사람이 있었다.

연화는 필례 씨를 보자마자 그 자리에서 졸도해버렸다.

그리고도 마주할 때마다 연화는 이상 행동들을 보였다.

여덟 살 연화가 필례 씨를 보면 그 자리에서 소변을 흘러버렸다. 소리를 지르며 자신의 머리를 뜯기 시작했다. 점차 좋아질 거라 생각했던 연화의 행동은 나아질 기미가 없었다.

이유를 모른 채 혼란스러워하는 연화와 그런 연화를 지켜보며 괴로운 순희 씨.

그리고 그런 둘을 보며 더더욱 괴로운 필례 씨. 세 여자가 같은 공간에 있게 되면 어김없이 반복되는 고통이 흘러다녔다.

그날도 바지에 실수를 하고는 딸 무릎에서 겨우 잠이 든 손녀를 한참이나 내려다보다 말했다.

"이제 오지 마. 우리가 언제부터 얼굴보고 살았다고 하루가 멀다 하고 와. 이젠 오지 마라. 연화 요거 보는 것도 너 보는 것도 내 맘이 불편해서 더는 못 해 먹겠다."

"그러게 왜 그랬어. 그냥 내버려뒀으면 좋았잖아."

연화가 과민해진 것도, 엄마가 그로 인해 고통 받는 것도 순희 씨는 견딜 수 없긴 마찬가지였다.

"그래, 다 내 탓이니까, 그러니까 이제 여기 오지 말라고."

"좋아질 거야. 시간이 필요해서 그래. 엄마가 이해……."

"너 보고도 모르냐? 저 어린것이 왜 나만 보면 까무러치는데! 아는 거야. 저 어린것이 저 버린 거 알고 저도 모르게 속에서 울화통이 치밀어 올라서 내 면상만 보면 저리 픽픽 쓰러지는 거라고. 할머니란 사람이 자기 버린 거 귀신같이 아는 거라고!"

"알아! 그래서 엄마가 죽을 만큼 미워! 그래도 어떡해, 그런 엄마라도 힘들면 보고 싶고, 안 보면 보고 싶은데. 핏줄이 뭐라고 자꾸 당기는 걸 어떡해!"

"어차피 우리 둘이 살 부대끼면서 살던 사람들도 아니고, 네 새아빠도 이제 좀 있으면 나올 거고, 그럼 예전처럼 명절에나 가끔 안부 물으면서 살아."

"누가 새 아빠야! 그 사람 때문에 이 꼴 나고도 그런 말이 나와?"

"그래, 난 나와. 내 남편이야. 미우나 고우나 내 남편이라고. 다 큰 딸년 왔다 갔다 하는 거, 게다가 사위 없이 어린 손녀까지 들쳐 업고 오는 거 나 그 사람 보기 민망해. 그러니까 이제 그만 와."

내뱉는 말이 모두 진심이 아니라는 것쯤 모를 리 없었지만 서운한 건 어쩔 수 없었다.

일이 이렇게 된 데는 필례 씨 잘못도 있건만 이제 와 자신과 연화를 짐짝 취급하는 태도가 불쾌하기도 했다. 그래서 순희 씨 역시 곱게 대꾸하지 못했다.

"엄마 참 뻔뻔하다. 나랑 연화 이렇게 만들어놓고, 이제 와서 엄마는 예전처럼 살겠다고?"

말하면서도 뻐근하게 아팠다. 그러나 듣는 엄마도 조금은 아프길 바랐다.

"그래, 나 남자 좋아하는 년이야. 그런 너는? 너도 네 애미 닮아서 새끼 버리고 남자랑 미국 갔잖아."

"엄마!"

필례 씨는 보이지 않게 주먹을 꽉 쥐었다. 독해져야 했다.

더는 저 앞에서 두려움에 떨며 괴로워하는 손녀를 보는 것도, 그런 자식을 보며 가슴을 치는 딸도 볼 자신이 없어 괴로웠다. 자신의 잘못된 선택이 불러온 이 말도 안 되는 상황이 숨 막혔다.

"아니라고는 하지 마라. 내가 아무리 네 등 떠 밀었다 해도 간 거는 네 의지야. 너도 실은 지쳤잖아. 새끼고, 애미고 뭐고 너도 에라, 모르겠다 싶었잖아. 안 그래?"

따뜻한 봄이건만 순희 씨의 턱이 추운 겨울날처럼 달달달 떨려오기 시작했다.

마지막 그 말이 마음을 도려내고 들쑤셔 철철 피 흘리게 했다.

그녀는 자리를 박차고 일어나 잠든 연화를 들쳐 업고는 그 길로 집을 나섰다.

멀어져 가는 순희 씨 등에 대고 필례 씨가 고래고래 소리를 질렀다.

"그냥 보지 말자! 보지 말자고!"

가파른 내리막을 정신없이 내려오다 골목 끝 쌓아놓은 쓰레기더미를 발로 차며 낮게 욕을 뱉어냈다.

화가 나 견딜 수가 없었다. 엄마의 뻔뻔한 말투와 표정에 참을 수 없었다.

이제껏 살면서 자신한테 해준 게 뭐가 있다고 저리 당당한지 화가 치밀었다. 용서할 수 없었다.

그러나 사실 가장 용서할 수 없는 건 순희 씨 자신이었다.

잘 포장해왔다고 생각했던 그때의 속마음이 까발려진 것 같아 속이 뒤집혔다. 목으로 자꾸만 넘어오는 신물을 억지로 삼켜 밀어 넣었다.

필례 씨 말이 맞았다. 어쩌면 자신도 모르는 깊은 마음속에서 조금은 쉬고 싶었다고 소리치고 있었는지도 몰랐다.

억척스러운 엄마도, 가엾기만 한 딸도 다 내려놓고 한 번쯤은 행복해지고 싶었다는 맘을 들키고 싶지 않았는데, 엄마 입으로 듣자 수치스러웠다.

그렇게 연화를 들쳐 업고 다시 한 번 다짐했다.

보지 않는 게 그렇게 소원이라면 처음이자 마지막으로 그 소원 자신이 이루어주겠다고 말이다. 엄마 말 잘 듣는 지극한 효녀가 되기로 순희 씨는 차갑게 마음먹었다.

***

가기 싫다는 나를 끌고 엄마는 할머니의 병원으로 가는 택시에 올라탔다.

솔직히 말해 엄마도, 할머니도 온전히 이해할 수 없었다. 다만 모든 이야기를 듣고 누구 탓만 할 수 없어 그냥 나대로 생각의 정리를 하고 있는 중이었다.

그런 나를 기어이 데리고 병원에 가려는 엄마에게 택시 안에서 계속 투덜거렸다.

"할머니한테 시간이 별로 없어."

그 말에 나는 곧 입을 닫았다.

할머니의 시간은 얼마나 남아 있을까? 그나마 남은 시간조차 자꾸만 흐릿해져 가니 흘러가는 할머니의 시계가 엄마에겐 야속할 만도 했다.

삶의 시간이란 게 피부로 와 닿으니 덜컥 겁이 났다. 택시 안에서 내내 그 상태였다.

그러나 막상 마주한 할머니는 너무나 태평했다. 남은 시간이 안타까워 초조한 건 우리였다. 특히나 엄마의 애타는 심정은 어떤 것과도 견줄 수가 없었다.

다시는 오지 않을 듯 뛰쳐나가 고작 하루 만에 이곳 302호 앞에 서 있었다.

엄마는 양손에 든 짐 때문에 내게 '얼른 문 열어' 하고 재촉했지만 차마 쉽게 열지 못했다.

아무것도 담겨 있지 않은 텅 빈 눈빛을 다시 마주할 생각을 하니 답답했다.

그러나 그것도 잠시, 문 너머 소란스런 소리에 엄마가 나를 옆으로 밀치고는 얼른 문을 열었다.

할머니는 무엇에 잔뜩 골이 났는지 물건을 던지며 소리를 지르고 있었고, 간병인은 그런 할머니를 말리느라 씨름 중이었다.

할머니의 눈빛은 무서웠다. 매섭게 날이 서 있었다.

"아이고, 엄마! 왜 그래! 뭐에 또 뿔이 났어."

엄마가 누군가를 엄마라 불렀다. 태어나 처음으로 본 기이한 장면이었다. 엄마에게도 엄마가 있다니 그저 신기했다.

익숙하다는 듯 할머니를 꼭 끌어안자 그제야 엄마의 품에서 할머니는 잠잠해졌다.

할머니를 가둬놓은 감옥이라 생각했던 어제의 302호는 다시 보니 할머니의 성이었다. 정신이 온전한 자들도 살아내기 버거운 세상이었다. 기억을 잃어가는 할머니를 지키고 보호하는 요새, 이곳은 할머니의 세상 전부였다.

할머니는 내게 작은 관심조차 없었다. 마치 없는 사람처럼 무시했다.

엄마가 연화라고 몇 번을 설명해도 대꾸조차 없었다.

내가 할머니를 부정했던 걸 마치 복수라도 하나 싶었다.

할머니의 눈빛은 늘 엄마만 졸졸 쫓아다녔다. 준비해간 음식을 먹을 때도, 엄마가 손톱을 깎아줄 때도, 가습기 청소를 하러 나간 엄마만 지독하게 따라다녔다.

아이였다. 세상에 엄마가 전부인 아이가 되어버렸다.

반나절이 지나서야 또 올게, 하고 엄마가 일어나자 할머니는 아이처럼 울었다.

젖을 빼앗긴 젖먹이보다 서럽게 울었다.

마치 다시는 만나지 못할 사람처럼 굴었다.

그런 할머니와 엄마를 지켜보는 것만으로 나는 이미 진이 다 빠졌다.

애 볼래, 밭 맬래? 하면 밭 맨다더니 아이가 되어버린 성인을 보는 건 그보다 곱절로 기운 빠지고 힘든 일이었다.

돌아오는 택시 안에서 엄마는 노을 지는 창밖만 내다보았다.

평소 수다쟁이 순희 씨는 오간 데 없었다. 이렇게 고요해지는 게 싫어 살짝 헛기침을 하고는 엄마의 손을 끌어다 잡았다.

창피했지만 택시 안이 어두워 그나마 괜찮았다. 다시 한 번 힘주어 잡았다.

"할머니가 저런 모습이라 속상해?"

내가 묻자 여전히 창밖만 보며 대답했다.

"아니."

"거짓말."

축 처진 엄마 어깨가 대답이나 마찬가지인데, 굳이 왜 거짓말을 하나 싶었다.

"진짜로. 할머니가 저런 모습으로 우리한테 와줘서 오히려 다행이다 싶어."

뜻밖의 대답이었다.

"말도 안 돼. 저게 뭐가 다행이야. 손녀도 못 알아보고, 점점 자신

266

도 잊어가고, 나중엔 엄마까지 못 알아볼 텐데."

볼멘 목소리에 엄마는 희미하게 웃어 보였다.

그 웃음이 어쩐지 지는 노을처럼 쓸쓸해 기분이 가라앉았다.

"그래서 다행이야. 할머니가 엄마한테 했던 모진 말들. 엄마가 할머니 가슴에 박은 못들. 다 기억 못 해서 다행이야. 그리고 우리 엄마가 내 딸한테 했던 몹쓸 짓 기억 못 해서 오히려 감사해."

더는 대꾸할 수 없었다.

엄마의 그 말 속엔 이젠 너도 할머니를 용서하라는 뜻이 숨겨져 있다는 것쯤은 알 나이였다.

나는 기억을 잃어버린 치매 환자도 아니었고, 여전히 그날의 악몽에서 자유롭지도 못했다.

그런 내가 과연 할머니를 용서하고 이해할 수 있을까?

"다음 주도 엄마랑 같이 올 거지?"

떨리는 목소리로 묻는 엄마의 말에 그저 작게 고개를 끄덕였다. 그게 지금 내가 엄마에게 줄 수 있는 가장 최선의 대답이었다.

엄마가 창밖을 보며 울고 있었다. 옆 자리 앉은 나에게 들킬까 소리도 내지 못하고 숨죽인 채 울었다.

나는 다른 것보다 엄마가 걱정이었다. 병든 엄마의 가슴이 다시 아플까 봐 나도 함께 소리 내지 못한 채 울었다.

엄마의 엄마가 나타났다.

이제 겨우 엄마를 이해하기 시작했는데, 엄마는 내게 자신의 엄마까지 이해하라고 했다.

나는 점점 자신이 없어졌다.

멈추고 지우길 제멋대로인 할머니의 시간 앞에서 엄마와 내가 또 당사자인 할머니가 풀어야 할 숙제가 무겁고 깊었다.

오래되었지만 여전히 꿈틀거리는 그 문제를 이번에도 '그까짓 거 뭐 어쩌라고' 하며 시원하게 넘길 수 있을지 의문이었다.

마음을 죄어 왔지만 차마 엄마에게 티를 낼 수는 없었다.

10

연화하숙 식구들

어느 날 갑자기 나타난 할머니로 인해 일상이 흔들릴 거란 예상은 보기 좋게 빗나갔다. 할머니를 만나러 병원에 가는 날을 빼고는 일상은 그것대로 별다른 동요없이 흘러갔다.

병원에 가면 필례 씨는 순희 씨밖에 몰랐다. 순희 씨가 잠시 자리를 비우기라도 하면 연화를 없는 사람 취급하며 조용히 중국집 메뉴판만 중얼거렸다.

수 십 가지가 넘는 메뉴를 정확히 기억해냈다.

그럴 때면 필례 씨의 치매가 새하얀 거짓말 같았다.

자신을 없는 사람 취급하는 할머니에게 서운하지는 않았다. 그녀역시 애써 할머니에게 눈높이를 맞추려 노력하지 않았다.

***

자장면 1300원, 짬뽕 1500원, 탕수육은 4500원.

"1993년? 그럼 내가 몇 살이야? 이때부터 기억이 없는 건가?"

매우 중요한 일인 듯 신중하게 손가락을 접었다 폈다 하며 홀로 중얼거렸다.

필례 씨의 혼잣말은 저런 내용이 대부분이었다. 그녀의 기억 속에 자장면은 여전히 1300원이었다. 찾아보니 대략 93년도쯤의 가격과 비슷한 걸로 보아 아마도 할머니의 기억은 이쯤 어딘가에서 길을 잃고 있는 듯했다.

"뭘 혼자 중얼거려?"

생각에 빠져 순희 씨가 들어오는 소리도 듣지 못했다.

인기척에 놀라 얼른 휴대폰을 베개 밑으로 감춰 넣었다. 도둑질을 하다 훔친 사람처럼 흠칫 했다.

"아니, 뭐 좀 보느라고. 왜?"

"아니…… 나도 그냥, 너 뭐 하나 해서."

순희 씨는 문턱을 넘지 못한 채 괜히 방문을 쓰다듬고 서 있었다. 어려운 부탁이라도 꺼낼 사람처럼.

"걱정 마. 기저귀랑 간식 내가 가져다주고 온다니까. 안 까먹었어."

저러는 이유를 알고 있었다.

내일은 함께 병원 가는 날인데 공교롭게 순희 씨의 정기검진이 겹쳤다.

예약하기가 하늘에 별 따기인 대학병원 진료를 취소할 수 없어 며칠 전부터 순희 씨는 조심스럽게 연화에게 홀로 필례 씨에게 다

272

녀올 수 있는지 물어왔다.

알겠다고 했건만, 약속을 잊은 건 아닌지 노파심에 찾아온 것이었다.

잊지 않았다는 그 말에 그제야 환하게 웃는 순희 씨였다.

엄마의 부탁이 썩 내키지는 않았다. 함께 있을 때도 여간 불편한 게 아닌데, 혼자 가려니 발걸음이 무거웠다. 필례 씨와 단 둘만 있을 생각을 하니 거북했다. 그러나 제 마음 편하자고 순희 씨 마음을 불편하게 하고 싶지는 않았다.

엄마의 가슴앓이는 그동안이면 충분했다.

행여나 자신이 변덕을 부리진 않을까 노심초사해 득달같이 달려온 엄마를 보자 가겠다고 답한 건 잘한 듯싶었다.

"일찍 끝나면 엄마도 그쪽으로 갈게. 할머니 좀 잘⋯⋯."

"됐어! 걱정하지 말고, 엄만 의사 말이나 잘 듣고 와. 괜히 주사 안 맞는다, 괜찮다 하지 말고."

순희 씨는 연화가 고마우면서도 한편으로는 아쉬운 마음도 없지 않았다. 어쩔 수 없던 상황이라도 할머니로 인해 버려진 건 사실이었고, 수십 년 동안이나 없던 사람을 단박에 받아들이라는 건 욕심일지도 몰랐다. 그래도 할머니인데.

그런 순희 씨의 마음을 연화 역시 모르지 않았다. 그러나 연화도 어쩔 수 없었다. 일방적일 수밖에 없는 지금 할머니와의 관계에서 무엇을 어떻게 해야 할지 알 수 없었던 것이다.

제 딴에는 이만큼도 큰 노력이고, 용기였다. 그마저도 모두 순희 씨를 위한 거였다.

남은 시간이 얼마든 그리 중요하지는 않았다. 엄마가 나중에 이 순간을 가슴 치며 후회하지 않게 돕고 싶은 마음뿐이었다.

***

병원으로 향하는 창밖의 풍경이 이제는 제법 익숙했다.

한가로운 가로수길이 끝없이 펼쳐지는 걸 보니 거의 다 왔다.

오는 길에 붕어빵을 파는 데가 보여 푸짐하게 몇 봉지 샀다. 간호사, 간병인, 옆 방 보호자며 환자 것까지 넉넉히 샀다. 언제나 순희 씨처럼.

음식은 나눌수록 맛있다는 순희 씨의 철학은 얼마나 깊은 건지 그녀는 늘 양손 무겁게 병원으로 향했다.

알고 보면 순희 씨는 자신의 철학을 지금까지 인생에 충실히 적용해왔다. 그런 면에서 순희 씨는 정말 실천에 이른 철학자라고 할 수 있을지 몰랐다.

그녀는 택배 아저씨가 밥 때 오면 상자를 건네받고 그 손에 숟가락을 쥐어줬다.

옆집 아들이 취업했을 땐 백설기를 쪘다.

연화 친구라도 놀러 오면 김치 한 포기씩이라도 꼭 들려 보내야 했다.

감사히 받는 사람이 대부분이었지만 그 중엔 주고픈 마음을 그저 꿍꿍이로 의심하는 사람도 있었다. 그래도 순희 씨는 늘 받는 것보다 주는 기쁨이 크다 했다.

산타 할아버지야 고작 1년 한 번이지만 순희 씨의 인심 보따리는 24시간 365일이었다.

연화는 그게 참 보기 싫었던 적이 많았다. 퍼주기만 하는 순희 씨가 미련해 보였다.

그러나 오늘 바보 같다고 생각한 엄마의 모습을 자신이 똑같이 하고 있었다.

그녀의 손에도 무언가 잔뜩 들려 있었다.

품에 안아든 붕어빵을 들어 올리며 깊은 한숨을 내쉬었다.

천천히 병실 문을 열었다.

순희 씨가 오기만을 기다렸을 할머니는 연화를 보자마자 또다시 텅빈 눈이 되었다. 눈에 띄게 의기소침해졌다.

예쁘게 깎은 사과를 내밀지만 필례 씨의 눈은 굳게 닫힌 병실 문만 바라보았다.

"오늘 엄마 안 와요, 아니 못 와. 몇 번을 말해. 그러니까 얼른 이거나 드세요."

연화가 사과를 문 포크를 쥐어주었지만, 할머니의 관심은 엄마가 열고 들어올 문에만 붙박여 있었다.

한동안 할머니의 사과 씹는 소리만 병실에 잔잔하게 번지고 있었다.

사각사각거리는 소리가 연화는 불편했다. 서둘러 이곳을 나가고 싶었다.

그러자 손길이 바빠졌다. 순희 씨가 바리바리 챙겨준 짐들을 서둘러 풀어놓았다.

비었던 캐비닛이 꽉 들어찼다. 순희 씨의 마음도 그곳에 빼곡하게 들어섰다.

그제야 연화의 마음도 한결 가벼워졌다. 이곳에 온 목적은 달성했으니 이제 돌아가도 마음이 불편하지 않을 것 같았다.

순희 씨와 함께였다면 몇 시간은 더 있었겠지만 연화는 자신의 겉옷을 챙겨 미련 없이 자리에서 일어났다.

엄마가 알면 섭섭해했겠지만 알 턱이 없었다. 어차피 할머니의 시계는 이상하게 흐르고 있었다.

"저 가요. 자꾸 간병인 아주머니한테 소리지 지르지 마시고, 담에 엄마랑 올게요."

꾸벅 고개를 숙이고 가방을 메자, 필례 씨가 급하게 연화의 가방을 잡아당겼다.

그리고는 한참이나 연화의 얼굴을 지독히도 빤히 쳐다보았다.

"왜, 왜요?"

어찌나 텅 빈 눈길로 보는지 마치 속을 들여다보는 것 같아 괜스레 찔렸다.

"색시 참 예쁘다. 그 루주 어디서 샀어요? 우리 순희도 그거 하나만 사다줘요, 응?"

필례 씨는 주머니에서 꼬깃해진 천 원짜리 몇 장을 꺼내더니 연화의 손에 억지로 쥐어줬다.

이런 적이 없었기 때문에 연화는 어떻게 대답해야 할지도 몰랐고, 어떤 반응을 보여야 하는지도 알 수 없었다. 그렇지만 탁하게 메말랐던 할머니의 두 눈에 처음으로 생기가 넘쳤다.

순희 씨에게 립스틱을 선물할 생각에 들뜬 것만 같았다.

그 모습에 꼬일 대로 꼬인 못난 마음이 턱 치밀어 올랐다. 필례 씨의 그 생기가 소름 돋게 미웠다.

온몸에 힘이 빠져 의자에 도로 주저앉았다. 그리고 처음으로 할머니에게 눈을 맞췄다.

"예뻐요? 할머니가 보기에 나 예뻐요?"

연화가 비웃으며 물었다. 한껏 비아냥거리는 입이 곧 파르르 떨려왔다. 그 못지않게 눈동자도 떨려왔다. 그 모습이 위태로웠다.

그런 맘을 아는지 모르는지 할머니는 헤벌쭉 웃으며 고개를 끄덕였다.

"색시 예뻐. 꽃 같아. 젊은 건 예뻐. 우리 순희도 화장하면 참 예쁜데."

"꽃 같아? 꽃 같긴 뭐가 꽃 같아! 예쁘긴 뭐가 예뻐!"

연화가 버럭 성을 냈다.

화가 치밀어 올라 부풀대로 부푼 가슴이 일순간 터져 나갔다.

손녀가 화를 내는데도 필례 씨는 무덤덤했다. 연화의 기분 따위는 안중에도 없는 사람 같았다. 그게 그녀를 더 미치게 했다.

상대가 치매 환자란 걸 알면서도 더욱 악랄하게 몰아갔다.

"예쁘긴 뭐가 예뻐요?"

필례 씨의 양 어깨를 거칠게 잡았다.

"우리 엄마, 아니! 할머니 그 애끓는 딸. 순희가 나 어떻게 키웠는 줄 알긴 해요? 애비 없는 거 티 안 내려고 평생을 발 동동 구르며 살았어. 행여나 삐뚤어질까, 혹여나 기죽을까. 누구 하나 의지하지 못하고 혼자 그렇게 나 키우며 살았다고! 삼십 년을 내 눈치 보면서."

시퍼런 핏대가 목에 솟아올랐지만 아랑곳하지 않았다.

말할수록 엄마의 인생이 가엾어, 자신의 인생이 비참해 이가 갈렸다.

그러나 필례 씨는 마치 들리지 않는 사람 같았다. 그렇다고 멈출 순 없었다.

"그런데도 내 맘에 나도 모르는 못난 뭔가가 자꾸 들끓어 올라. 때와 장소도 가리지 않고 꿈틀꿈틀 튀어 나온다고. 그래서 내가 아주 미쳐버리겠다고. 그런데 뭐가 예뻐?"

"예뻐. 색시 예뻐."

마지막 말만 알아 들은 듯 필례 씨는 할 말만 했다.

"할머니, 제발! 사람들이 나한테 뭐라고 하는 줄 알아요? 애가 어딘가 모르게 어둡대. 그늘졌대. 나는, 나는요! 그게 원래 애비 없는 것들은, 박복한 여자 밑에서 자란 애들은 다 그런 줄 알았어요. 그런데, 아니잖아! 그게 아니잖아!"

원망의 소리가 병실 가득 울리다 이내 벽 끝에 가로막혀 그녀에게로 고스란히 돌아왔다.

아프길 바란 건 저쪽인데 오히려 그녀의 가슴이 난도질당해 쓰러졌다.

"할머니, 내가 어떤 사람으로 컸는지 알아요? 나 좋다는 남자가 다른 거 다 필요 없고 그냥 나랑 있어서 좋다고 하는데, 나도요, 이 한마디를 못 하는 병신이 됐다고요. 내가 나를 사랑하는 방법을 못 배워서 맘 편하게 사랑을 못 하는 바보야, 내가! 그런데 예쁘다는 말이 나와요? 할머니가 나 이렇게 만들어놓고! 그럼 안 되지. 그런 말 나한테 그렇게 쉽게 하면 안 되지. 나는 여전이 이렇게 갇혀 살게 해놓고…… 그렇게, 그렇게 쉽게 까먹으면 안 되지."

할머니가 가슴을 치며 울길 바랐는데 결국 자신이 울고 말았다.

어딘가 꾸역꾸역 삼켜서 채워놓고 꼭꼭 닫아둔 울음보가 속절없이 터져버렸다.

흐르는 눈물을 닦을 새도 없이 엉엉 소리치며 울었다.

자신이 우는 이유를 할머니는 모른다는 게 얼마나 다행인지 몰랐다.

그때였다. 평생을 주방 일만 해와 투박하고 낡은 손이 연화의 얼굴에 흐르는 눈물을 툭툭 닦았다.

좀 전처럼 반짝이는 눈동자는 아니지만 정확히 자신을 보고 있었다. 다 안다는 눈빛, 미안하다는 눈빛이었다.

자신을 기억해냈다 해도 믿을 만큼 그 순간만큼은 멀쩡해 보였다.

"외상 값 못 받았어? 거지 잡놈의 새끼들. 맨날 1300원짜리 자장면 시켜 처먹으면서 군만두는 서비스로 달라는 호로 새끼들. 에이, 퉤. 울지 마. 색시가 울면 어떡해. 어떻게든 악착같이 살아남아야지. 그래야 새끼는 배 안 곯지. 울지 마. 내가 이거 줄게."

천 원짜리를 쥐어준 손에 또다시 무언가를 주는 필례 씨였다.

펼쳐진 손바닥 위엔 연화가 사온 붕어빵 한 마리가 놓여 있었다. 배가 갈려 팥이 빠진 밀가루 반죽만 남은 덩어리였다.

"할머니…… 제발."

결국 연화가 두 손으로 얼굴을 감싸 쥐었다. 할머니가 건넨 붕어빵에서 고소한 냄새가 가득이었다.

끝내 연화라고 불러주지 않는 할머니가 야속했다. 그러나 손에 쥐어준 붕어빵이 아련했다. 잊었던 추억들이 몽글몽글 피어나기 시작했다. 따뜻했던 사람. 할머니가 기억나기 시작했다. 할머니가 자신을 기억해낸 건지는 알 수 없었다.

할머니는 다시 메뉴판을 중얼거릴 뿐이었다.

"할머니 자식은 배는 안 곯았겠어요."

터진 붕어빵을 내려다보며 말했다.

"응, 우리 아가 배는 안 곯았지. 그런데 마음을 곯겼어요, 내가."

더는 어떤 말도 할 수 없었다. 이 와중에도 필례 씨는 오로지 자식 걱정뿐이었다.

어떤 인생이면 이토록 철저하게 자식 생각뿐일지 같은 여자로서 아련해 눈물이 멈추지 않았다.

엄마가 되기란 쉬웠다. 다만 엄마답게 사는 게 모질고 어려웠다.

할머니와 엄마. 그리고 자신.

서로에게 미안하고 애틋했지만 한 번을 속 시원히 털어내지 못한 미련한 여인들 덕에 한참을 주저앉아 울었다.

처음이라 서투른 손길도 한없이 미안해하는 부모라는 이름의 마음을 껴안고 한참 뒤에야 병원을 나섰다.

택시에 올라타 주머니에 할머니가 밀어 넣은 천 원짜리 지폐 몇 장과 팥이 발라진 붕어빵을 꺼냈다.

엄마의 손에 들려 있었던 들꽃들, 엄마의 주머니에서 나온 찌그러진 붕어빵의 출처를 이제야 알았다.

할머니는 기억을 상실함으로써 용서를 허락해줄 대상을 잃었다. 상처받은 사람은 남았지만, 할머니가 용서하지 않는다고 탓할 수는 없었다. 할머니가 최선을 다해 산 삶을 탓할 수 없었다. 왜냐하면 할머니는 그 오랜 삶을 용서해달라며 고통스럽게 살았을 테니까. 자신의 용서가 필요한 게 아니라, 할머니가 그 고통에서 벗어났다는 게 오히려 고마웠다.

이 밀가루 덩어리를 보고 있자니 이제는 할머니를 용서해야 되지 않을까 싶었다.

***

늦은 저녁 집에 들어서자 순희 씨가 기다리다 한달음에 달려 나왔다.

퉁퉁 부은 눈을 들키기 싫어 곧장 화장실로 달려갔다.

따뜻한 물에 몸을 녹이고 나오자 순희 씨가 그녀를 기다리고 있었다.

"잘 갔다 왔어? 할머니는 어때?"

"뭘, 똑같지. 엄마 많이 찾으시더라."

궁금한 것이 많았지만 퉁명스럽게 대답하는 통에 더는 물어볼 수 없었다.

그때 작은 상자 하나를 순희 씨에게 건넸다.

이게 뭐냐며 포장을 풀어보니 고가 브랜드의 립스틱이 족히 열개는 넘게 들어 있었다.

"너 뭐 장사해? 이게 다 뭐야?"

"할머니가 엄마 꼭 사주래."

무슨 소리인가 고개를 갸우뚱하면서도 손으로는 재빨리 립스틱 뚜껑을 열어 일일이 색깔을 확인했다.

집에 오는 길에 백화점에 들렀다. 선물할 거냐는 점원의 말에 매장에서 가장 진한 빨간색 톤으로 여러 개 담아 달라고 말했다. 영롱한 빨간색이 상자에 가득 담기자 마음이 조금씩 좋아졌다.

"야야, 뭔 놈의 색이 이렇게 야하냐. 참 야시시한 것만 골라 사왔네."

분명 색이 너무 진하다고 한소리 나올 줄 알았지만, 그래도 붉은 립스틱을 고집했다.

고새 손거울을 요리조리 돌리며 꼼꼼하게 바르는 순희 씨를 보며 저도 모르게 작게 웃음이 새어나왔다. 세상에서 돈을 제일 좋아하는 엄마에겐 이게 최고일 거라며 때마다 하얀 봉투만 덜렁 내밀었던 지난날이 새삼 부끄러웠다.

"그나저나 이 많은 걸 언제 다 바르고 다닌다냐. 참나, 죽을 때까지 립스틱 안 사도 되겠네."

그런 순희 씨의 등을 꼭 끌어안았다. 끌어안은 엄마의 어깨가 작고 가늘었다.

"맨날 바르면 되지. 다음에 또 사줄게. 아끼지 말고 써. 고마워, 엄마. 나 버리지 않고 이렇게 키워줘서 고마워, 엄마. 정말 고마워."

느닷없는 고백에도 순희 씨는 아무런 말이 없었다. 선물 받은 립스틱 상자만 매만질 뿐이었다.

그녀가 대답하지 못한 것은 울고 있었기 때문이었다.

갑작스러운 고백에 가슴이 벅차 조용히 눈물만 흘렸다. 딸의 고백이 뭉클하면서도 부끄러웠다.

저 한 마디면 되는데 용기가 없어 필례 씨를 모른 척 살아온 날들이 후회되었다.

부모가 되어 보니 부모의 마음을 그제야 깨닫게 되었다. 지나고 보니 부모에게 뭐 하나 후회가 아닌 것이 없었다.

그동안 용기가 없어 필례 씨를 모른 척 살아온 날들이 후회되었다. 엄마가 되어 보니 엄마 마음을 누구보다 잘 알면서 이제야 필례 씨를 품어 안은 자신이 한심했다. 뭐 하나 후회가 아닌 것이 없었다.

별거 아닌 일에 넘어지고, 좌절해 마음의 문을 닫았다. 그땐 그 문을 열기까지 이렇게 긴 세월이 필요할지 몰랐다.

쉽게 내뱉던, 후회해도 소용없다는 말이 가시가 되어 박혔다.

필례 씨가 돌아온 건 어쩌면 선물이었다.

새로 받는 것만이 꼭 좋은 선물은 아니었다. 낡았지만 잊었던 것을 찾는 것 역시 때론 선물이었다. 적어도 순희 씨에게만은 하나님이 주신 기회였다. 한 번은 바로 잡을 수 있는 기회.

그렇기에 왜 이제야 왔냐고, 왜 하필 치매냐며 탓할 수만은 없었다.

반대로 돌이켜보면 어느 것 하나 감사하지 않은 것이 없었다.

마지막을 나눌 수 있는 기회, 여기까지 딸을 키워온 것. 죽지 않고 살아있어 이 모든 걸 누릴 수 있는 시간.

딸에게 안긴 채 순희 씨는 오래도록 눈물을 흘렸다.

***

아직 남은 숙제가 있었다.

운동화 끝을 바닥에 톡톡 치고 있자니 반가운 그림자가 포개져 왔다.

연화의 얼굴을 보며 이리저리 살피던 제혁은 다시 그녀를 꼭 끌어안았다.

할머니를 보러 병원에 간다고 하고 도통 연락이 되지 않아 걱정하던 참에 연락이 와서 한달음에 달려 나온 것이다.

"무슨 일 있는 거 아니죠? 지금이 어느 시대인데 연락이 이렇게 안 돼?"

"걱정했어요?"

"그걸 지금 말이라고 합니까! 내가 갑자기 연락 안 되면 연화 씨는 걱정 안 해요?"

그의 질문에 빤히 쳐다만 보았다.

"어라? 진짜 무슨 일 있어? 아님 내 얼굴에 뭐 묻었어요?"

"해요. 나도 걱정해요. 나도 당신 연락 안 되면 걱정 돼. 나 그때 말

못 했는데, 나도 당신이랑 있어서 좋아요. 최제혁이 너무 좋아. 당신이 너무너무 좋아. 진짜 좋아. 너무 좋아서 미칠 만큼 좋아요."

황당할 만도 하건만 비유도, 망설임도 없는 날것 그대로의 말에 남자는 두 눈을 질끔 감고는 더욱 힘껏 끌어 안아주었다. 무방비 상태였기에 더욱 아찔한 고백이었다.

창피한 것도 모르고 활짝 문을 여니 냉큼 들어와 주는 제혁이었다. 연화는 안도의 숨을 그제야 몰아쉬었다. 편하게 숨조차 쉬지 못할 만큼 숨 가쁜 하루였다. 어쩐지 제혁과 함께 있는 이 공간에만 신선한 공기가 가득한 것 같았다.

세상에 그깟 밀가루 덩어리가 뭐라고.

정말인지 이해가 안 되었다. 삼십 년 전의 필례 씨도, 불쌍한 척 스스로 비겁하게 살아온 연화 자신도 용서해버렸다. 한 방이었다.

그깟 밀가루 덩어리 앞에서 곤죽이 되어 흐물흐물 녹아버렸다.

동화 속 마법에서 풀린 공주가 따로 없었다.

때론 계모일지도 모른다고 생각했던 엄마도, 홀로 마음을 주며 애타던 아랫집 왕자도, 누구보다 다섯 살 비오는 밤에 갇혀 있던 어린 공주도 굳게 닫힌 저주의 성벽으로부터 깨고 나왔다. 마침내 동화의 끝을 향해 달려가고 있었다.

'그들은 오래오래 행복하게 살았습니다.'

현실에서도 가능한 해피엔딩으로.

그리고 할머니는 밤바람이 더는 차갑지 않은 이른 봄이 되자 서둘러 길을 떠났다.

마치 오래전부터 가야 할 길을 알았던 사람처럼 먼 길을 재촉했다. 남겨진 사람들이 슬퍼할 겨를조차 없이.

***

장례식장 제일 끝 작은 곳에 빈소가 차려졌다.

작은 방이었지만 모녀 둘뿐인 그녀들에게는 운동장만큼 넓게 느껴졌다. 그만큼 쓸쓸했다.

두 사람이 상복으로 갈아입기도 전에 손님들을 맞을 음식들이 배달되어 왔고, 영정사진이 제자리를 찾아갔다. 속전속결이었다.

사람이 떠난 자리에 베테랑들의 손길이 빼곡하게 채워졌다.

남은 자들의 빈 마음일랑 채워졌는지는 중요하지 않아 보였다.

조용하고 엄숙할 거라는 예상과 달리 장례식장은 이미 분주하고 소란스러웠다.

가장 걱정이었던 순희 씨 역시 그 분주함과 소란함에 파묻혀 잘 따라오는 듯했다. 그 모습에 연화의 걱정도 한결 가벼워졌다.

순희 씨는 도우미들이 차려준 음식을 손으로 집어 먹으며 이리저리 잔소리를 했다.

"고기가 너무 퍽퍽하네. 수육 부위가 너무 살코기 위주야. 바꿔줘요. 그래도 사람들 대접하는 데 고기가 제일 중요하지."

떡은 맛있다며 어제부터 내내 빈속이었던 연화의 입에 밀어 넣어주는 것도 잊지 않았다.

오물오물 씹으며 그런 순희 씨를 가만히 바라보았다. 아무것도 하지 못한 채 영정사진 앞에 앉아 울고만 있을 줄 알았더니.

씩씩한 순희 씨라서 천만다행이었다. 그녀가 누구던가, 깡 하나로 버텨온 깡순희 아닌가.

빈소가 한창 준비 중이던 그때 제일 먼저 석화가 도착했다.

그는 모녀를 번갈아 꼭 안아주었다.

안아주는 품이 따뜻해 두 사람 다 잠시 가만히 기대었다.

석화는 이곳의 주인인 듯 모든 일을 도맡아 해주었다. 그 덕분에 두 사람도 일을 멈추고 손님들을 맞을 준비를 할 수 있었다.

다음으로 박씨 아저씨가 도착했다. 일을 하다 왔는지 깔끔한 차림새는 아니었다. 얼굴에 거뭇한 그을림이 아직 묻어 있었다. 아저씨에게 순희 씨는 수건을 내어주었다.

독수리 오형제와 제혁 그리고 이젠 제법 배가 나와 임산부 티가 나는 가은이 함께 찾아왔다.

오형제와 제혁은 각자 알아서 자신들이 할 일을 찾아 했다.

가은은 조용히 연화와 순희 씨 옆자리에 앉았다.

"좋은 것만 봐야지 뭐한다고 임산부가 여기까지 와?"

몸이 무거워 기우뚱 하는 가은을 붙잡아주며 말했다.

"그런 게 어디 있어요. 임산부 마음 편한 게 장땡이지. 언니랑 아줌마가 여기 있는데 텅 빈 하숙집에서 나 혼자 마음이 편해요? 그건 태교에도 안 좋아요. 그냥 언니랑 아줌마 옆에 있을래."

기어코 자리에 끼어드는 가은을 보며 연화는 제 방석을 빼 받쳐주었다.

연화를 향해 눈을 찡긋대며 '엑스 동생이잖아요 나' 하며 너스레를 떨어 잠시 웃기도 했다.

귀찮지만 함께 산부인과를 다녀준 보람을 느꼈다.

가장 마지막으로 온 사람은 민희였다.

저 멀리서부터 또각거리는 구두 소리가 복도를 울렸다. 민희는 오디션을 보고 왔는지 새빨간 반짝이가 주렁주렁 달린 미니 원피스 차림이었다.

그녀의 차림새에 딱히 놀라지도 않는 연화하숙 사람들이었다.

일을 돕던 업체사람들만 수군거릴 뿐이었다.

"아이고, 우리 순희 씨 애썼네. 그동안 애썼다. 고생했어."

민희가 순희 씨를 끌어안은 채 등을 쓸어내리자 순희 씨가 민희의 어깨에 고개를 박고는 흐느끼기 시작했다.

내내 씩씩했던 순희 씨가 민희를 보자마자 무너졌다.

오래된 석화도, 딸보다 예뻐했던 절친 가은도 아닌, 민희를 보자마자 그대로 울음을 터트렸다.

그런 그녀를 이해한다는 듯 민희는 토닥토닥 등을 두들기며 달래 주었다.

재작년에 먼저 어머니를 보낸 민희의 한 마디에 순희 씨는 잠시 마음을 내려놓고 오열했다.

어쩌면 순희 씨는 참고 있었는지 몰랐다.

엄마도 엄마를 잃은 건 처음이라 어떻게 해야 하는지 몰라 그 슬픔을 묵묵히 흘려보내고 있었다. 이 순간에도 딸 앞에서는 강한 나무이고 싶었다.

그러다 민희를 보자 그제야 슬픔이 복받쳐 올랐다.

열 살도 훌쩍 넘는 나이 차이는 중요하지 않았다. 안겨 아이처럼 속절없이 울었다.

그 순간만큼은 민희가 순희 씨보다 어른이었다. 사랑하는 사람을 먼저 떠나보내고 줄곧 남겨진 자였던 그녀가 순희 씨의 인생 선배였다.

품에 안겨 아주 오랫동안 필례 씨를 맘껏 그리워하며 보낼 준비를 마친 순희 씨였다.

***

민희가 상복으로 갈아입고 가은의 옆자리에 앉자 모든 준비가 끝났다.

연화하숙 사람들만으로도 제법 찼던 빈소에 하나 둘 사람들이 찾아왔다.

엄마와 함께 맥주를 마시는 동네 아줌마들, 정육점 미정이네, 영기 엄마, 그 중에는 유난히 저렴한 연화하숙 월세 문제로 엄마와 머리끄덩이를 잡으며 싸운 자강원룸 주인 아주머니도 있었다.

두 사람은 오래된 친구 마냥 한참을 껴안고 위로했다. 아이러니한 모습에 자꾸만 웃음이 나왔다. 밤이 되자 조문객들이 꽉 들어찬 빈소가 활기를 띠었다.

넘쳐흐르는 음료수 거품에도 까르륵 웃어대는 순희 씨의 어린 대학 동기들을 보니 젊음들이 내어주는 호들갑이 고마웠다.

박씨 아저씨를 필두로 삼삼오오 모여 화투판을 벌린 동네 사람들 목소리에 간간히 웃음이 흘러나왔다.

그 옆 테이블에는 순희 씨의 또 다른 대학교 친구들이 자리 잡고 앉아 있었다.

학교 교내 식당 아주머니, 경비원 아저씨, 교내 문구점 부부 모두가 순희 씨의 친구였다.

순희 씨의 오지랖과 정, 가득 퍼주던 인심이 불러온 사람들이었다.

때로는 연화가 몸서리치게 싫어했고, 미련하다 했던 순희 씨의 마음이 불러온 사람들은 그녀의 슬픔에 한마음으로 화답하고 있었다.

그들이 피워주는 열기에 훈훈했다.

사람들 사이에서 미소 짓고 있는 순희 씨를 보자 엄마의 인생이 틀리지 않았음을 느꼈다.

새벽이 되면 썰물처럼 사람들이 빠져나갔고 연화하숙 사람들도 각자 휴식을 취했다. 고맙게도 연화하숙 사람들 모두가 장례식을 마치는 내내 모녀의 곁을 함께 지켜주었다.

정신을 차릴 겸 세수를 하고 오자 할머니의 영정사진 앞에 쪼그려 앉은 순희 씨가 눈에 보였다. 조용히 다가가 그 옆에 앉았다.

인기척을 느꼈지만 순희 씨는 영정사진만 바라볼 뿐이었다.

할머니가 돌아가시기 전 유난히 햇볕이 좋은 날이었다. 산책로에서 연화가 휴대폰으로 찍어준 사진이 액자에 걸려 있었다.

할머니는 환자복 위에 엄마가 사준 핑크 카디건을 입고 환하게 웃고 있었다.

그날 집으로 돌아가는 엄마와 자신의 코트 주머니에는 어김없이 들꽃들이 제각기 꺾여 있었다.

마치 그날의 들꽃 같은 웃음으로 할머니는 저기 사진 속에 앉아 있었다.

"할머니 가시기 전에 병실에서 자던 날 엄마가 할머니한테 그랬다? 다음 생에도 할머니 딸로 태어나서 그때는 어린 나이에 임신도 안 하고, 애도 안 낳고 할머니 옆에서 곱게 있다가 좋은 놈 만나서 시집가겠다고. 말 잘 듣겠다 그랬어. 너 안 낳는다고 하니까 서운해?"

연화의 기분을 살피며 물었다.

"서운하긴 뭐가 서운해."

"그랬더니 할머니가 그러더라. 징글징글하게 한 번 했으면 됐지, 뭘 또 만나냐고. 다음번엔 군수 딸로 태어나래. 방에 피아노도 있고, 허벌나게 배운 부모 밑에서 잘 배우고 크라고. 우리 반에 군수 딸년이 하나 있었는데 걔가 참 얼굴도 예쁘고, 피아노도 잘 치고 그랬거든."

핑크롤에 말려 잔뜩 성이 나 있던 뽕이 없어 그런가 오늘따라 엄마의 머리가 축 처져 보였다. 그게 순희 씨를 초라하게 보이게 했다.

"나도 우리 반에 국회의원 딸 있었어. 걔 진짜 재수 없었는데. 그러고 보면 걔가 나 아빠 없다고 소문냈어. 나쁜 년."

"그걸 가만 뒀어? 뒈지게 패주지."

"패주면? 뒷감당은 누가 하고? 엄마가 국회의원이랑 잽이 돼? 그냥 내가 참고 말지."

연화의 대답에 순희 씨가 씁쓸하게 웃어 보였다.

"너도 다음에 국회의원 딸년으로 태어날래? 하숙집 아줌마 딸 말고?"

"싫어. 그냥 하숙집 딸년 할래."

"그래? 그럼 그래라. 나도 중국집 딸년 하지 뭐."

"그러던지."

싱거운 대화를 끝으로 두 사람은 한참이나 필례 씨의 영정사진을 바라보았다.

기분 탓인지 필례 씨의 웃음이 한층 더 싱그러웠다.

그리곤 하염없이 자신을 바라보는 딸과 손녀에게 말하고 있었다.

'이젠 모두가 편안해지기를.'

할머니가 견딘 삶의 마지막 무게를 독수리 오형제와 제혁이 나누어 짊어 지었다.

그 뒷모습을 따라가던 순희 씨가 별안간 연화의 옆구리를 쿡쿡 찔렀다.

"최 교수 보면 볼수록 사람 참 괜찮단 말이야. 잘 구슬려서 결혼까지 가봐."

"엄마는 지금 이 상황에 그런 말이 나와?"

"뭘, 산 사람은 또 묵묵히 살아야지. 엄만 최 교수 맘에 들어."

"결혼이 뭐 구슬린다고 되는 거야? 그리고 엄마나 잘해. 석화 아저씨 그만 애태우고."

"걱정 마. 나도 쟤 잘 구슬려서 연애할 거니까."

"뭐?"

앞서 걷는 석화를 턱으로 가리키자 연화가 놀라 사레가 들렸다.

누가 들을세라 더욱더 목소리를 낮췄다.

"아직 할머니 장례식 안 끝났어. 왜 그래 진짜."

"뭐! 할머니도 편히 가셨고, 너도 제 짝 찾았고, 엄마도 이제 썸 좀 타면서 살겠다는데."

"아우, 좀 조용히 해. 사람들 들으면 어쩌려고."

연화는 주위를 둘러보며 눈치를 봤다. 다행히 무리와는 한참 떨어져 있었다.

"할머니 벌써 저기 천국 가셨어. 좋아하는 트로트 부르면서 춤추고 계실걸? 이런 거 다 남아 있는 우리 마음 편하자고 하는 거지. 이제 연화 너나 나나 숨 좀 쉬며 살자."

검은 상복 차림의 두 여인이 꼭 손을 맞잡았다.

순희 씨 말이 틀린 것도 없었다. 필례 씨의 시계는 삼 일 전에 완전히 멈추었다.

이 모든 건 남아 있는 자들의 의식이었다. 고인을 기억하고, 그리워하고, 더욱 사랑하지 못했음을 인정하고 반성하는.

그래서 남아 있는 사람을 더 맘껏 사랑하기 위한 추모였다.

함께한 시간이 많지 않기에 추억할 것조차 없을 거라 생각했지만 삼 일 동안 순희 씨와 연화는 오로지 필례 씨만을 추억하고 또 생각했다.

멈춘 시간은 남겨둔 채 우리의 시간은 계속해서 흐르고 있었다.

필례 씨가 비워둔 자리에는 머물고 있던 사람들이 들어찼다.

죽음이 지나간 자리에 비로소 소중한 사람들의 자리를 알게 되었다.

장례는 우리에게 남은 생을 살아내기 위한 재정비의 시간이었다.

그건 떠난 자가 주고 가는 마지막 이별 선물 같은 것이었다.

순희 씨의 의연한 어깨 뒤로 죽음이 꼭 슬픈 것만은 아닐 수도 있다고 생각했다.

***

우리의 시계에 자비라곤 없었다. 모두에게 동일한 24시간이 주어졌고, 각자의 방법대로 살아내고 있었다.

가은이는 며칠 전부터 아예 4층 집에 짐을 풀었다. 출산을 오늘 내일 하는 가은에게도, 앞으로 태어날 아이에게도 한 평짜리 원룸은 작고 비좁았다.

그 바람에 연화는 제 침실을 내주었다.

"언니, 미안해요. 매일 신세만 지네요."

아무 때나 고개 빳빳이 드는 당돌한 가은도 맘에 안 들지만 코가 쏙 빠진 가은은 더 맘에 안들었다.

"됐다. 누가 알아? 내가 너한테 신세 질 날이 올지."

그 말에 배시시 웃는 가은을 보자 꼭 아기 같았다. 애기가 애를 낳는다니 괜한 걱정이 들었다.

아침이 되자 연화하숙 식구들이 하나둘 몰려들었다.

졸업을 앞둔 독수리 오형제는 취업 준비로 밥을 먹으면서도 영어 단어를 외우느라 정신이 없었다.

여전히 말없이 밥만 먹는 박씨 아저씨는 고향으로 내려간다며 이번 달을 마지막으로 방을 비우기로 했다. 민희는 번번이 오디션에 떨어지고는 유명 트로트 가수 전담 코러스 시험을 봐 합격했다.

같은 코러스 멤버들을 두고 어린년들이 싸가지가 바가지라며 요즘 들어 음식을 짜게 먹었지만, 그래도 항상 콧노래였다.

무대에 서는 것만으로도 행복해 보였다.

제혁과는 여전히 잘 지내고 있었다. 연화하숙에 들어와 가장 잘한 일이 제혁을 단숨에 낚아챈 일이 아닌가 싶었다. 무엇이든 맛있게 푹푹 퍼먹는 그를 연화가 다정하게 쳐다보았다.

순희 씨는 여전히 302호를 정리하지 못하고 4층과 어설픈 두 집 살림 중이었다.

302호는 완전한 아지트가 되었다. 그리고 순희 씨 옆의 한 남자.

연화하숙에서 유일한 무전취사 투숙객 석화였다.

전 하숙 아줌마 썸남이라는 배경을 등에 업고 한자리 차지하고 공짜 밥을 먹었다.

필례 씨의 장례를 치르고 얼마 지나지 않아 순희 씨는 연화를 불러 앉혔다. 그녀는 남은 여생을 석화와 함께 하고 싶다고 했다.

알고 있던 사실이었으므로 연화는 축하했지만 순희 씨는 결혼은 하지 않겠다고 호언장담을 했다.

연화에게 서른 살 차이 나는 배다른 동생만큼은 남겨주지 않겠다면 생색을 냈다.

괜찮다는 연화를 한사코 말리고 순희 씨는 석화의 관계에 정확한 선을 그었다.

김필례의 딸로, 백연화의 엄마로 산 오십 년 뒤에 누군가의 아내라는 삶을 덧붙이고 싶지는 않다고 했다.

좋아하는 사람을 두고 선을 그을 수 있는지 한창 달아오를 대로 달아오른 연화는 이해할 수 없었지만 엄마의 인생을 응원하자 싶었다.

어쨌든 순희 씨는 자강대학교 내 교수와 썸 타는 유일한 늦깎이 대학생이었다.

연화하숙에서 정작 연화 자신만 빼고 똘똘 뭉친 꼴사나운 하숙집 사람들이었다.

그런 그들이 한데 둘러 앉아 밥을 먹고 있는 모습을 보자니 괜스레 마음 한구석이 간질거렸다.

식구가 뭐 거창한 건가? 같이 밥 먹고 살 부대끼며 살면 그게 식구지, 했던 순희 씨의 말에 연화 역시 서서히 물들어 가는 게 틀림

없었다.

취업의 압박 속에서 조금씩 말라가는 독수리 오형제에게 자꾸만 한 주걱씩 더 얹게 되는 마음이, 항상 급하게 밥을 먹는 박씨 아저씨에게 매실액을 챙겨주는 마음이.

혹여나 민희 언니가 짜게 먹을까 소금은 찬장 깊숙이 숨겨놓게 되고, 가은에게는 가장 예쁜 사과만 골라서 내밀게 되는 걸 보니 저도 어엿한 하숙 아줌마가 된 것 같았다.

302호엔 엄마가 여전히 대학생활 중이었고, 연화는 여전히 자의 반 타의 반으로 하숙 아줌마였다. 그러나 더는 막연히 외국에 가고 싶단 생각도, 이 생활에서 벗어나고 싶단 생각도 없었다.

천천히 스며든 연화하숙 식구들이, 하숙집 일상이 점점 좋아진다.

동네에서 가장 싼 월세도, 공짜 아침밥도, 잘 말려서 쌓아놓은 수건도 좋다.

언제까지 주어질지 모르나 적어도 제게 주어진 연화하숙에서의 시간만큼은 기꺼이 있는 그대로 사랑하고 품고 싶었다.

그리하여 나중에 참 잘했다는 칭찬을 듣고 싶었다.

어쩌면 연화하숙은 연화에게 엄마이자 할머니였고, 또 힘들 때 자신의 옆을 지켜준 이웃들이었다. 그리고 이제는 이름답게 자기 자신이었다.

연화하숙은 이제야 제법 연화하숙다워지고 있었다.

우리 집에는 오늘도 엄마가 산다

문득문득 지나간 자리들이 확연히 드러날 때가 있었다.

할머니가 그랬고, 연화하숙 사람들이 그랬다.

제일 먼저 떠난 건 박씨 아저씨였다. 엄마를 통해 들려온 소식에 의하면 아저씬 고향에 작은 고물상을 개업했다고 했다.

그 소식에 엄만 서울에서 대천까지 떡을 맞춰 보냈다.

개업식과는 어울리지 않게 새하얀 백설기였다.

힘들었던 서울에서의 시간일랑 잊고 그곳에서 새롭게 태어나라는 뜻이지 싶다.

그 후 월요일 현중과 화요일 기호가 꽤 이름 있는 회사에 취업해 하숙집을 떠났다. 나머지 재영과 영준 그리고 재석은 줄줄이 취업에 실패했다.

지푸라기라도 잡는 심정으로 그들은 함께 공무원행 노량진 막차에 올라탔다.

늘 함께 있을 것 같던 독수리 오형제도 그렇게 제각기 흩어졌다.

민희 언니는 코러스를 했던 동료와 마지막으로 음반을 내보겠다며 얼마 안 되는 보증금을 빼 동료의 집으로 들어갔다.

트로트계의 은방울 자매가 되겠다는 커다란 포부를 안은 하이패스시스터라는 이름으로 앨범도 냈는데, 신기하게도 휴게소에서는 꽤 팔리는 모양이었다.

칠전팔기의 여인이었다. 민희 언니는.

그리고 마지막으로 이곳을 떠난 건 제혁 그리고 나였다.

그가 먼저 이곳을 떠났다. 영원할 것만 같았던 그와 나의 아랫집 윗집 동거 라이프는 생각보다 길지 않았다.

그가 떠나고 일주일 뒤 우린 결혼했고, 나는 연화하숙과 멀지 않은 신축 아파트에 제혁과 함께 한 집 동거 생활을 시작했다.

나는 박혔던 돌들이 떠난 자리가 도드라질 때마다 홀로 남을 엄마가 걱정이었다.

그런 나를 배려해 멀지 않은 곳에 신혼집을 알아봐준 제혁이었지만, 마음 한쪽은 늘 무거웠다.

그러나 걱정도 잠시 요즘 엄마를 홀린 상대가 있는데, 박힌 돌들의 자리를 야무지게 채운 굴러온 돌이었다.

하루하루 뜻을 이루고 살라는 뜻의 하루라는 남자아이였다. 가은의 아들이다.

작은 몸으로 새근새근 숨결을 불어내고 마시기를 반복하는 볼록이는 배를 보고 있자면 시간이 어떻게 가는 줄 몰랐다. 가은을 닮아 오밀조밀 예쁜 얼굴이었다.

묘하게 하루 근처에만 가도 특이한 냄새가 났는데, 고소한 우유 냄새 같기도 하고, 구수한 누룽지 냄새 같기도 했다. 때론 시큼한 모과 같은 냄새도 나는 것 같았다.

아이가 머문 곳마다 생동감으로 가득했다.

아무튼 크기로 보나, 인원 수로 보나 많이 부족한 굴러온 돌이었지만 일당백으로 연화하숙을 가득 채웠다.

***

1년 후

제혁도 학회에 갔고, 빈 집에 혼자 있기 싫어 간단하게 짐을 챙겨 엄마에게로 향했다.

걸어서 10분 거리니 짐이라고 해봤자 하루에게 줄 선물을 담은 작은 쇼핑백 하나가 전부였다.

익숙한 골목길을 돌아 연화하숙, 아니 이제는 '연화쉼터'라는 작은 간판을 단 익숙한 건물이 눈에 보였다. 엄마는 우리를 끝으로 더이상의 하숙생들을 받지 않았다.

엄마의 하숙집이자, 한때는 나의 하숙집이었던 연화하숙은 연화쉼터라는 새로운 이름을 달고 미혼모들을 위한 쉼터로 바뀌었다. 그곳에 1호로 둥지를 튼 건 물론 가온이었다.

지자체의 지원도 받고, 조금씩 소문이 나기 시작하더니 이제는 제법 그럴싸한 생활 단체가 만들어졌다.

대기를 기다리는 명단은 줄지 않았다.

도움이 필요한 사람이 우리 주위에는 생각보다 많았다.

한창 제혁과 결혼 준비 중이던 어느 날 엄마는 '집 비워'라는 세 글자로 간단히 강제 퇴거 명령을 내렸다. 얼마 후 보기 좋게 하숙집 아줌마에서 해고당했다.

그래도 나름 대표직이었건만 퇴직금 한 푼 없이 맨몸으로 쫓겨났다.

싫다는 사람 잡아 끌어다 앉힐 때는 언제고 하루아침에 실직자를 만들어버린 대책 없는 엄마를 확! 노동청에 신고할까도 했지만 핏줄이 뭐기에, 그냥 엄마의 또 다른 도전에 응원을 하기로 마음을 굳혔다.

생각보다 아쉬움이 컸다. 한때는 하루빨리 벗어나고 싶은 곳이었지만 그 동안 정이 많이 들었는지, 서운한 마음에 한동안 이리저리 맘고생을 했다.

이제 좀 연화하숙의 연화다워지나 싶었는데 쩝.

여러모로 아쉬운 날들의 연속이었다.

"엄마 나 왔어. 하루야, 이모 왔다."

4층 현관문을 열자 도도도 작은 형체가 뛰어나와 풀썩 안겼다.

"자식! 언제 커서 이렇게 뛰어 다녀."

"언니 왔어요?"

안긴 하루를 번쩍 들어 올리는 나를 보며 가은이 빨래를 개며 인사했다.

"하루 엄마야, 이것도 이제 걷자. 어? 너 언제 왔어?"

볕이 좋아 일광욕 중이던 이불들을 정리하던 엄마와 가은이.

층층마다 엄마와 아이들만 모여 사니 빨래를 마친 아기 이불도

반대쪽에 한가득이었다.

"그냥 집에 혼자 있으면 뭐해. 심심해서 왔어."

"잘 했네. 있어. 점심에 국수 끓여 먹게. 하루 엄마야, 이리 와봐."

하루 엄마라는 소리에 가은이 '네' 하며 자리에서 벌떡 일어나자 그 모습을 한참 동안 바라보았다. 하루만 하루가 다르게 커간 것은 아니었다.

누워만 있던 아기가 뒤집기를 하고 땅을 짚고 일어나 뛰기까지 가은 역시 하루하루 하루의 엄마가 되어가고 있었다. 이제는 제 이름보다 하루 엄마로 불리는 게 전혀 어색하지 않아 보였다.

이곳엔 온통 엄마들뿐이었다. 하루 엄마가 된 가은, 연화 엄마로 삼십 년을 살아온 순희 씨, 그뿐인가 층층이 각 방마다 각자 자신을 닮은 아이를 품고 눈물 없이 들을 수 없는 사연을 등에 업은 엄마들이 서로가 서로를 의지하며 함께 살고 있었다.

연화쉼터는 아기보다 더 연약하고 지친 엄마들이 모여 있었다.

그 열악한 상황 속에서도 아이만은 지키겠다는 신념 하나로 서로를 디딤돌 삼아 일어나고 함께 살아가는 그야말로 엄마들만의 세상이었다.

그들은 때로 서로가 남편이었고 친정엄마이자, 동지였다.

그곳에 유일하게 나만 엄마가 아니었다.

언젠가 연화하숙에 처음 발을 내딛은 날도 그러했다. 정작 연화하숙의 연화인 나만 그곳이 낯설고 싫었다. 지금도 마찬가지였다.

누구나 엄마가 될 수 있다고 생각했다.

모두가 같은 축복 속에 아이를 낳는 건 아닐지라도 맘만 먹으면 엄마가 될 수 있다고 생각했다. 좋은 엄마, 나쁜 엄마는 그 뒤의 얘기라 착각했다.

그건 정말이지 철저한 교만이었다.

정작 아니라고 했지만 죽어도 엄마가 되겠다고 선택한 사람들 속에 유일하게 나 혼자만 엄마가 될 수 없었다.

언젠가 엄마의 말처럼 '애 안 낳을 거야'라고 입방정을 떨었던 벌을 받고 있는지도 몰랐다.

나는 아직 엄마가 되지 못했다.

***

분명 잔다고 짐까지 싸와서는 연화는 늦은 밤 집으로 가겠다며 현관문을 나섰다. 그 모습에 순희 씨도 얼른 외투를 챙겨 뒤따라 나왔다.

"자고 간다는 년이 왜 그냥 가?"

"그냥, 내 집이 아니라 그런가 불편해. 우리 집 가서 잘래."

"언제부터 거기가 네 집이었다고. 너 여기서 산 게 훨씬 길거든?"

"여기가 뭐 내 집이었어? 엄마 집이었지. 몰라, 빨리 들어가. 얼마나 멀다고 데려다 준다 그래."

"누가 너 데려다 준대? 운동하는 거지. 얼른 가. 오는 길에 슈퍼 문 닫기 전에 대파 한 단 사야 돼."

"그렇게 수십 년을 밥하고도 또 누구 밥 해 먹이는 거 귀찮지도 않아?"

가은이 돕는다 하지만 쉼터 사람들의 밥을 거의 혼자 준비하는 순희 씨가 안쓰러워 물었지만 그저 사람 좋은 웃음만 돌아왔다.

"고작 사람들 밥 해 먹이고 빨래 해주려고 그 나이에 대학 갔어?"

"또 뭐가 빈정 상해서 이런데?"

"빈정은 무슨. 그런 거 아니야!"

"빈정 상한 거 맞구만 뭘. 야야, 새끼라는 게 내 맘대로 되는 듯싶냐? 내 뱃속에서 열 달 품고 내 배 아파 낳았다고 내 맘대로 될 것 같으냐고. 어림없다. 네 배에 들어앉는 것도, 열 달 동안 네가 품을 수 있는 것도 다 네 맘대로 안 되는 거야. 새끼라는 것이, 자식이라는 것이 그래. 나한테 오는 것부터가 내 맘대로 안 돼. 그러니까 네 탓 아니야. 조급해하지 마. 결혼한 지 얼마나 됐다고."

"엄마 말대로 내가 입방정 떨어서 그런 걸까?"

"지랄! 맨날 죽어라 말도 안 듣는 게 왜 한 번 흘려 말한 거는 주워 담고 난리야. 그건 네 입방정 아니고, 내 주둥이가 방정이었던 거야. 허튼 소리 하지 말고 배나 따뜻하게 하고 다녀."

생각 없이 내뱉은 말을 주워 담고 싶은 순희 씨였다.

가던 길을 멈춰 우두커니 서서 딸의 외투 단추를 잠가주었다.

"참 웃기다. 정작 엄마 딸은 애도 못 낳는데, 엄마 집에는 임신했다고 버림받고 상처 받은 사람들만 떼지어 있는지. 참, 세상 진짜 불공평하다. 애타는 우리한테나 좀 보내주지. 저 아까운 청춘들 발목 잡지 말고 나한테나 좀 주시지."

한탄 가득한 말에 순희 씨 손이 잠시 주춤했지만 마저 단추를 채우고는 앞장서서 걸었다. 그리고 연화의 손을 꼭 잡아 끌었다.

"거 봐라. 그래서 자식새끼 내 맘대로 안 된다고. 내가 원하는 때, 내가 필요한 때 턱 하니 나타나면 어디 그게 새끼냐? 마트에서 장 보는 거지. 그래서 귀한 거야. 엄마가 자식 귀한 줄 알라고 하나님이다 그렇게 하시는 거야. 기다려봐라. 너한테 딱 맞는 때에 아주 좋은 때에 주시지."

"그럴까?"

연화의 되물음에 순희 씨는 그저 잡은 손을 꽉 잡아주었다. 손이 얼음장처럼 차가웠다.

밤하늘을 올려다보니 몇 개의 별이 아득하게 반짝였다.

눈물이 나올 것 같기도 했지만 하늘에 말하고 싶어 고개를 번쩍 들었다.

'저리 빛나는 것처럼 예쁜 것 하나 콕 찍어 뱃속에 튼튼하게 심어주세요. 떨어지지 않게 단단하게.'

기도하고 또 기도했다.

* * *

"엄마, 언제 와? 엄마한테 전화해봤어?"

"장모님 이제 오신대. 시험 지금 끝나서 오고 계시대. 조금만 참아. 연화야, 응?"

땀으로 범벅된 얼굴이 고통에 한껏 일그러졌다.

연화의 뺨을 어루만지는 제혁의 손도 바들바들 떨려왔다.

남산만 하게 불러온 배를 쥐어 잡으며 힘들어하는 아내에게 정작 해줄 것이 없어 안절부절이었다. 흡사 짐승 소리 같은 신음 소리가 나오는 걸 보니 출산이 곧 임박해 보였다.

어떤 성격 급한 놈인지 예정일 3주보다 빨리 세상 구경을 위해 준비 중이었다.

대학원 면접시험을 위해 자리를 비운 장모님만 찾아대는 연화 때문에 그의 속도 까맣게 타들어가고 있었다.

"악! 엄마 언제 오냐고! 엄마!"

그사이 진통이 심해졌는지 소리를 질러댔다.

그때였다. 가족 분만실 문이 열리더니 한겨울에 땀으로 범벅이 된 순희 씨가 뛰어 들어왔다. 어찌나 급하게 달려왔는지 한동안 밀린 숨을 내쉬느라 제대로 말도 못 했다.

"엄마 왜 이제 와! 나 죽는데 왜 이제 와!"

순희 씨를 보자 연화가 아이마냥 생떼를 쓰기 시작했다. 밀렸던 이자를 재촉하는 빚쟁이가 따로 없었다.

"아이고, 미안, 미안해. 엄마가 미안해. 늦게 와서 미안해."

연화의 말도 안 되는 고집에도 순희 씨는 연신 미안하다며 연화의 젖은 머리칼을 쓸어 넘겼다.

연화는 그제야 조금씩 안정을 찾아 나갔다.

진통이 물밀 듯 밀려올 때도 전처럼 소리를 지르는 것 대신 순희 씨의 손을 꽉 잡았다.

"야야, 아프면 뱉어내. 너 그러다 이 상한다. 어? 이놈의 새끼는 뭣 한다고 아직도 안 나오고 애미 속을 썩이냐. 썩이기를!"

연화의 가슴팍을 쓸어주면서도 애가 탔다.

"연화 너는 나올 때도 순해서 힘 몇 번 주니까 그냥 쑥 나왔는데, 이건 세상 나오기도 전에 아주 불효를 하네. 으이구, 누굴 닮은 거야."

연화 옆에서 안절부절못하는 제혁을 노려보았다. 세상 이런 사위 없다며 입에 침이 마르게 칭찬했지만 오늘은 제 딸을 힘들게 만든 장본인 같아 미워 보였다.

그녀 역시 열한 시간을 꼬박 진통하고 연화를 품에 안았으면서 오랜 기억은 까마득하게 잊어버린 것 같았다.

"왜 아직 세상에 나오지도 않은 내 새끼한테 그래."

몰아치던 진통 주기가 지나가자 이제 좀 살 만한지 순희 씨를 향해 힘겹게 내뱉었다.

"그래도 또 엄마라고 제 새끼 욕하는 건 싫은가 보지? 몰라, 나는 태어날 손주보다 내 새끼 배 아픈 게 더 맘 아파."

결국 고개를 돌리고는 눈물을 훔치는 엄마였다.

"할머니도 그랬나? 손주인 나보다 딸인 엄마 가슴 아픈 게 먼저였나. 그렇게 생각하니까 또 할머니 마음도 이해 가네, 뭐."

연화를 출산하던 그날 필례 씨 역시 순희 씨의 손을 꼭 잡아주었다.

진통할 때는 몰랐는데 연화를 낳고 보니 필례 씨의 손에 커다란 물집이 잡혀 있었다.

무슨 상처냐고 닦달하자 그제야 마음이 급해 탕수육 기름을 저도 모르게 손에 붓는 실수를 했다고 이실직고 했다.

살갗이 벗겨져 진물이 덕지덕지 말랐는데도 분만 내내 잡은 딸의 손을 놓지 않았다.

그게 또 그때 순희 씨 마음에 물집이 되었다.

그날의 필례 씨가 떠오르자 가슴이 먹먹했고 눈가가 촉촉해졌다. 자꾸만 목이 메어왔다.

"그만 말해…… 기운 빠져. 그나마 살 만할 때라도 힘 좀 아껴."

목이 메어 몇 번이나 헛기침을 했지만 갈라지는 목소리가 어쩔 수 없었다.

어리기만 한 것 같던 딸이 이제 엄마가 된다고 용을 쓰는 모습을 보자니 새삼 필례 씨의 마음이 실감되었다.

　세상 살 만큼 살았다고 생각했는데 겪어봐야 깨닫는 건 여전했다.

　엄마가 되고 엄마의 마음을 안 것처럼 겨우 할머니가 되어 보니 그때의 필례 씨의 마음이 느껴졌다.

　품었던 열 달보다 곱절은 더 긴 것 같은 시간이 흐르고, 드디어 방 안 가득 우렁찬 울음소리가 퍼졌다. 예쁜 딸이었다. 팅팅 불어 빨간 원숭이 같았지만 예뻤다. 이미 임신 때부터 딸 바보 예약인 제혁은 물론이고 모녀 눈에도 잘 빚은 점토마냥 반질하니 예뻤다.

　연화가 회복실로 오자 멀리서부터 시부모님이 와 계셨다.

　지칠 대로 지친 연화에게 수고했다는 말을 남기신 시부모님은 곧 이어 작은 침대에 누여 오는 손녀에게로 온 신경을 쏟았다.

　세상에 태어난 걸 아는지 모르는지 아기는 편안하게 잘도 자고 있었다. 온 관심이 아이에게로 향했다.

　오직 순희 씨만 너덜너덜해진 연화에게 향했다. 순희 씨는 보온병 을 꺼내더니 뽀얀 국물을 내밀었다.

　"마셔. 먹기 싫어도 남기지 말고 꿀떡꿀떡 마셔. 뼈 벌어진 데는 족만 한 게 없어."

　"이거 사러 나갔다 온 거야? 밖에 추운데."

　연화를 억지로 일으켜 한 방울도 남김없이 비우게 하고는 다시 자리에 눕혀 발끝까지 이불을 꽁꽁 싸맸다.

　"바람 들어가면 안 된다. 뼈 시려."

　"엄마."

"왜? 뭐 줄까? 어디 아파? 의사 부를까?"

"할머니 된 거 축하해. 그리고 고마워. 나 엄마 되는 모습 지켜봐 줘서, 옆에 있어 줘서. 고마워, 엄마. 엄마한테 자꾸만 고마운 것투성이인 거 보니까 나 엄마 됐나 봐."

"잘했어. 그래 내 새끼, 잘했다. 잘했어. 잘 버텼어."

새 생명의 탄생에 기쁨이 넘쳐흐르는 그곳에서 두 모녀만 눈물바람이었다.

딸은 엄마가 옆에 있어 준다는 것만으로도 고맙고, 엄마는 딸이 잘 버텨준 것만으로도 고마운 마음에 서로를 부둥켜안고 잘했다고 위로하며 원 없이 울었다.

행복해서 울음이 났다.

두 사람은 그날 실컷 양껏 웃으면서 울었다.

5년 뒤

분명 연화 자신 때만 해도 미운 여섯 살이라 했는데, 웃기고 있는 소리다.

미운 여섯 살이 웬 말인가! 죽이고 싶은 여섯 살이었다.

콩알만 한 것이 한 마디를 져주지 않고 대드는데 평생을 괴롭혀 온 저혈압이 다 나았다. 요것 때문에 혈압이 올라서!

"엄마 여기서 일하는데 왜 자꾸 뛰어. 어?"

"내가 여기서 노는데 왜 엄마가 여기서 일 해?"

"뭐? 이게 진짜! 너 왜 자꾸 말대답해!"

"물어보면 대답하라며!"

"하? 이게 진짜!"

결국 참지 못하고 연화가 딸 이마에 작게 딱밤을 내리쳤다.

"왜 때려! 보물이라며! 보물인데 왜 때려!"

엄마에게 머리통을 쥐어 박혀 머리핀이 대롱대롱거려도 잘못했다고 싹싹 빌었는데, 요즘 애들은 아주 보통이 아니었다. 기가 막혔다.

"넌 왜 애를 때리고 그러니? 교양 없게. 이리와, 우리 강아지."

옆에서 지켜보던 순희 씨의 부름에 쪼르르 달려가 껌 딱지 마냥 찰싹 붙은 딸에 약이 올랐다.

"엄마가 자꾸 애 편을 드니까 쟤가 저러잖아! 그리고 맨날 때리던 엄마가 할 소리는 아닌데?"

"내가 널 또 언제 때렸다고. 이렇게 예쁜 거 때릴 데가 어딨다고 때려."

"그럼 난? 난 때릴 데 있어서 때렸어?"

순간 울컥했다.

"할머니, 나 예뻐?"

"그럼 우리 손녀 예쁘지. 할머니 닮아서 너는 귀티가 줄줄 나. 아주 럭서리해, 럭서리!"

둘만 다정하다 못해 좋아 죽겠는 모습에 연화는 부아가 치밀어 올랐다.

"하? 박사까지 따신 분이 럭서리가 뭐래? 럭서리가? 럭셔리지! 미국도 갔었다며!"

"알아, 이년아. 럭서리 L-U-X-U-R-Y. 럭서리, 이년아. 미국 갔다가 너 때문에 한 달도 못 돼서 왔잖아. 저년은 기억력도 좋아."

가슴 아픈 이야기도 이제는 아무렇지 않게 농담처럼 할 수 있어 감사했다.

"할머니, 엄마한테 욕한 거야?"

"아니야, 아니야, 귀여워서. 엄마가 너무 귀여워서 할머니가 엄마한테 애정 표현한 거야."

무릎에 앉힌 손녀의 머리를 쓰다듬으며 말했다.

"두 번 애정 표현했다가는! 에휴, 됐다 됐어. 내 속을 누가 알아. 하나도 이렇게 힘든데 왜 애를 안 낳냐고? 그러니까 사람들이 낳아? 안 낳지. 돈은 좀 많이 드냐고. 후!"

연화의 한탄에 품, 하고 비웃는 순희 씨였다.

"왜 웃어? 맞잖아. 내가 뭐 틀린 말 했어?"

"지들이 좋아서 애 낳아놓고 정부가 어쩌고저쩌고라며? 애초에 낳고 키울 자신이 없으면 낳지를 말아야 된다며? 낳고 싶다고 낳고 싶다고 울고불고 할 때는 언제고 또 주둥이로 입방정을 떨지, 떨어. 하여튼."

예전 연화가 입버릇처럼 했던 말들이었다.

"아, 뭘 또 그런 걸 지금까지 기억하고 그래."

"거 봐라. 자식새끼 네 맘대로 안 된다고 했지. 다 겪어봐야 알아. 가자, 우리 아가. 할머니랑 마트 가자. 석화 할아버지도 마트로 바로 오신대."

석화 할아버지라는 소리에 쏜살같이 옷을 입는 손녀를 보며 순희 씨는 씩 웃어 보였다. 여전히 친구처럼 때로는 연화의 아버지처럼 이제는 세상에 둘도 없는 할아버지 역할까지 착실히 해주는 고마운 사람이었다.

손녀를 챙겨 일어나자 연화도 군소리 없이 두 사람의 뒤를 따랐다.

생각해보면 순희 씨의 말이 구구절절 다 옳았다.

맞다, 그렇게 원할 때는 언제고 이제 와 말이 많은 건 모든 게 다 익숙해졌기 때문이었다.

아이가 너무나 가지고 싶었던 그 순간들을.

시험관 결과를 기다리며 다잡았던 희망이 낙담으로 변한 그 시간들을 익숙해졌다는 이름 아래 원래 없던 것처럼 까마득하게 잊고 살았다.

시간이 주는 양면의 모습이었다.

어떤 기억은 잊어야만 겨우 살 수 있었고, 어떤 기억은 잊으면 안 되는데도 자꾸만 깜빡깜빡하게 만들었다. 시간이 우리를 그렇게 만들었다.

엄마란 존재도 마찬가지였다.

아이를 낳는 그 순간에 나의 엄마가 옆에 있다는 사실만으로도 세상 어떤 배경보다 든든했었다. '나도 엄마 있어'하며 뒷목 뻣뻣하게 힘주며 살아와놓고는, 그새 또 익숙하고 친숙해져 소중함을 망각해버리고 있었다.

능숙하고 편해졌단 이유로 곁에 있는 소중함을 당연시 여겼다.

엄마가 되었다.

누구나 될 수 없다는 걸 호되게 겪고, 가슴 치며 깨달아놓고도 그저 그런 평범한 엄마가 되어버렸다.

나는 엄마처럼 살지 않을 거란 맘을 백 번이고 천 번이고 다짐하고도 엄마와 닮은 엄마가 되었다.

연화는 영원한 연화고, 순희는 그저 순희일 줄 알았던 시간들이 쏜살같이 흘렀다.

연화는 순희가, 순희는 필례가 되어버렸다.

그리고 연화도 언젠가는 그 길을 그대로 걸어갈 것이다.

혼내놓고 잠든 딸의 얼굴에 기대어 후회하고 한없이 미안했지만 다음 날 똑같은 전쟁 같은 실랑이가 벌어졌다.

엄마도 매일 다짐하고 또 다짐했지만 맘처럼 쉽지 않았을 것이다.

조용히 엄마를 이해해본다.

저 멀리 앞장서던 딸아이가 내가 오지 않을까 종종거리며 자꾸만 뒤돌아 손을 흔들며 재촉했다.

그 모습이 또 '괜찮아, 잘 살고 있어'라며 위로한다.

조그만한 아이는 날 원하고, 필요로 했다.

그리고 그 옆에 딸아이의 손을 꼭 잡고 있는 엄마, 나의 엄마.

엄마 역시 몇 걸음 떼지 못하고는 잘 오나 나를 돌아본다.

다 큰 나도 여전히 엄마가 필요했다.

시집간 딸 집 냉장고를 청소하고 가스레인지를 닦고 손녀를 돌보며 엄마도 문득 안심하고 있겠지.

'내 딸이 여전이 날 필요로 하는구나' 하며.

그리 생각해보면 연화든, 순희든 괜찮은 인생이다.

때때로 잊어버리고 살지만 잃지 않고 살고 있으니 괜찮았다.

서로의 마음에 생채기 내고, 곪았던 상처를 모른 척 지내왔어도 여전히 엄마와 딸이니 괜찮았다.

노력해도 마음이 무너지는 날엔 크게 숨 한 번 몰아쉬고 이렇게 되뇌면 그만이었다.

"그까짓 것 뭐. 우린 모두 다 괜찮게 잘 살고 있는데 뭐 어쩌라고."
이렇게 말이다.
누군가의 딸이었을, 그리고 누군가의 엄마가 될 모든 사람들이
버티고 있는 한 우리 집엔 오늘도 엄마가 산다.